아이는 아이답게

아이는 아이답게

초판 1쇄 인쇄 2020년 4월 10일
초판 1쇄 발행 2020년 4월 17일

지은이 | 바이옌페이
옮긴이 | 박미진
펴낸이 | 임종관
펴낸곳 | 미래북
편   집 | 정광희
디자인 | 디자인 [연:우]
등록 | 제 302-2003-000026호
본사 | 서울특별시 용산구 효창원로 64길 43-6 (효창동 4층)
영업부 | 경기도 고양시 덕양구 화정로 65 한화오벨리스크 1901호
전화 02)738-1227(대) | 팩스 02)738-1228
이메일 miraebook@hotmail.com

ISBN 979-11-88794-60-7   (03820)

값은 표지 뒷면에 표기되어 있습니다.
잘못된 책은 구입하신 서점에서 바꾸어 드립니다.

아이는 아이답게

부모와 아이가 모두 행복해지는 절대 육아 원칙

바이옌페이 지음 / 박미진 옮김

MIRAE
BOOK

등장 인물 소개

치얼 엄마

본명은 바이옌페이白雁飛, 영어교육 전문가. 팬들은 그녀를 '백 대인'이라 부르길 즐긴다. 2016년부터 '마이클 치얼 채널Michael 錢兒頻道'을 통해 오누이 아이들을 키우며 얻은 노하우를 공유하기 시작해 꾸준히 사랑을 받아왔다. 그녀의 글은 누적 조회 수가 6천만을 넘어서며, 수많은 부모를 육아 고민에서 해방시켰다.

치얼 아빠

'한 선생'이라고 불리며, 본명은 한타오韓濤. 언어예술가로 중국의 금웅상, 오개일공정상을 수상하였다. 국내외 다큐멘터리 수백 편의 내레이션을 녹음했다. '마이클 치얼 채널'을 만들어 아이들을 위해 수많은 동화책을 읽어준다. 마이클 치얼 채널은 히말라야(중국의 팟캐스트_역주) 내 아동 채널의 선두주자로 누적 조회 수가 3억7천만 건을 훌쩍 넘었다.

MICHAEL 치얼錢兒

팬들은 '치얼 옹'이라고 부르길 좋아한다. 8살 남자아이. 피겨스케이팅과 발레를 잘하고 레고를 사랑한다. 광고 더빙도 한, 히말라야 최고 인기 꼬마 앵커이다.

진쯔 金子

한 살 반짜리 아기. 오빠의 찰거머리이자, 엄마의 사소한 실수를 뒤집어쓰는 역할을 담당하고 있다. 아빠에게는 언제나 귀요미이다. 호시탐탐 오빠의 인기를 위협한다.

내 사랑을 온통 앗아간 아이들

2015년 12월 5일 아침 9시, 병원에서 전화가 걸려왔습니다.

"산모님, 안녕하세요. 오늘 출산하러 오시기로 예약돼 있는데, 왜 아직 안 오시나요?"

그 순간 이런 생각이 뇌리를 스쳤죠.

'망했다! 병원 예약 취소하는 걸 잊었어.'

저는 할 수 없이 이렇게 얘기했어요.

"죄송해요. 오늘 아들 공연이 있는데, 꼭 가야 해요. 그래서 시간이 없을 것 같아요. 날짜를 바꾸죠."

저쪽에서 몇 분간 침묵이 이어지더니, 쭈뼛거리며 물었습니다.

"내일은 괜찮으세요? 6일이니까, 날짜도 아주 좋네요."

저는 대답했어요.

"죄송해요. 공연이 내일까지 계속될 예정이라서요. 아니면 모레는 어떨까요. 아, 모레는 7일이니까 별로네요. 그럼 8일로 하죠. 8일 오전에는 무조건 애 낳으러 갈게요."

12월 8일, 입원해 분만을 준비하는데 간호사가 웃으며 말했습니다.

"드디어 오셨네요. 예정일이 2주나 지나서 날짜까지 골라오신 분은 보다보다 처음이에요."

우리 아가 진쯔는 이렇게 제멋대로인 엄마와 오빠 때문에 세상 빛을 천천히 보게 되었습니다. 아마 그때 저에게 미래를 보는 눈이 있었다면, 눈에 넣어도 아프지 않을 아가를 몇 년은 더 일찍 낳았을 거예요.

갓 태어난 진쯔는 쪼글쪼글한 못난이였어요. 오빠는 날 때부터 인물이 괜찮았거든요. 저는 속으로 둘을 비교할 수밖에 없었죠. 아가를 사랑하지만, 그래도 조금 안타까운 듯 이야기했죠.

"네가 좀 안 예쁘게 자라도, 엄마는 너를 너무너무 사랑해."

그러자 한 선생이 두 눈을 무섭게 부라리며 내 말을 바로잡더군요.

"우리 진쯔가 어디가 안 예뻐? 어딜 봐서 안 예쁘다는 거냐고? 누가 또 이렇게 예쁜데?"

그렇죠. 제가 마대자루를 뒤집어쓰고 더러운 얼굴로 문을 나서도 아들내미는 그저 예쁘다고 하는 것처럼, 애초부터 양보할 수 없는 일들이 있는 법이죠.

그렇게 저는 딸을 둔 엄마가 되었어요! 연근 뿌리같이 생긴 쫀득쫀득한 아가의 팔뚝과 다리가 제 품에 포옥 안겨있고요. 신기한 듯 이 세상을 바라보는 커다란 눈망울에는 놀라움과 기쁨뿐만 아니라 장난기도 살짝 어려있답니다. 하루가 48시간쯤 되면 좋을 텐데 말이죠. 그럼 아가를 안고 이 세상을 성큼성큼 누비며 세상의 모습을 많이, 많이 보여줄 테니까요.

다시 12월 8일이 돌아왔습니다. 뭇사람들에게는 그저 별 볼 일 없는 평범한 하루겠지만, 우리 집에서는 아주 중요한 기념일이죠. 귀염둥이 막내딸이 돌을 맞이했으니까요!

지난주에 치얼에게 무슨 선물을 준비할 거냐고 물었습니다. 그러자 치얼은 대답도 없이 책상 앞에 웅크리고 앉아 쓱쓱 그림을 그리기 시작했죠. 그리고 며칠을 공들여 그린 그림을 조각조각 잘라, 한데 붙여서 여동생에게 선물했습니다. 세계지도라고 하면서요. 치얼이 여동생에게 주고 싶었던 선물은 바로 온 세상이었던 거예요! 저는 어찌나 감동했는지 눈물까지 그렁그렁 맺혔답니다. 제가 생각하는 낭만의 범주를 완전히 초월한 일이었으니까요. 제가 생각해낼 수 있는 최고로 낭만적인 일은 아마 이것에 비교하면 십 분의 일도 안 될 거예요.

하지만 안타깝게도 진쯔는 오빠의 마음을 눈곱만큼도 이해하지 못했어요. 그냥 옆에 앉아서 오빠의 바짓가랑이를 열심히 잡아 뜯다가, 돋아난 이 네 개를 활짝 드러내고 옹알거리면서 손바닥을 마주쳐댔죠. 그러고는 머리 위에 달린 등으로 손을 뻗었습니다. 그건 진쯔가 할 수 있는 유일한 몸짓인 동시에, 자기가 생각해낼 수 있는 누군가와 친해질 단 한 가지 방법이었으니까요. 진쯔는 사랑하는 오빠에게 망설임 없이 그 행동을 해주었던 거예요.

사실 한 선생은 훨씬 오래전부터 딸의 생일 축하 계획을 세우기 시작했어요. 2년 연속으로 결혼기념일을 잊어버린 사람에게 그걸 기억하는 건 아마 보통 힘든 일이 아니었을 거예요! 한 선생은 딸에게 예쁜 꼬까 옷과 신발을 사 입히고, 층층이 쌓은 케이크와 사람만 한 인형을 사주고, 놀이공원에 함께 놀러 갈 생각을 했어요. 심지어 머리를 쥐어뜯으며 이런 이야기를 하기도 했죠. 최고로 좋은 쇼핑몰에 가서 딸이 가리키는 것이라면 무엇이든 사주고 싶다고.

물질과 돈이 부모의 사랑만 못하다는 것은 저희도 잘 압니다. 하지만, 내 목숨보다 사랑하는 이 아이라면 세상 그 무엇을 다 갖다 준대도 모자랄 것만 같아요. 부모라면 누구나 공감하실 거예요.

세월은 피도 눈물도 없다고 하죠. 그래도 때로는 한없이 부드럽고 상냥한 존재 같기도 합니다. 쉴 새 없이 흐르는 시간이 우리에게서 아이들을 빼앗아가지만, 아이들이 나아가는 그 과정에서 무한한 사랑과 감동을 주니까요. 새끼 고양이 같이 자그맣던 아가가 매일 쑥쑥 자라나는 모습을 바라봅니다. 귀엽고 똘똘하고 제멋대로에 말캉말캉하고 제 속을 애타게 하는 아가, 무언가에 집중해 천진난만한 눈망울로 세상을 가늠하는 아가, 삶이 선사해준 이토록 소중한 선물에 감격하고 또 감사할 수밖에요!

아이들에게 언제나 감사하다는 말을 하고 싶어요. 제 삶에 찾아와 인생을 완전하게 만들어주어 감사하고, 제가 지치고 힘들 때도 입가에 미소를 짓게 해서 감사합니다. 때로 좌절하고 추악한 세상을 마주했을 때도, 그들만큼 소중한 존재가 있어 주어서 감사합니다. 그들이 곁에 있기에 저는 이미 세상에 당당할 수 있어요.

아이들은 방황하고 길 잃은 우리의 사랑이 갈 길을 인도하고, 마음을 평온하게 해줍니다. 부질없는 욕심과 허영은 깡그리 잊어버리게 하지요. 아이들이 있어, 우리는 온화한 표정과 상냥한 말투, 부드러운 마음을 가질 수가 있어요. 그리고 그 순간 저는 마치 온 세상을 얻은 듯 넉넉한 기분이 듭니다. 아니, 저는 이미 세상을 다 얻었네요. 그렇지 않나요?

CONTENTS

CHAPTER 7 영어 맛보기
: 부모는 가장 좋은 영어 조기교육 선생님

CHAPTER 8 **둘째 아이**

: 둘째를 낳기 전에 준비할 것들

CHAPTER 9 **자아 성장**

: 아이를 위해 더 나은 내가 되기

아이들에게
언제나 감사하다는 말을
하고 싶어요.

그들이 곁에 있기에
저는 이미 세상에
당당할 수 있어요.

CHAPTER 1

가정교육

: 가장 좋은 교육은 집에서 이루어진다

아이들에게 언제나 감사하다는 말을 하고 싶어요. 제 삶에 찾아와 인생을 완전하게 만들어주어 감사하고, 제가 지치고 힘들 때도 입가에 미소를 짓게 해서 감사합니다. 때로 좌절하고 추악한 세상을 마주했을 때도, 그들만큼 소중한 존재가 있어 주어서 감사합니다. 그들이 곁에 있기에 저는 이미 세상에 당당할 수 있어요.

세상에서 제일 신기한 말, "사랑해"

     매일 아침, 치얼은 단정하게 차려입고 문 앞에 서서 큰소리로
인사를 합니다.

"바이, 엄마, 사랑해요!"

엘리베이터를 기다리면서도 저를 꼭 안아주며 이야기해요.

"보고 싶을 거예요!"

그러면 저도 아이를 꼭 안아주고 대답하죠.

"엄마도 사랑해, 우리 귀염둥이! 재밌게 다녀와."

그런데 치얼이 아빠와 인사할 때는 느낌이 좀 달라요. 한 선생이 집에
오면, 문 앞에서 뽀뽀하고 안는 것은 물론이고 원숭이처럼 대롱대롱 매
달려 고함까지 질러요.

"아빠빠빠, 엄청 보고 싶었어요!"

그러면 한 선생은 한술 더 떠, 고래고래 소리를 지르지요.

"아이고 우리 장남, 빨리 와서 아빠 좀 안아줘!"

그러고는 달려오는 치얼을 안아 올려 다리 위에 앉히고 양손 가득 볼
을 움켜쥔 채, 아이의 눈을 다정하게 바라봅니다.

"아빠는 치얼을 너무너무 사랑해!"

이어서 둘은 침으로 범벅이 될 때까지 뽀뽀를 해대고는 깔깔거리며

웃음보를 터트립니다. 제가 가끔 그런 두 사람에게 "너무 닭살이야. 그렇게 좋아?" 하면, 한 선생은 이 정도로는 자기 사랑을 다 표현하기에 어림도 없다고, 애정표현은 많으면 많을수록 좋다고 해요.

아이에게 사랑한다는 말을 자주 하라는 얘기가 더는 새로운 화두가 아니죠. 서양에서 들어온 사상이 전통적인 사고방식과 어우러지면서 아이에게 "사랑해." 하고 표현하라는 이야기가 봇물 터지듯 터져 나왔고, 이제 부모가 된 세대의 머릿속에는 이것이 상식이자 일상적인 일이 되었습니다.

그렇지만 아직도 많은 사람이 흉내만 낼뿐, 완전히 받아들이지는 못한 것 같아요. 누구나 "사랑해." 하고 말하지만, 말하는 사람의 태도와 몸짓에 따라 그 효과는 다르게 나타나잖아요.

텔레비전이나 우리 주변에서 외국인 부모들이 아이에게 "사랑해."라고 하는 모습을 유심히 본 적이 있는지 모르겠습니다. 그들은 아이를 사랑스럽게 바라보면서 다정한 목소리, 조금은 과장된 말투로 이야기하죠. "Hey sweetie, I-love-you!" 때로는 그 뒤에 손 키스도 여러 번 따라붙습니다.

하지만 중국 사람들은 보통 저처럼 무미건조하게 말하더라고요. 감정을 드러내는 것을 민망하게 생각하는 문화가 원인이기도 하지만, 어떨 때는 그저 시키니까 형식적으로 하는 것 같아요. 마치 4개월 아기에게는 쌀가루 이유식을 시작해야 하고, 1살 아기에게는 꿀을 먹이면 안된다는 등 육아 수칙을 지키는 것처럼 말이죠. "나는 널 사랑해. 됐지?" 꼭 미션 수행을 하는 것 같다니까요.

표현 방식이 다르면 아이들이 느끼는 것 또한 분명히 다릅니다. 갑자기 그런 생각이 들었어요. 매일 말로만 "사랑해." 한다고 아이가 진심을 느낄 수 있을까요?

이런 생각이 든 건, 사실 오늘 아침에 있었던 일 때문입니다. 치얼이 교복을 입는 동안 제가 어서 서두르라고 재촉을 했어요. 그런데 준비를 마치고 문을 나서기까지 치얼은 그야말로 천하태평인 겁니다. "엄마, 사랑해요."도 잊지 않고요. 시계를 보니 나가야 할 시간이 이미 지나있었어요. 또 지각할까 봐 저는 치얼에게 외투를 주며 건성건성 말했습니다.

"응응, 사랑해, 사랑해. 엄마도 사랑해. 얼른 좀 가요. 또 늦겠네!"

이 말을 하는 내내, 제 눈은 한 번도 아이를 쳐다보지 않았죠.

"사랑해."라는 말은 단순한 구호가 아니에요. 가족을 하나로 뭉치게 하는 힘의 원천입니다. 저는 앞으로 그 표현을 지나가는 말로만 하지 않기로 했습니다. 아이와 대화할 때나 사랑하는 사람과 함께할 때, 사랑한다는 말은 아무리 해도 부족함이 없으니까요!

"사랑해."라는 말이 인류 역사 속에서 언제 어떻게 생겨났는지는 알 수 없습니다. 그렇지만 세상에서 둘도 없는, 가장 신기한 말이라는 것만은 알고 있죠. 이 말은 인류가 가진 소중한 마음의 결정체이자 연결고리입니다. 사람과 사람 사이, 마음과 마음 사이를 끈끈하게 하나로 묶어주는 것이죠. 부모와 자녀 사이, 혹은 부부 사이에서 이 말은 사랑을 표현할 수 있는 가장 멋진 방법입니다. 하지만 어떤 마음가짐을 가졌는지, 진심을 담았는지에 따라서 그 결과는 하늘과 땅 차이가 될 수 있어요.

그래서 아이가 스스로 사랑한다고 표현할 때는 하던 일을 잠시 멈추길 바랍니다. 그리고 자신이 지을 수 있는 가장 환한 미소로 아이의 눈을 바라보세요. 아이들의 감정 표현은 절대 거짓이 아니니까요. 게다가 부모들의 이런 반응은 부모, 가정, 아이의 감정적 연결고리를 긍정적으로 느끼게 합니다.

아이들의 "사랑해."는 정말 중독성이 강합니다. 그 말을 들을 때마다 제 가슴 깊은 곳에서는 감동이 물결치고, 머릿속에서는 천진난만한 아이들의 얼굴이 떠오르죠. "엄마, 사랑해." 하는 그 진지한 모습에는 아이를 힘껏 안고 세상 모두를 다 주고 싶은 충동을 감출 수가 없답니다.

아이에게 사랑한다고 말할 때는요, 무릎을 꿇고 아이의 눈을 보며 진심으로 이야기하길 바랍니다. "우리 귀염둥이, 사랑해!" 그러고 나서 아이의 진지한 대답을 한번 들어보세요.

"엄마, 사랑해."

이 긍정 에너지는 믿음이 되어 아이들을 수호하고, 나 자신에게도 큰 격려가 됩니다. 가슴 밑바닥에서부터 끓어오르는 용기 역시 바로 여기서 비롯한 것이죠. 인류 역사상 만고불변의 가장 위대한 감정, 바로 사랑입니다.

그렇게 부모에게서 사랑을 받은 아이는 부모와 가정에 안정감을 느끼게 됩니다. 밝고 자신감 넘치고 독립적인 성격을 기르는 한편, 부모에게도 감정적으로 의지하게 되는 것이죠. 아이들은 그렇게 가정과 가족의 의미를 알게 돼요. 인생의 여정 중에 어려움이 닥쳤을 때, 가족에게서 받은 안정감은 심리적인 지지와 원동력이 되어주겠죠. 그리고 사랑과 믿음으로 가득한 부모님의 눈과 항상 귓가를 맴돌았던 "사랑해."라는 한 마디를 떠올릴 것입니다.

세상에서 가장 아름다운 작전

어제저녁, 저와 한 선생 사이에 일과 관련해 의견충돌이 있었습니다. 저희는 각자 자기 의견이 합리적이라고 생각했죠. 그리고 이만하면 어느 정도 상대를 배려하고 있다고도 생각했습니다. 둘 다 하루의 피로가 잔뜩 쌓인 상태이다 보니 계속 자기 입장만 고수할 뿐, 사리분간도 제대로 하지 못했고요. 기분이 상해 언성이 점점 높아졌습니다.

저희가 그렇게 날카로운 언쟁을 벌이는 동안, 아들은 묵묵히 소파에 앉아 책만 보았습니다. 꽤 열중한 듯, 말 한마디 하지 않았어요. 한참을 다투던 저희가 더 말이 없자, 아들이 갑자기 입을 열었습니다.

"엄마, 책 봐서 피곤해요. 나랑 진쯔 데리고 나가면 안 돼요?"

저야말로 당장 그러고 싶었어요. 아이 둘을 무장시키고 차를 몰아 자주 가던 키즈카페로 향했습니다. 한 선생은 반성하라는 의미로 집에 혼자 두었고요. 아무리 생각해도 제 잘못은 아니었으니까요.

키즈카페로 가는 중에 아들이 이야기했습니다.

"엄마, 있잖아, 아까는 말 안 하고 참았어요. 나는 엄마, 아빠가 진짜로 싸우는 거 아닌 거 알아요. 그런데 목소리가 너무 커서 동생이 무서워할 것 같았어요. 아직 아기잖아요. 그래서 엄마한테 나가자고 했어요. 좀 있으면 괜찮아지니까."

저는 조용히 운전만 했어요. 괜히 입을 열었다가 놀란 제 마음을 들키지 않을 자신이 없었거든요. 그리고 문득 그런 생각이 들었어요. 우리 아이가 언제까지고 세상 물정 모르는 철부지로 남아있지는 않을 거라고요. 제 품 안의 어리고 철없는 이 아이가 어엿한 남자로 성장한 모습은 생각조차 해본 적이 없었습니다. 그런데 그 순간 아이의 말투와 결연한 태도, 사리판단능력, 가장 중요하게는 착한 마음씨 때문에 마치 아이가 훌쩍 커버린 것처럼 느껴졌어요. 그것도 듬직한 사나이로 말입니다. 저 자신이 너무 부끄러우면서도 아이가 대견하고, 무엇보다 마음이 너무나 쓰린, 말로 설명하기조차 어려운 감정이 들었습니다.

키즈카페에 도착한 저는 볼풀에서 진쯔를 데리고 놀았어요. 아들은 혼자서 이리저리 뛰어다니며 신나게 즐겼고요. 다시 아무 생각 없이 천진난만한 아이로 돌아간 모습에 전 뭔가에 홀린 것만 같았죠.

잠시 후, 한 선생에게서 전화가 왔습니다. 갑자기 하고 싶은 말이 너무나 많아, 방금까지 다투던 일은 벌써 잊은 후였어요. 아이가 저에게 한 말을 이야기해주고 싶었거든요. 그런데 한 선생이 이렇게 말하는 겁니다.

"애가 조금 전에 나한테 전화했더라고."

"아, 언제?"

"방금. 같이 있는 거 아니야?"

저는 벌떡 일어서서 사방을 두리번거렸습니다. 치얼은 미끄럼틀을 타며 재밌게 놀고 있었죠. 저는 그제야 아이가 워치폰으로 한 선생에게 연락했다는 것을 깨달았어요. 한 선생이 그러더라고요.

"우선 사과할게. 내가 좀 더 자제해야 했는데. 일 문제 때문에 생긴 감정을 집까지 끌고 가서 애 앞에서 그러는 게 아니었어. 그런데 그거 알아? 엄청 놀랐어. 치얼이 방금 나한테 전화해서 자냐고 묻더라고. 그래서 내가 안 자고 쉬면서 너 기다린다고 했거든. 그러니까 '아빠, 자꾸 생각하지 마세요. 푹 쉬고 한숨 자요. 아빠가 나한테 매일 이야기하는 것처럼 지금도 별것 아니잖아요. 그죠? 지금 7시 50분이니까, 엄마하고 같이 동생 데리고 8시 반에는 갈게요. 다 괜찮으니까 걱정하지 말고 한숨 자요.' 하더라고."

여기까지 얘기한 한 선생은 말을 잇지 못했습니다. 그때, 저희는 서로의 마음을 이해할 수 있었죠. 아이가 저희를 위해 이런 일을 벌일 거라고는 꿈에도 생각하지 못했는데, 그 착하고 예쁜 마음이 할 말을 잃게 한 겁니다. '이것도 작전이라면' 하는 생각이 들었어요. 만약 그렇다면, 이건 제가 상상할 수 있는 한, 가장 아름다운 작전이 틀림없을 거예요!

평소 아이를 돌보는 데 최선을 다하고, 줄 수 있는 한 충분한 사랑을 주려고 노력해왔는데, 아이가 저희를 돌보았다는 것을 알게 되자, 온 세상의 따뜻함을 다 얻은 것 같은 느낌이 들고 말았습니다.

방방 뛰는 아이의 뒷모습을 보며, 제 눈에는 눈물이 그렁그렁 맺혔죠. 부모와 자식 간의 정은 정말 이 세상에서 최고로 아름다운 것 같아요. 언제나 소중하고 감사할 따름입니다.

꾸중과 사랑은 별개

요즘 아들이 반항기의 정점을 찍고 있어요. 크고 작은 잘못을 저지르는 것은 물론, 뭐라고 할라치면 고개를 빳빳이 들고 반항하기 일쑤랍니다. 화가 나기도 하지만 가만히 생각해보면 퍽 귀엽기도 해요. 그래도 가만히 둘 수는 없어서 결국 벌을 주기로 했습니다. 한 선생이 아이를 엄하게 꾸짖는 동시에 집 안에 있는 모든 장난감을 몰수해버렸죠. 꼬맹이들의 보물 장난감을!

꾸중에 아랑곳하지 않던 아이였지만, 장난감을 몰수당하자 울음을 터뜨리고 말았어요. 서럽게 우는 모습을 보고도 한 선생은 아이를 달래지 않았어요. 대신 이런 말을 해주었죠.

"너도 잘 알겠지만, 오늘 야단맞는 건 네 행동과 태도 때문이야. 그리고 아빠가 예전에도 말했지. 내가 아무리 너를 무섭게 야단쳐도 너를 사랑하는 것하고는 어떻다고?"

아들은 울먹거리면서 대답했습니다. "사랑하는 것하고는 상관없어요."

"그래. 그러니까 오늘 아빠가 너를 혼내더라도, 아빠는 여전히 어떻지?"

아이는 자연스럽게 말을 이었어요. "나를 너무너무 사랑해요."

옆에서 듣고 있던 나는 웃음이 터졌습니다.

'방금 두 사람 만담이라도 한 거야?'

대답을 받아낸 한 선생이 아이의 잘못을 조목조목 짚어 내려가자, 아이 역시 잘못을 깊이 반성했습니다. 두 사람은 평소 녹음을 할 때처럼 주거니 받거니 편안하게 이야기를 이어갔죠. 독특했던 것은 아빠가 야단을 치는 내내, 치얼도 시종일관 적극적이었다는 점이에요. 자신의 잘못을 아는 동시에, 아빠의 깊은 사랑이 조금도 흔들리지 않는다는 사실 또한 알고 있었던 거죠. 잘못은 잘못이고 벌은 벌일 뿐, 사랑하고 안 하고의 문제가 아니라는 것을 말이에요. 꾸지람이 끝나고 잘못을 뉘우치자, 일은 거기서 일단락되었고 더 왈가왈부하지 않기로 했습니다.

지켜보는 저는 정말 신기했어요. 두 사람의 대화방식이 약속이나 한 듯, 너무나 순조로웠기 때문이에요. 조금 전까지 제멋대로 날뛰던 아이가 이렇게 순식간에 차분하고 진지해지다니요.

사실 한 선생은 은연중에 아이에게 심리 교육을 해왔습니다. '세상 모든 사람은 실수를 저지르고 자기 자신을 컨트롤 하지 못하는 순간이 있다, 그래서 잘못을 하면 이를 인정하고 벌을 받아야 한다, 잘못한 사람과 그렇지 않은 사람을 똑같이 대한다면 모두가 자기 욕심만 채우는 데만 급급하고 자기 마음대로 할 것이다' 등등 말이죠.

그리고 한 선생의 가르침 중에서 가장 중요한 것은 따로 있는데요. 큰 잘못을 했을 때 대가를 톡톡히 치르게 하는 동시에, 아무리 엄한 벌을 받더라도 그게 부모님이 자기를 사랑하는 마음과는 무관하다는 것을 알게 만든 것입니다! 엄한 벌을 준다 해도, 사랑하는 마음만큼은 털끝만큼도 변하지 않겠죠. 죄는 미워하되 사람은 미워하지 않는 것이니까요.

처음에는 잘 이해하지 못하던 아이도 한 선생의 줄기찬 교육 덕분에 머릿속에 그런 생각이 뿌리를 내리게 되었나 봅니다. 그래서 그렇게 혼나는 상황에서도 물 흐르듯 대답을 한 것이죠.

저는 가끔 저런 식의 대화가 진심일까 하는 의구심이 들기도 합니다. 야단치고 나서 그냥 아이에게 적절한 행동이나 칭찬, 또는 "사랑해."라는 말로 직접 표현을 하면 충분하지 않을까 하고 생각하는 거죠. 어차피 아이들도 부모가 야단치고 벌주는 것이 자기가 미워서라고 생각하지는 않을 거잖아요? 그게 당연한 거 아닌가요?

하지만 아이들의 세계는 어른들의 생각으로 쉽게 넘겨짚을 수 없나 봅니다. 말하지 않으면 아이들은 정말 모를 수 있나 봐요.

어느 날, 학교에서 돌아온 치얼이 이상하다는 듯 이런 이야기를 한 적이 있거든요. "엄마, 그거 알아요? 오늘 학교에서 야외수업하는데 옆 반 T가 그랬어요. 엄마가 이제 자기를 사랑하지 않는대요. 그저께 걔가 가방에 모래를 엄청 넣어가서 집이 엉망이 됐거든요. 그래서 저보고 가방을 절대로 모래밭에 놓지 말래요. 안 그러면 엄마가 저를 싫어할 거래요."

저는 웃으며 T는 엄마가 자기를 사랑하지 않는 걸 어떻게 아느냐고 물었어요. "엄마가 열 받아서 엄청 화를 냈대요. 책가방도 T한테 씻으라고 하고 밤까지 말도 안 걸었대요."

제가 물었습니다. "너도 가방에 모래를 잔뜩 묻히고 오면 엄마, 아빠가 널 사랑하지 않을까 봐 걱정돼?" 아이는 조금도 망설임 없이 대답했습니다. "저는 걱정 안 하지요. 엄마, 아빠는 나를 혼내도 계속 똑같이 사랑하니까. 그래도 엄마, 나는 책가방에 모래는 안 담아올 거예요. 무겁고 더럽잖아요. 하하."

아이의 반응에 저는 한 선생이 해온 심리 교육이 꼭 필요한 것이었다는 사실을 깨달았습니다. 따뜻하고도 굳건한 아이의 마음이 시종일관 느껴졌기 때문이죠. 특히 '엄마, 아빠가 계속 똑같이 사랑한다.' 하고 말하는 순간에는 아이의 눈빛마저 반짝거렸습니다. 그건 두려움이나 외면이 아니었어요. 자신의 실수에 대한 당당한 인정이자, 무조건적 사랑에 대한 깊은 신뢰와 자신감이었습니다. 이것이 전제된다면, 어떤 훈계나 벌을 내리더라도 아이와의 소통은 원활할 수밖에 없겠죠.

아이 훈육 문제에 대해서 궁금해하는 부모님들이 많습니다. 체벌해도 아이가 점점 더 말을 안 듣고, 겉과 속이 다른 행동을 하는 등 성격이 비뚤어진다는 쪽지를 받기도 합니다. 또 어떤 부모님은 아이에게 벌을 주었다가 트라우마가 생길까 걱정하기도 하고요.

사실 아이에게 규범을 가르치는 과정에서 벌을 주지 않기란 어려운 일이죠. 아무리 나이스한 부모가 아무리 상냥하고 친절한 방법으로 훈육을 한다 해도 벌을 완전히 배제하기란 쉽지 않은 게 사실이에요. 아이들은 나쁜 버릇을 갖고 있게 마련인데, 부모가 아이의 페이스에 자꾸 끌려가다 보면 아이가 제멋대로 될 수 있기 때문이죠.

그런데 가끔 아이들이 부모의 한계를 시험할 때도 있어요. 예를 들어 '내가 하기 싫다는데, 엄마, 아빠가 뭘 어쩌겠어'라는 식으로 생떼를 부리는 경우입니다. 한 선생처럼 아이를 끔찍이 여기는 아빠도 이럴 때는 호락호락하게 넘어가지 않죠.

한 선생은 평소 세상 모든 일은 대화로 해결할 수 있다고 말합니다. 하지만 아이가 말도 안 되는 떼를 쓸 때만큼은 그 어떤 여지도 주지 않아요! 그럴 때는 무조건 아이를 훈육하고 봅니다. 무슨 일이든 부모님과 의논을 해야지, 억지를 부려서는 어떤 목적도 이룰 수 없다는 것을 똑똑히 알게 하는 것이죠. 일단 잘잘못을 따지고 난 후에는 이치와 근

거에 맞게 벌을 줍니다. 단, 기분 내키는 대로 아이의 태도를 판단하는 것은 절대 금하고요.

아이를 감정적으로 대하거나 벌주지 않으려고 최대한 노력한다면 아이도 분명히 알게 됩니다. 부모가 아무리 엄하게 다스린다 해도 여전히 그들을 사랑한다는 것을요. 그리고 부모의 이러한 태도는 아이들이 맞닥뜨린 문제를 적극적으로 돌파해나가는데도 큰 도움을 줍니다. 사랑은 이 세상 모든 위대한 힘의 원천이기 때문이죠. 부모의 사랑이 뒷받침된다면 아이는 심리적으로 강력한 지지기반을 얻게 됩니다. 그런 아이는 자신이 아무리 큰 잘못을 해도 부모님이 언제나 자기편이라 느껴요. 그리고 부모님의 엄벌이 사실은 잘못을 바로잡고 자신을 좋은 쪽으로 발전시키기 위함이라는 것을 스스로 깨닫습니다. 그리고 이런 믿음이 있는 한, 아이는 자신감과 용기를 잃지 않습니다. 힘차게 앞으로 나아갈 뿐이죠.

이 간단하면서도 든든한 이치를 우리 아이가 알게 해주세요. 말하지 않으면, 아이들은 정말 알 수 없답니다. 그리고 엄마, 아빠의 사랑을 잃을까 벌벌 떨고 있겠죠!

부모의 애정표현 보여주기

저와 한 선생은 평소 집에서 애정표현을 서슴지 않습니다. 특히 저는 한 선생에게 '당신은 사람들, 특히 아이들과 나한테 너무 닭살 돋게 한다'고 이야기할 정도인데요, 그 사람은 전혀 개의치 않아요. 오히려 대단히 영광스럽게 생각하죠. 누군가에게 그렇게 들이대고 질척이고 사랑을 줄 수 있는 것이 일종의 큰 행복이라나요? 꾸미지 않아도 되기 때문에 그게 더 좋답니다.

그래서인지 치얼은 저희가 사소한 일로 서로를 안아주거나 남편이 저에게 사랑한다고 말하는 모습을 자주 접하는 편이에요. 사실 그 방식도 참 다양해서 진지하기도 하고, 정답기도 하고, 장난스럽기도 하고 또 어떤 때는 심하다 싶을 때도 있어요.

저는 아이의 가정과 부모, 혹은 사랑에 대한 인식과 신뢰감 형성에 직접적인 영향을 미치는 것이 바로 부모들의 이런 애정표현이라고 생각합니다. 우리는 그렇지 않지만, 서양의 부부나 연인에게는 포옹이나 키스가 아주 자연스럽고 흔한 일이잖아요. 그들은 남의 시선을 의식하지도 않아요. 그런데 우리처럼 보수적인 분위기에서는 공공장소에서는 말할 것도 없고, 아이들 앞에서 그런 행동을 하는 것이 조금 민망하게 여겨지죠.

하루는 절친이 자기가 겪은 일을 이야기해주었습니다. 남편이 퇴근 후에 집에 와서, 둘이 껴안고 키스를 하고 있는데 갑자기 아들내미가 들어왔다는 거예요. 두 사람은 감전이라도 된 것처럼 화들짝 놀라서 서로를 밀쳐냈다고 해요. 무슨 큰 죄라도 지은 사람들처럼 말이죠. 이 이야기를 하며 저와 친구는 깔깔대며 웃었습니다. 친구가 너는 그런 경험이 없냐고 물었어요. 저는 시부모님이나 부모님과는 그런 적이 있었지만, 아이와 있을 때는 그런 적이 없다고 대답했습니다. 정말 그런 적이 없었거든요.

저와 한 선생은 애정표현을 할 때 아이가 있는지를 신경 쓰지 않아요. 그냥 하고 싶은 대로 할 뿐, 아이가 있고 없고는 전혀 상관하지 않죠. 그런데 재밌는 것은 치얼은 어릴 때부터 저와 한 선생이 껴안고 있으면 "나도, 나도." 하고 애교를 부리며 달려와 품으로 파고든다는 거예요. 그때마다 한 선생이 한쪽 팔로 아이를 안아 올리고 한쪽 팔로 나를 안으면 세 사람이 한 덩어리가 됩니다. 그러면 치얼이 그렇게 이야기하죠.

"아빠, 엄마, 사랑해요!"

그럴 때마다 아이의 눈가에는 행복이 가득 흘러넘쳐요. 그 만족감과 안정감, 그리고 감출 수 없는 자부심은 세상 무엇에도 비할 수가 없을 겁니다. 제가 기억하기로, 치얼이 집에 있는 날 중에 포옹이 빠진 날은 단 한 번도 없었어요. 그렇게 열정적으로, 최선을 다해 안아주려는 모습은 언제나 감동이지요.

어제저녁에는 한 선생이 녹음을 마치고 집으로 돌아왔을 때, 치얼이 이미 자려고 누워있었거든요. 그런데 한 선생이 거실에서 "여보, 오늘 하루도 수고했어요." 하면서 저를 꽉 안아주자, 침실에서 '우당탕' 하는 소리가 들려왔습니다. 치얼이 침대에서 뛰어내리는 바람에 안고 자는 인형이며 잠자리 동화책이 바닥으로 쏟아진 것이었어요. 슬리퍼도 신지 않고 맨발로 달려 나온 치얼은 잠이 쏟아지는 눈으로 "나도요, 나도." 하더니 으레 저희 사이를 파고들었습니다. 한 선생이 평소처럼 아이를 안아 올려 눈높이를 맞추었고, 저희 둘은 아이를 꼭 껴안았어요. 품에 안긴 아이는 누가 떼어놓기라도 할까 봐 더 꼭 우리를 안아주었고요.

한 선생이 웃으며 치얼에게 물었어요. "엄마, 아빠가 안을 때 왜 자꾸 끼어드는 거야?"

치얼이 진지하게 대답했죠. "아빠 그거 알아요? 이렇게 하면 엄청 행복해요. 계속 이렇게 안고 있으면 좋겠어요. 계속 안 떨어지고."

"엄마, 아빠가 널 제일 사랑한다는 걸 알잖아!"

"엄마, 아빠가 나를 제일 사랑하는 거 알아요. 그런데 엄마, 아빠가 안고 있으면 나도 그렇게 하게 되니까요. 엄마, 아빠가 안는 것도 좋고, 아빠가 엄마한테 "사랑해" 하는 것도 좋고, 엄마가 아빠한테 "사랑해" 하는 것도 좋아요. 나 안고 "사랑해" 하는 것보다 더 기분 좋아요."

그 순간 가슴이 뜨거워지고 눈물이 왈칵 솟았습니다.

'그래. 아이가 느끼고 간직하고 싶은 것에는 자신을 향한 부모의 사랑뿐만 아니라 엄마, 아빠가 서로를 사랑하는 모습도 있는 거구나.'

부모가 서로를 아끼고 사랑하며 그 마음이 일치한다는 것을 눈과 몸으로 느낀 아이는 자신을 향한 사랑도 그만큼 의미가 있다는 것을 알게 되더라고요.

이런 행복감, 만족감, 자신감, 안정감 그리고 흥분과 설렘은 아이의 심리에 강력한 인상을 남기고, 유년시절을 환상적인 동시에 현실감 있게 만들어줍니다. 이 집에서는 애정표현에 있어서 어떤 거짓이나 강요, 주저함이 없고, 우리가 서로를 깊이 사랑한다는 것을 아이도 잘 알기 때문에 가능한 일이죠.

아이들이 이런 본인의 감정을 말로 직접 표현할 수는 없을 겁니다. 하지만 아이들은 마음으로 전부 느끼죠. 그리고 저는 그걸 또 마음으로 느낄 수 있고요. 생각에 잠긴 고개를 드니, 러그 위에 앉아있는 다른 한 녀석이 보이네요. 고사리 같은 손으로 책을 움켜쥐고 고개를 갸웃거리며 꼭 껴안은 우리 셋을 봅니다. 호수만큼 깊고 투명한 그 눈빛으로요. 이윽고 아이의 입가에서 배시시 웃음이 피어납니다.

얘야, 즐기고 있니?

주말에 치얼이 RAD_{Royal Academy of Dance, 영국황실인증무용교육기관}의
발레 시험에 응시했습니다. 시험 전에 아이들은 특별한 여사 한 분이
와서 시험을 지켜볼 것이라는 이야기를 들었어요. 하지만 그 여사가 누
구인지, 어떻게 아이들의 운명을 결정할지는 전혀 알 수 없어 호기심만
가득할 뿐이었죠. 선생님은 그저 테스트를 즐기라고, 그 특별한 손님에
게 최고의 퍼포먼스를 선보이자고 끊임없이 당부했고요.

그래서일까요? 시험 당일, 선생님이 시킨 대로 1시간 전에 무용실에
도착하긴 했지만, 긴장된 분위기라고는 전혀 느껴지지 않았습니다. 아
이들도 부모님들도 하나같이 평온하고 기대에 찬 얼굴이었어요.

발레 선생님은 부모님 중에서 지원자를 받아 아이들의 머리를 매만
지고 옷을 갈아입혔습니다. 차분하고 질서정연한 그 광경은 아름답기
까지 했어요. 선생님은 아이들 사이를 비집고 다니며 한 명 한 명 인사
를 나누면서도 잠시도 쉬지 않고 손을 움직였습니다. 아이들의 머리 하
나하나를 예쁘게 꾸며주고, 머리카락 한 올도 흐트러짐 없이 깔끔하게
손질해주었죠. 아이들은 저대로 신이 나서 서로 잘 해낼 거라며 떠들어
댔고요. 저는 휴대전화로 선생님이 치얼의 머리를 만져주는 영상을 찍
었어요. 치얼 역시 선생님에게 잘할 거라고 약속하더라고요.

저는 아이들을 대하는 선생님의 태도가 사뭇 마음에 들었습니다. 오늘 멋진 표정 지을 수 있겠냐고 물으니 치얼은 "오케이!" 하고 시원스레 대답했습니다. 선생님이 다시 한번, 특별한 손님에게 멋진 모습을 보여줄 수 있냐고 물으니 치얼은 정말 열심히 할 거라고 대답했어요. 그러자 선생님은 그거면 충분하다고 하더라고요. 즐겁고 유쾌한 대화가 오가고, 응원에 힘입은 치얼의 얼굴에는 즐거움이 묻어났습니다.

활기차고 열정적인 발레 선생님 외에 머리 손질을 자청한 아이 엄마도 감동이었어요. 다른 엄마들의 이야기를 들어보니, 그 엄마는 애가 셋이나 있어서 본인 아이들 챙기기도 바쁘지만, 발레 교실에 도움이 필요할 때마다 나서서 솔선수범한다고 했어요. 그리고 동시에 자기 아이들까지 잘 챙겨서 아이들이 다방면으로 아주 우수하다고요.

그 엄마는 아이들 머리만 단장하는 게 아니라 옷에 번호표도 붙여 주었습니다. 처음에는 시험장에 들어가기 직전인 아이들 한 명 한 명을 붙들고 이야기를 하는 모습이 조금 과하다는 생각이 들기도 했죠. 그 엄마는 치얼 또래의 어린아이들 옷에 번호표를 달아주면서 이렇게 얘기하더군요.

"지금 네 몸에 번호표를 고정할 거야. 이거 봐, 내가 뭘 하고 있지? 네 옷 속에 손을 넣을 거야. 배 앞쪽까지. 자, 그럼 옷핀으로 한 번 찔러볼게. 아프니? 안 아프지? 그럼 옷핀이 어디로 갔을까? 맞아. 아줌마 손가락이 막았지. 그러니까 약속할게. 네가 아무리 움직여도 옷핀은 널 찌르지 못해. 내 손가락이 막았으니까. 네가 대답해볼래? 어디를 찌른다고?"

아이들은 대부분 "아줌마요." 혹은 "아줌마 손가락이요." 하고 대답했어요.

그러면 그 엄마는 "그래, 내 손가락이지. 이거 봐, 너는 절대 안 찔리지. 안 찔릴 거야." 하고 대답했어요. 그렇게 대화가 끝날 때쯤이면, 옷핀 네 개는 의상에 잘 고정되어 있었습니다. 그러면 그녀는 아이의 옷을 다시 단정하게 정리하고 번호에 따라 응원하는 말을 해주었어요. 예를 들어서 "와, 1번이네. 맨 처음이구나. 대단해!", "아, 4번이구나. 원래 스타는 마지막에 나오는 거지!", "와, 2번. 행운이 따르는 숫자구나" 같은 말이었어요.

그 엄마가 첫 번째 아이에게 이런 말을 늘어놓을 때만 해도 저는 그저 수다스럽다고 생각했거든요. 괜히 시간을 낭비하고 있는 거 아닌가 싶었죠. 저라면 단번에 아주 확실하게 이야기했을 거거든요.

"움직이지 마. 움직이면 찔려요!"

그런데 가만히 살펴보니, 처음으로 번호표를 단 아이의 얼굴에서 무섭거나 긴장한 기색을 찾아볼 수가 없었어요. 다음, 그다음도 마찬가지였죠. 그제야 저는 그녀를 우러러보게 되었습니다. 게다가 나중에 알고 보니, 치얼을 포함한 몇몇 아이들은 번호표 다는 것을 무서워하고 있었더라고요. 옷핀으로 찔릴까 봐 말이죠. 아이들이 그런 공포심을 말로 표현하지는 않았지만, 유심히 살펴보면 몸이 약간씩 떨리거나 표정에 긴장이 감돌고 있었던 겁니다. 그렇게 그 엄마가 아이들을 달랜 결과, 아이들은 크게 안심했고 일은 빠르고 순탄하게 진행되었습니다.

우리는 가장 간단한 방법이 가장 효율적이고 효과적이라고 생각하지만, 이번 일을 보면 때로는 그렇지 않은 것 같기도 해요. 괜히 입만 아프고 쓸데없어 보이는 일이, 오히려 결정적인 순간에 제 역할을 톡톡히 했으니 말이죠. 게다가 더 중요한 것은, 아이들을 최대한 이해하고 보호하려는 태도를 보임으로써 그 엄마가 아이들로부터 큰 신임을 얻었다는 점이었어요.

모든 준비가 끝나고, 드디어 시험장에 들어갈 순서가 되었어요. 부모님들은 시험을 치르는 아이들의 기념사진을 찍고 싶어 했지요. 그러자 선생님은 아이들이 준비한 안무의 시작 부분으로 포즈를 잡도록 직접 코치했습니다. 그리고 아이들이 시험장으로 들어가기 직전, 다시 한번 아이들을 격려했어요. 자신감을 가지고 이 시간을 즐기라고, 할 수 있는 가장 멋진 자세와 아름다운 미소를 보여달라고 아이들에게 주문했지요. 선생님의 지치지 않는 미소와 우아한 모습은 아이들이 의지를 불태우게 하기에 충분했습니다.

음악이 울려 퍼지고, 부모들이 참관할 수 없는 상황에서 아이들이 시험을 치렀습니다. 시험이 끝나자 선생님은 모든 아이에게 똑같이 물었어요.

"Did you enjoy it?(즐거웠니?)"

아이들이 고개를 끄덕였습니다. 치얼도 들떠서 큰 소리로 대답했죠.

"I wanna do it again!(한 번 더 하고 싶어요!)"

선생님과 아이들은 왁자지껄 웃음을 터뜨렸고요.

저희가 발레 교실을 떠날 때, 다음 조가 시험준비를 하고 있었어요. 응시자는 치얼과 그다지 친하지 않은 발레 교실 누나들이었지요. 여남은 살이나 되어 보이는 아이들은 모두 외국인이었는데, 놀랍게도 모두 덩치가 너무 큰 겁니다. 정말 어떤 편견도 없이 솔직하게 말씀드리는 건데요, 그 아이들 정말 거대했어요.

하지만 그 아이들은 아주 당당하게 고개를 들고, 한껏 자신감 넘치는

모습으로 시험을 준비하고 있었습니다. 스트레칭, 뿌엥뜨_{pointe}(발끝으로
서는 발레 동작_역주)를 하는 모습은 편안하고도 우아했죠.

발레 선생님은 조금 전처럼 그 아이들의 머리를 흐트러짐 하나 없이
올려 주고 스커트를 정리해주었어요. 선생님은 거기 있는 아이들이 조
건이 다르다고 해서 절대 차별하거나 무시하지 않았어요. 그 아이들은
최선을 다할 수 있도록 선생님의 사랑과 응원을 듬뿍 받았죠.

발레 교실을 나오는데 벽에 이런 글귀가 있더라고요. 왠지 마음이 울
컥했습니다.

> Precious Child,
>
> don't ever say that you are a nobody.
>
> You are not nobody.
>
> You are not even some body.
>
> You are special, one-time,
>
> never-to-be-repeated.
>
> You are unique.

아이뿐만 아니라 어른들도 마찬가지이죠. 우리 한 사람 한 사람은 세
상에 둘도 없는 소중한 존재들이잖아요. 우주가 생기고 인류가 출현한
지금까지, 당신이라는 존재는 지금껏 없었고 앞으로도 절대 없을 거예
요. 당신이 타고난 재능과 특징은 다른 사람에게는 없는 것이에요. 아
무도 당신을 대신할 수 없단 말이죠. 글귀를 읽고 나니 더 명확해졌어
요. 왜 모든 아이가 존중받아야 하는지, 왜 마음의 소리에 귀를 기울여

야 하는지 말이에요.

　일상적인 발레 시험일뿐이었지만, 저에게는 마음이 깨끗하게 정화되는 하루였습니다. 사랑과 긍정적인 에너지를 가슴 가득 받은 저는 제 아이의 손을 부여잡고 자신만만하게 앞으로 걸어나갈 수 있었답니다.

CHAPTER 2

놀이

: 부모가 배워야 할 첫 번째 과목

부모가 유쾌하고 적극적으로 놀이과정을 즐긴다면, 아이 스스로 자신만의 이야기, 마치 영화 같은 장면을 만들도록 유도할 수도 있습니다. 여러분도 아이와 함께 놀이 속 주인공이 되어 소통하고 상호작용하다 보면, 아이와 함께 노는 것이 얼마나 재미있고 의미 있는 일인지 금세 알게 될 겁니다. 그리고 어느덧, 순수했던 유년시절로 돌아간 나를 발견하겠지요.

아이라는 굴레를 기꺼이 뒤집어쓰자

10월 1일 국경절 연휴 기간이 되면, 놀러 오는 친구들이 몇몇 있습니다. 저희는 다 같이 모여서 밥을 먹고 수다를 떨고, 내친김에 아이들까지 함께 어울려 놀게 해요. 하루는 점심으로 무엇을 먹을까 하고 있는데, 아들 녀석이 근처의 태국음식점에 가자고 하는 겁니다. 우르르 몰려가서 자리를 잡았죠. 아들이 메뉴판을 차지하더니 진지하게 주문을 시작했습니다.

"날씨가 추우니까 밀크티는 따뜻하게 해주세요. 카레는 꼭 갖다 주시고, 똠얌꿍은 너무 매워서 우리 식구는 안 먹어요. 삼촌, 이모들은 좋아해요?"

잠시 후, 먹고 싶은 것을 다 주문했습니다. 한 친구가 부럽다는 듯 말했죠.

"너하고 한 선생은 이제 해방된 거나 마찬가지네. 애가 다 커서 저렇게 엄마, 아빠도 돕고. 나는 내년 9월에 커커呵呵가 유치원에 입학하기만 기다려. 그럼 나도 해방되겠지. 지금은 하루 내내 먹이고 입히고 치우고 놀이방 보내느라 정말 힘들어 죽을 것 같아."

그 말에 다른 친구들이 이야기보따리를 풀기 시작했습니다. 더우더우呺呺 엄마는 "유치원에 보내면 해방된다고? 나는 그때부터 진짜 굴레가 시작된다고 보는데? 지금처럼 따라다니면서 시중들 필요는 없어지지만, 새로운 사건이 끝도 없이 일어나거든. 뭘 배우기 시작하면서부터는 경쟁까지 붙어야 해. 인생의 막이 정식으로 오르는 거라고." 말했습니다. 두두_{嘟嘟} 엄마는 아이가 초등학교 4학년이니 더욱 할 말이 많았을 거예요.

"그건 아직 멀었지. 학교야말로 진짜 장난 아니야. 매일 숙제에 악기 수업에 영어, 체육, 서예까지 애들이 얼마나 힘든데. 어른보다 더했으면 더했지 못하지 않거든. 그렇게 끝도 없는 하루하루가 쳇바퀴처럼 반복되는데, 아마 애가 대학이나 졸업하면… 아니, 취직까지 아니, 결혼까지 시켜야 한 시름 덜겠네."

친구들의 이야기를 열심히 듣고 있던 저는 입도 벙긋하지 못했습니다. 그래도 여러 가지 의미에서 '굴레를 쓰다'라는 말은 정말 생생하고 재미있는 표현이라는 생각이 들었어요. 경험자인 저희는 아이가 없는 친구에게 2년만 더 늦추라고 경고했답니다. 일단 아이가 생기면 굴레를 제대로 뒤집어쓰는 셈이니 말이죠. 물론 아이가 귀엽고 사랑스러운 건 사실이지만, 일단 아이를 낳으면 신체적 자유와는 영원히 안녕이라고 할 수 있죠. 아이가 자라고 유치원, 초등학교, 중학교에 들어갈 때마다 우리는 굴레가 점점 더 단단히 조여오는 느낌이 들 겁니다. 이런 생활은 도대체 언제 끝날까요? 그래서일까요, 이제는 우리 부모님 세대조차도 서로 이런 안부 인사를 주고받는다고 하네요.

"딸이 곧 외손자를 낳을 건데, 가서 애 봐줘야 해. 완전히 매인 몸이 되는 거지."

제 두 아이의 성장 과정을 가만 돌아보니, 한때는 저도 아이를 굴레라고 생각하는 '굴레파'의 일원이었습니다. 나 자신을 잃고 싶지 않았지만, 나도 모르게 아이들에게 온 정력을 쏟아붓고 있었고, 개인 생활이나 관심사라고는 다 잊은 지 오래였죠. 그때는 아직 아이가 없는 친구들에게 이런 말도 자주 했어요.

"아이는 인생에서 꼭 필요한 사치품 같은 거야. 없으면 아쉬우니까 꼭 있긴 해야 하는데, 제대로 키우려면 희생해야 할 것이 너무 많거든. 마음도 완전히 뺏기고 1년 365일 24시간 쉬지도 못하지. 어쩌다가 꿈을 꾸는데, 내 인생에서 가장 꽃다운 십여 년이 떠오르는 거야. 그런데 그 시기를 두 아이한테 다 바친 거잖아. 그러니 상실감이나 불만이 없다면 거짓말이지."

그런데 어느 날, 이런 제 생각을 뒤바꾸게 한 일이 일어났습니다. 그날은 아들과 매트 위에 앉아 함께 놀고 있었어요. 어느덧 주위를 둘러보니 레고 조각들이 어지러이 널려있고, 아들은 로봇을 만들겠다고 레고 부품을 찾아달라고 응석을 부리더라고요. 저는 왜 이렇게 어질렀냐고 화를 내면서 잘그락잘그락 부품을 찾기 시작했습니다. 그렇게 부품을 찾느라 우리 둘은 점점 말을 잃었고요. 그런데 제가 그 수많은 부품 중에서 필요한 것을 찾아낼 때마다, 아이는 선망의 눈빛으로 절 보며 그러더라고요.

"엄마, 진짜 짱이야!"

꼭 아이의 칭찬 때문은 아니지만, 저는 함께 노는 즐거움에 빠져들기 시작했습니다. 그때부터 레고 조각을 찾는 일은 저에게 어질러진 장난감 정리처럼 재미없는 일이 아니라 힘을 합쳐 새로운 영웅을 만들어내는 즐거운 과정이 되었죠.

그날 밤, 저는 치얼을 스케이트 수업에 데려다주었습니다. 그런데 치얼이 트렁크를 끌고 스케이트장까지 걸어가는 내내, 발장난을 치느라 뭉그적거리더라고요. 스케이트장에 도착해서도 몸을 풀다가 코를 거울에 갖다 대고 바보처럼 실실거리며 장난을 치고요. 다리를 들어올릴 때는 제가 자기를 감시하고 있지 않은지 곁눈질을 하더니, 펄쩍 뛰다가 넘어진 척 매트에 드러누워 기지개를 켰습니다. 신발을 갈아신는 동안, 저는 신발끈을 조여주었어요. 그러자 치얼이 신발 수평이 맞는지 살펴보더니 장갑을 꼈습니다. 그리고 윗옷을 벗은 채 바짓가랑이를 당겨보고는 스케이트 날 보호대를 벗어던지고, 아이스링크 위에 올라가 쓱쓱 얼음을 지치며 사람들 속으로 빠르게 섞여들었습니다.

'굴레'를 쓰고 있었다면 너무 짜증이 나고 걱정스러웠을 상황이었죠. 반복되는 일상 속에서 아이를 챙기느라 바빠, 제가 실상을 모르고 있었던 겁니다. 평소 저는 아이가 집을 어지럽히고 늑장 부리고 게으르다고 질책만 하고 있었어요.

그런데 이런 순간들을 즐기기 시작한 순간, 이 모두가 인생의 아름다운 장면이라는 것을 깨닫게 되었죠. 매일 똑같은 하루 같지만 새로운 태양이 떠오르듯이, 우리는 날마다 새로운 존재가 되고 그때그때 느끼는 것 또한 달라지는 거죠. 이것이야말로 인생을 제대로 즐기는 것이라고 할 수 있지 않을까요?

이런 관점을 갖고 아이와 함께 걷는 길을 다시 돌아보면, 곳곳이 재미로 가득하고 시시각각이 소중합니다. 그 어디에도 부담감은 찾아볼 수 없어요. 누구나 어려움에 맞서 본 경험이 있을 거예요. 적극적, 주동적으로 나서건 소극적, 피동적으로 피하건, 문제는 언젠가는 해결되잖아요. 그런데 그 사람의 마음가짐에 따라 문제 해결의 완성도와 방향에서 차이가 확연히 나타납니다. 이는 당연히 육아에도 적용할 수가 있겠죠.

우리에게 온 이상 아이는 우리 삶의 일부, 끊을 수 없는 아킬레스건이 됩니다. 우리는 아이라는 굴레를 짊어지고 성인이 될 때까지 정성껏 키우고, 밝고 건강한 인재가 되도록 도와야 합니다. 그만두고 싶어도 그만둘 수 없는 숙명이죠.

그렇기에 아이를 가짐으로써 굴레를 쓰게 되는 것은 모든 부모의 사명이라고 할 수 있습니다. 그런데 이 사명을 완수하는 방식은 정말 천태만상이에요. 노력도 결과도 신경 쓰지 않고 아이가 어서 자라기만을 눈이 빠지게 기다리는 것도 한 방법일 것이고, 아이가 자라는 과정의 매 순간을 즐기며 기꺼이 그 세월을 이겨내는 것 역시 한 방법일 겁니다.

어느 부모에게나 자신만의 바람과 선택이 있을 거예요. 그렇다면 저는 아이를 위해 기꺼이 굴레를 뒤집어쓰는 엄마가 되길 선택하고 싶어요. 해방되는 날을 손꼽아 기다리는 엄마가 되지는 않을 거예요. 다만, 아이로부터 해방되는 날이 왔을 때, 우리 아이들이 사랑을 가슴 가득 품고 당당하게 찬란한 인생을 시작하길 바랄 뿐입니다. 그때는 미련 없이 두 손을 툭툭 털고 멀어져가는 아이들의 뒷모습을 지켜볼 수 있을 테니까요.

'어떻게 놀아줄까?' 놀이에 빠져들기

긴 연휴의 마지막 날, 온종일 부슬비가 내렸습니다. 치얼이 창가에 기대어 부러운 말투로 물었어요.

"나도 페파Peppa처럼 물웅덩이에서 헤엄치고 놀면 안 될까요?"

책임감 강한 처녀자리 엄마인 저는 1초도 망설이지 않고 반대했죠. '찬 가을바람에 한기 들어 감기라도 걸리면 어쩌려고? 옷까지 더러워지면 어쩌려고?' 그런데 제가 진쯔와 씨름하느라 정신이 팔린 사이, 몰래 문이 열리고 시커먼 그림자 둘이 살금살금 밖으로 나가고 말았습니다. 닫히지 않은 문틈으로 자지러지는 웃음소리가 들려왔죠. 이어서 큰 쪽이 작은 쪽에게 다급하게 이야기하더군요.

"조용히, 엄마가 들으면 큰일 나!"

그럼 그렇지. 한 선생이 잔뜩 들떠서 치얼을 데리고 물장난을 치러 간 것입니다. 저에게 들키지 않고 아이를 비옷과 방수 신발로 무장시켰지만, 장화와 비옷 바지는 입힐 생각도 못한 듯했어요. 본인은 모자가 달린 외투만 걸치고 우산조차 쓰지 않은 채였고요. 밖을 내다보니 오가는 사람이 하나도 없는 빗속에서 두 사람은 그야말로 고삐 풀린 망아지가 되었습니다. 미친듯이 물웅덩이를 향해 달려드니 물이 사방으로 튀고 바지가 흠뻑 젖었죠. 기다란 지렁이를 발견하고는 보물이라도 되는 양

받쳐 들고 재밌다는 듯 펄쩍펄쩍 뛰어다녔습니다. 결국, 한 선생은 온몸이 비에 홀딱 젖었고, 치얼은 윗옷과 머리를 제외한 허벅지 아래가 다 젖어버렸어요. 둘은 뜨거운 물로 샤워를 하더니 머리를 말리며 차갑다느니 뜨겁다느니 귀를 말리라느니 실내화를 신으라느니 하며 또 한 번 야단법석을 떨었습니다.

그날 저녁 한 선생은 결국 감기에 걸려 두꺼운 솜이불을 뒤집어썼습니다. 다행히 어린 녀석은 아직 괜찮았고요. 치얼은 이불 속에서 머리만 내민 아빠를 보면서, 남의 불행은 나의 행복이라는 듯 능글거렸어요.

"아빠, 또 물장난치러 갈 수 있어요?"

한 선생은 치얼의 말이 끝나기도 전에 대답했어요.

"당연히 가야지. 내일도 비가 오면 또 갈 거야. 너도 갈 거지?"

한 선생은 아이를 데리고 놀 때 정말 끝장을 보는 스타일이에요. 심지어 어떨 때는 한 선생이 '아직도 철이 안 든 아이가 아닌가' 하는 생각이 들기도 한다니까요. 그만큼 아이들보다 더 장난기가 많고 천진난만해요. 그래서인지 한 선생은 애들하고 놀 때, 애들보다 더 신나게 놀고 무아지경에 빠져듭니다. 저는 그의 그런 점이 무척이나 부러워요. 저도 아이와 자주 놀아주긴 하지만, 사실 완전히 집중하거나 진심으로 즐기기가 쉽지는 않거든요. 저희 둘의 가장 큰 차이는 바로 제가 저를 언제나 부모로 인식한다는 점이에요. 말로는 아이와 친구가 되고 싶다고 하지만, 실상은 아이를 곁에서 보살피고 이끌고 구속하는 상태인 거죠.

그런데 한 선생은 저와 달라요. 언제든 아이의 또래로 변신해 친구가 되고 순식간에 아이의 마음을 사로잡거든요. 친구들과 모임을 할 때면, 다른 집 아이들까지 한 선생을 따르고 금세 친구가 되어 어울린답니다.

저는 한 선생에게 그런 천진난만함을 어떻게 유지할 수 있는지 자주 물어봅니다. 그러면 한 선생은 이렇게 대답해요.

"본인이 즐기지 못하는데 어떻게 애가 재밌어하겠어? 내가 아무리 천진난만하다 해도 진짜 아이들하고는 본질적으로 달라. 그래도 아이와 노는 일에 대해 어떻게 생각하는지에 따라 노는 방법이 달라질 수는 있거든. 수동적으로 이끌려 가면서 아이가 노는 걸 지켜보거나 가르치는 부모가 되느냐, 아니면 스스로 아이가 되어 그 마음을 진심으로 이해하고 다양한 방법으로 함께 어울리는 부모가 되느냐 하는 건데, 마음가짐이 다르면 역시 그 결과도 달라지게 마련인 것 같아."

그전까지는 미처 생각하지 못한 부분이었습니다. 아이들이 재미있어하는 유치한 웃음코드가 저와는 정말 안 맞는다고 생각했거든요. 그런데 한 선생은 저런 고차원적인 생각을 하고 있었던 거예요.

어제저녁, 치얼이 아빠에게 레고를 갖고 놀자고 졸랐습니다. 한 선생은 하루 내내 일을 하고 기진맥진한 상태였지만, 기대에 가득찬 아이의 눈망울을 보더니 흔쾌히 그러자고 했어요. 그리고 두 사람은 재잘거리며 서재로 향했어요. 잠시 후, 서재에서는 "꺄", "아아", "와", "예" 하는 즐거운 비명이 들려왔습니다. 참 이상했어요. 레고는 원래 저렇게 시끄럽게 갖고 놀지 않잖아요? 차분하고 조용한 분위기에서 혹은 머리를 꽁꽁 싸매면서 레고 조각을 찾아야 맞는 건데 말이죠. 그래서 저는 살금살금 서재 문을 열어보았습니다. 그런데 웬일인지 서재 안은 온통 어둠뿐이었어요. 그리고 이리저리 움직이는 휴대전화 손전등 불빛 두 가닥과 함께 잘그락잘그락 레고 조각을 찾는 소리만 들려왔습니다. 별안간 누가 저를 향해 빛을 비추었고, 치얼의 목소리가 불빛과 함께 따라

왔어요. 낮게 깔려 조용하지만, 흥분이 묻어나는 음성이었습니다.

"엄마, 엄마, 아빠하고 레고 산에서 보물을 찾고 있어요. 아빠가 그러는데 레고는 보물이고, 보물은 어두운 동굴 속에 있대요. 신기하죠. 우리가 손전등으로 찾고 있는 거예요. 엄마 이거 봐요. 필요한 보물 레고를 이렇게 많이 찾았어요. 조금만 더 찾으면 완성할 수 있어요. 엄마, 빨리 문 닫아요. 우리 이거 해야 해요!"

말을 마친 아이는 레고 더미에 파묻혀 엉덩이를 치켜든 한 선생을 손전등으로 비추었습니다. 그 모습은 마치 뒤룩뒤룩 살이 찐 생쥐 같았죠. 엉덩이를 저에게로 향하고 레고를 차르륵 훑으며 아주 열심이던 한 선생이 마음에도 없는 말을 했습니다.

"금방 끝나요. 금방. 재촉 말고 잠깐만 기다려."

문을 닫아주고 뒤돌아선 순간, 저도 갑자기 장난기가 발동했습니다. 지금 당장이라도 방으로 달려 들어가 보물 레고 찾기를 함께하고 싶었어요. 그런데 그때, 치얼이 이름 모를 레고 로봇을 들고 의기양양하게 걸어 나오면서 외쳤습니다.

"엄마, 우리가 만든 것 좀 봐요! 오늘 진짜 최고야. 내일도 놀아야지!"

치얼이 잠든 후, 한 선생이 그러더라고요.

"레고 부속이 너무 많고 완전히 뒤섞여서 필요한 부품 찾는 것만도 엄청 힘들어. 그렇게 실컷 찾기만 하면 애가 재미없어하고 흥미를 잃잖아. 그래서 아예 보물찾기라는 새로운 게임을 만들어서 빠져들게 한 거야. 그러면 신선함이나 성취감을 느낄 수 있으니까. 이렇게 노는 게 진짜 신나게 노는 거지. 흩어진 부품들을 한데 모을 수도 있고 말이야."

한 선생은 '아이와 놀 때는 진심으로 빠져들어야 한다. 그래서 부모가 함께하고 있다는 느낌을 주어야 한다'는 생각을 줄곧 갖고 있습니다. 이 '참여감'이라는 것은 단순히 함께라 해서 생기는 것은 아니죠. 아이가 블록이나 레고를 갖고 놀고 싶어 할 때나 애니메이션을 보고 싶어 할 때, 곁에 함께 있는 것은 비효율적이고 피동적인 참여일 수 있어요. 부모들이 아이와 함께하는 동시에 휴대전화를 보거나 통화를 하거나 책을 보거나 또 멍을 때릴 수 있기 때문이죠. 몸은 함께하지만 마음까지 함께하지는 않는 상황, 그 정도 참여로는 아이에게 특별한 기억을 남길 수가 없습니다. 대충대충 마지못해 하는 함께하는 일이 기억에 남을 리가 없으니까 말이죠.

반대로 부모가 유쾌하고 적극적으로 놀이과정을 즐긴다면, 아이 스스로 자신만의 이야기, 마치 영화 같은 장면을 만들도록 유도할 수도 있습니다. 스토리와 상황은 구체적이고 치밀할수록 좋겠죠. 그 과정에서 아이들의 장난감은 유용한 도구가 될 것이고요. 아이들은 감정이입을 잘하기 때문에 상황에 금세 몰입해요. 그래서 부모와 함께 논 일을 생생하게 기억할 수 있고, 이로써 창의력과 상상력 또한 최대한으로 끌어올릴 수 있습니다.

물론 이를 이끄는 사람으로서 부모 본인의 주관과 능동적인 태도, 즉 창의력은 가장 중요하다 할 수 있어요. 여러분도 아이와 함께 놀이 속 주인공이 되어 소통하고 상호작용하다 보면, 아이와 함께 노는 것이 얼마나 재미있고 의미 있는 일인지 금세 알게 될 겁니다. 이렇게 함께하는 경험들이 쌓이고 쌓이면 우리의 동심을 두드려 일깨우게 되고, 조금씩 더 섬세하고 민감해지는 것을 느낄 수 있을 거예요. 그러면 어떤 사람이나 일을 대하는 데 있어 훨씬 더 적극적이고 열정적으로 변하게 되죠.

더 원론적인 이야기를 해볼게요. 인간은 천성적으로 놀이를 즐깁니다. 우리의 일, 공부, 삶 속에서 놀이가 아닌 것이 어디 있을까요? 인생은 원래가 한바탕 놀이라고 하잖아요. 이해관계 때문에 몰입도나 집중력에 차이가 있을 수는 있지만, 놀이의 본질은 변하지 않습니다. 또, 모든 놀이에는 규칙과 스토리가 있고 과정과 결과가 있습니다. 그렇기에 아이가 어릴 때부터 놀이를 통해 다양한 규칙과 역할에 몰입하도록 만들어준다면, 아이는 놀이 자체를 마음껏 즐길 수 있을 뿐만 아니라 사회화 경험까지 간접적으로 습득할 수가 있어요. 함께 노는 과정이 신나고 즐거울지, 아니면 따분하고 지루할지, 또 아이의 기억 속에 오래오래 멋진 기억으로 남을지 그냥 잊힐지는 전부 우리의 태도에 달려있다 해도 과언이 아니겠죠. 전에 친구가 이런 말을 자주 하더라고요.

"우리한테는 영원히 지치지 않고 잘 노는 에너자이저 같은 애들이 있잖아. 이 얼마나 행운이야!"

요즘 같아서는 '영원히'는 바라지도 않습니다. 그저 아이와 함께 놀 수 있는 시간, 그 순간순간이 애틋하고 소중할 뿐이죠. 일상은 매일 똑같이 흘러가는 것 같지만, 아이는 어느새 쑥쑥 자라나잖아요. 오늘 내 옆에 얌전히 앉아 밥을 먹던 꼬마가 내일은 한 손에 책을 들고 한 손으로 밥을 먹는 둥 마는 둥 하는 말 안 듣는 아이가 될지도 모른다고요. 우리 아이들은 지금도 내일도 언제나 부모와 함께 놀고 싶어 합니다. 그리고 신나게 놀 수 있는 그 귀한 시간은 눈 깜짝할 사이에 지나가 버리고요.

아끼고 사랑하세요.

다시 돌아올 수 없는 값진 시간을.

아이를 할아버지, 할머니에게 맡기기 두려운가요?

여름방학 동안, 치얼을 그리워하는 시부모님에게 치얼을 보내 며칠 지내게 했습니다. 아버님은 제가 안심할 수 있도록 웨이신微信(중국 인들이 주로 사용하는 메신저, 영어로는 WeChat이라고 한다_역주)을 통해 아이의 상황을 매일 생중계 해주셨어요.

어느 날, 영상통화를 하면서 어머님이 말씀하셨습니다.

"너희가 보낸 옷은 너무 거추장스럽더라. 이 여름에 깃이며 소매 달린 옷에 긴 바지, 재킷이라니. 애가 덥고 불편해서 어디 가만 입고 입겠니. 내가 사준 것 좀 봐. 보기도 좋고 가격도 저렴하고 애가 아주 시원하게 입고 있잖아."

저와 한 선생은 몰래 짓궂은 눈빛을 주고받고는 냉큼 대답했지요.

"네. 네. 진짜 좋네요."

치얼이 화면 가까이 다가와 신난 아기 새처럼 소리를 질러댔습니다.

"엄마, 나 지금 만화 봐요. 엄청 엄청 많이 봤어요. 완전 좋아요! 간식도 많이 먹고, 어제는 밤 10시에 잤어요."

주체할 수 없이 즐거운 목소리가 수화기를 통해 들려왔습니다. 통화가 끝나고, 한 선생이 물었어요.

"갑갑해?"

저는 깜짝 놀랐어요. '갑갑하냐고? 그렇지. 사실 갑갑해야 정상이지. 그런데 왜 이렇게 기쁘고 안심이 되는 거지? 내 갑갑함은 다 어디로 간 거지?' 예전이라면 저 역시 이런 상황에 민감한 편이었습니다. 아이가 입고 걸치는 것은 편리함과 미관 외에도 건강과 안전을 고려해야 합니다. 예를 들어, 요즘은 실내나 차 안에 에어컨이 시원하게 켜져 있는 경우가 많아서 아이에게 소매 없는 옷은 잘 입히지 않습니다. 또 학교에서 껑충거리고 뛰어다닐 때 찰과상이라도 입을까 봐 무릎 위로 올라가는 반바지도 입히지 않아요. 마찬가지 이유로 발가락이 나오는 여름 샌들보다는 운동화를 신길 때가 훨씬 많습니다. 그리고 교복을 입지 않는 시기에는 잠옷, 홈웨어 외에도 매일 옷을 두 벌씩 준비해 언제든 갈아입을 수 있게 해요. 저는 아이들이 언제나 깔끔한 모습을 유지하는 것을 좋아하거든요.

저는 아이들이 어릴 때부터 본인만의 패션 취향을 갖길 바랐습니다. 우리가 어릴 때는 부모님들이 외모는 신경 쓰지 말고 공부나 열심히 하라는 주의였는데, 지금 생각해보면 좀 너무했다는 생각이 들어요. 물론 아이들이 치장하는 데만 너무 몰두하면 안 되겠지만, 그쪽으로는 전혀 모르고 살다가 성인이 되어서 갑자기 꾸미려고 하면, 그것 또한 골치 아픈 일이더라고요. 그래서 자신에게 어울리도록 외모를 꾸미는 것 역시 어릴 때부터 갈고닦아야 할 능력이라고 생각해요.

보통 우리가 일상적으로 정해놓는 규칙이 있지요. 몇 시에 자고 몇 시에 일어나며, 하루에 만화와 게임은 얼마 동안, 간식과 식사는 얼마만큼, 무엇을 먹는지 등등이에요. 부모라면 누구든 자신만의 육아 원칙이 있을 겁니다. 게다가 저희처럼 아이를 둘이서 직접 키우는 부모라면 그 원칙이 더 다양하고 상세할 수밖에 없지요. 그렇지 않으면 생활습관이 들쭉날쭉 불규칙적이 되고, 아이들을 관리하기가 점점 더 어려워지게 되니까요. 처음부터 아이에게 좋은 습관을 길러주면, 일상의 패턴이 아주 순조롭고 수월하게 흘러간답니다.

지난 수년간, 아이가 할아버지, 할머니나 외할아버지, 외할머니와 만날 때면, 육아에 대한 의견이 항상 엇갈렸어요. 물론 서로 최소한의 예의는 유지했지만, 마음속으로는 크고 작은 찝찝함이 생길 수밖에 없었지요. 저는 부모님들이 아이를 너무 제멋대로 하게 내버려 둔다고 느꼈고, 그건 곧 저희와 아이에 대한 무책임이라고 생각했습니다. 부모님들은 아이를 끔찍이도 예뻐하기 때문에 잠깐 만나는 방학이나 휴가 동안 아이를 무절제하게 내버려 두거든요. 그러면 찰나의 자유를 누린 아이를 평소 생활, 평소 습관으로 되돌리기 위해 시간과 노력을 무진장 들여야 했습니다. 그 과정은 저희와 아이들 모두에게 정신적 스트레스를 안겨주었고요.

그런데 어느 순간, 제가 생각을 바꾸게 된 일이 있었어요. 시부모님이 아이들을 보러 집에 왔을 때였습니다. 시아버지가 진쯔를 재우려고 달래는 중이었는데, 평소 자주 못 본 할아버지가 어색했는지 진쯔가 쉽사리 잠들지 못하고 자고 깨기를 반복했어요. 시아버지는 애를 안느라 구부정해진 허리에 딱딱하게 굳은 팔을 꼼짝도 하지 않았습니다. 그리고 가끔 너무 예뻐서 참을 수 없다는 듯, 자신의 이마를 진쯔의 이마에 갖다 대셨어요.

시아버지는 원래 근엄한 스타일이에요. 한 선생 말로는 자기가 어렸을 때, 아버지가 굉장히 엄했고, 신체적 접촉 또한 자주 하지 않는 분이었다고 했어요. 그러니 손자에게 이렇게 다정하고 친근하게 하는 건 평생 처음 뵙는 모습이었지요. 시아버지가 그렇게 한참 동안 진쯔를 안고 있는 모습을 보니, 저는 자식 사랑보다 더 깊고 진한 손주 사랑을 느낄 수가 있었습니다. 예전 같았으면 분명 이렇게 말씀드렸을 거예요.

"잠들었으면 그만 내려놓으세요. 계속 안아버릇하면 안 돼요. 허리도 아프시잖아요."

하지만 저는 그때 아무런 말도 하지 않았어요. 힘들지만 달콤한 그 시간을 즐기시도록 가만히 두었죠. 저희 엄마도 그런 말씀을 하신 적이 있습니다. 아버지가 치얼과 진쯔를 안으면 제가 어렸을 때를 떠올린다고. 저는 그 말을 듣고 아버지가 느끼는 것이 도대체 어떤 감정인지, 저를 안은 것인지, 제 아이를 안은 것인지 궁금했습니다. 아마 복잡한 심경이었겠지요. 시아버지 역시 제 아버지와 똑같이 느끼고 있는지는 알 수 없지만, 그들이 저희에게 다 못한 내리사랑을 다음 세대에 쏟아내고 있다는 것을 알 수 있었습니다.

그래서 저 자신에게 물어보았어요. 아이를 사랑하는 어른들의 방식에 동의하지 못하는 것이 과연 그런 행동이 아이를 해치기 때문인가, 아니면 나에게 의지하는 아이의 의존도를 뺏기기 때문인가? 정답은 아마 둘 다일 것 같아요. 우리 손으로 키운 아이들이 친, 외조부모의 방식대로 생활하면서도 반듯하게 잘 성장한다면, 부모로서의 권위와 함께 아이들 마음속의 독점적인 지위가 위협을 받을 수 있기 때문 아닐까요. 여기까지 생각한 저는 앓던 이가 빠진 듯 홀가분하게 웃을 수 있었습니다.

계속 고집을 부리며 패왕의 지위를 지킬 수도 있겠죠. 하지만 아이들은 독립적이고 건전한 인격을 가진 존재입니다. 그리고 저는 아이들이 할아버지, 할머니로부터 무한한 사랑을 받을 권리를 빼앗을 자격이 없어요! 최선을 다해 손자를 사랑할 권리를 차마 어떻게 빼앗을 수 있겠어요?

부모의 관할에서 벗어나 방탕한 시간을 즐긴 치얼은 조금 뺀질뺀질하고 제멋대로 행동하는 아이가 되어있었습니다. 게다가 어찌나 즐거워하는지요. 평소 제 방식과 부합하지 않는 사소한 습관들은 무시해도 좋았습니다. 다만 마음을 다잡는 데 드는 시간이 얼마나 걸릴지가 유일한 관건이었지요. 사실 아이들은 쉽게 방향을 잃지 않아요. 규칙적인 생활로 돌아오는 것도 생각만큼 어렵지 않고요. 게다가 왜인지는 모르겠지만 치얼은 할아버지, 할머니 집에 가기 전보다 더 유쾌하고 심신이 편안해진 것처럼 느껴졌습니다. 한 선생이 그러더라고요. 치얼은 거기서 모든 구속을 벗고 마음껏 자유를 즐겼으니 최상의 휴식과 여유를 얻었을 거라고요. 역시 삶에는 이런 경험이 필요한 법인가 봅니다.

분위기가 다르면 아이가 느끼는 사랑도 다르겠지요. 치얼에게 아빠, 엄마는 규제와 속박의 아이콘이고 할아버지, 할머니는 무한한 사랑을 주는, 비교적 원칙이 헐렁한 쪽일 겁니다. 아이가 오랫동안 한쪽만을 경험하고 다른 사랑을 느껴보지 못한다면 참으로 안타까울 것 같습니다. 아이가 어른들 품에 안겨 극진한 보살핌을 받으며 부모 외 다른 사람의 포용과 사랑을 경험하게 하는 것도 나쁘지 않은 것 같아요. 그래야 바쁘고 규칙적인 평소 생활로 돌아왔을 때, 더 열심히 해나갈 수 있는 동력을 얻고 미래를 향한 기대감을 느낄 수 있을 테니까요.

특히 외동아이들은 사람과 사람 사이의 관계를 거의 두 종류로 나누게 되죠. 부모, 낯선 사람. 그 외, 중간은 없습니다. 그래서 생기는 감정적 경험의 부재가 아쉬울 따름이에요. 아이들은 혈육 간의 관계 속에서 가족의 개념을 배우고 이해합니다. 대가족 속에서 부대끼며 자란 아이는 다양한 유대감을 경험하게 되고, 부모와 낯선 사람 사이에 있는 여러 관계의 사람들 속에서 안정감과 편안함을 익히게 됩니다. 내 뒤에 가족이 있기에 나는 혼자가 아니며, 기댈 수 있는 든든한 지원군이 언제나 함께한다고 생각하는 것이죠. 이런 편안한 느낌 덕분에 아이는 이런저런 망설임과 걱정을 덜 할 수 있게 됩니다. 남들에게는 제멋대로인 것처럼 보이기도 할 정도로요.

저희가 한 선생의 본가에 방문하면, 친척들은 매번 시간을 맞추어 저희를 만나러 옵니다. 그러면 집 혹은 식당에 모여 오후 내내 맛있는 음식을 실컷 먹어요. 그러면 치얼은 환희에 찬 새끼 새처럼 집 안팎을 이리저리 휘젓고 다녀요. 고모에게 달려가 방금 깐 잣을 한 움큼 얻어먹고는 작은할아버지가 따라주는 콜라를 마시고, 이내 할머니에게 석류를 따달라고 조르곤 하지요. 아니면 모두에게 자기를 보라고 하고선 아무도 웃지 않을 이야기를 혼자 떠들고는 배꼽을 잡고 자지러지게 웃어대기도 하고요.

아이가 이런 관계 속에서 얻는 즐거움과 자신감, 편안함은 이루 헤아릴 수 없을 정도로 큰 선물입니다. 아빠와 엄마, 두 사람만으로는 절대 선사할 수 없는 기쁨이지요.

저는 우리 아이들이 대가족의 따뜻한 정을 최대한 느끼기를 바랍니다. 언뜻 무절제하고 과잉보호로 보이는 사랑일지도 모르겠어요. 그래도 혹시 아나요? 아이들이 살아가는 어느 때, 문득 지금 이 순간이 떠올라 앞으로 나아갈 힘의 원천이 되어 줄지도 모르잖아요.

아이의 작은 희망도 저버리지 마세요

매년 10월이 되면, 제 아들은 유달리 흥분합니다. 핼러윈이 다가와 사탕을 얻으러 다니기만을 손꼽아 기다리는 것이죠. 사탕을 얻으러 다니는 것도 재미있지만, 맛있는 사탕을 실컷 먹을 수 있으니 얼마나 좋겠어요. 저는 아이에게 재미있는 분장을 이것저것 시켜볼 수 있으니 저대로 즐겁습니다. 핼러윈 당일, 아들은 어찌나 흥분했는지 노는 것도 제대로 집중을 못하고 수시로 저에게 들러붙어 물었습니다.

"엄마, 왜 아직도 하늘이 안 깜깜해요?"

원래는 저녁 7시쯤에 데리고 나가려고 했는데, 이런저런 일이 계속 생기고 전화도 자꾸 오는 바람에 8시가 돼서야 일이 마무리되었습니다. 치얼은 몇 번이고 스파이더맨 쫄쫄이를 입었다 벗었다, 위니 가면을 썼다 벗었다 하면서 안절부절못했지요. 마침내 나가도 좋다고 허락이 떨어지자, 치얼은 마법 모자와 사탕 바구니도 잊고 망토만 걸친 채, 쌩하니 밖으로 달려나갔습니다.

저는 진쯔에게 두꺼운 오리털 점프슈트를 입히고 집을 나섰어요. 출발하자마자 친구가 전화를 걸어왔습니다. 올해는 단지 내에서 참여한 사람들이 너무 적다는 소식이었어요. 원래 아이들에게 사탕을 주고 싶은 집은 입구에 등을 켜는 게 규칙인데, 올해는 등을 켠 집이 몇 곳뿐이라는 겁니다. 그러면서 아직 안 나왔으면 아예 나오지 말라고, 괜히 나왔다가 헛수고만 할 거라고 덧붙이더군요.

전 좀 난처했습니다. 뒷좌석에 앉은 아들의 기세로 봐서는 도저히 차를 돌릴 수 있을 것 같지 않았거든요. 만약 이대로 돌아간다면 어마어마하게 실망할 것이 분명했습니다. 그렇다고 딱히 큰일 날 건 없었죠. 더 좋은 방법이 생각났으니까요. 어차피 목적은 사탕이니, 가게에 가서 사준다고 해도 괜찮을 것 같았어요. 우선 아이를 넌지시 떠보았어요.

"오늘 날씨가 너무 추워서 사탕 받으러 온 사람들이 별로 없나 봐. 우리 바로 가게로 갈까? 엄마가 사탕하고 초콜릿 잔뜩 사줄 테니까 넌 고르기만 해, 어때?"

그러나 아들은 추호도 흔들림이 없었지요.

"상관없어요. 가게는 안 갈래요. 사람들이 없어도 나는 갈 거야. 나는 안 추워."

저는 하는 수 없이 아이를 데리고 행사 단지에 도착했어요. 차를 주차한 후, 옷 무게까지 도합 15킬로그램짜리 뚱뚱보 아가씨를 어깨에 둘러멨습니다. 지금까지 추위에 떨었을 친구를 괴롭히고 싶지 않아, 등이 켜진 집을 찾아 무작정 길을 따라 걷기 시작했어요. 시간은 벌써 9시를 향해가고 있었죠. 참여한다고 했던 집이라도 불을 끄고 잘 준비를 할 시간이었고요. 그래서인지 등이 몇 개 보이기는 했지만, 어둠을 밝히기 위한 용도로 쓰는 보통 등이지 핼러윈 장식은 전혀 아니었습니다. 아들에게 말했어요.

"이거 봐. 사람이 진짜 없네. 날도 너무너무 춥고, 진쯔도 너무 무거워. 이렇게 하자. 엄마하고 같이 이쪽 한 줄만 보고 만약에 등이 켜진 집이 하나도 없으면 가게로 가서 네가 제일 좋아하는 초콜릿을 사는 거야."

치얼은 망설였고, 저는 으름장을 살짝 놓았습니다.

"더 늦으면 가게도 문을 닫을 거야. 그럼 두 마리 토끼를 다 놓치고 마는 거야."

아들은 잠시 고민하더니 무언가 큰 결심을 한 듯 고개를 끄덕이며 말했어요.

"그럼 이쪽 한 줄만요. 정말 없으면 가요."

아이는 그렇게 어둠 속을 달리며 등이 켜진 집을 꼼꼼히 살펴보았습니다. 저는 진쯔를 업고 뒤를 따랐지요. 오리털 점퍼 때문에 아래로 미끄러져 내리는 진쯔를 계속 추켜올려야만 했어요. 저는 제발 이쪽 줄만 빨리 보고 어서 집으로 가게 되기를 속으로 간절히 빌었어요.

마침내 불을 켜고 호박을 두 개 놔둔 집을 한 군데 발견했습니다. 아들이 한달음에 달려가 문 앞에 섰지요. 치얼은 문을 두드리려 높이 들었던 손을 갑자기 내리더니 망토를 가지런히 가다듬고 조용히 그리고 예의 바르게 노크를 했습니다. 그런 후 아주 경쾌하고 장난기 어린 목소리로 또박또박 힘주어 소리쳤어요.

"Trick or Treat?(사탕 안 주면 장난칠 거예요!)"

집 안에서는 아무런 인기척이 없었습니다. 아이는 저를 돌아보더니 기대에 가득 차 말했어요.

"아마 못 들었나 봐요. 그런데 너무 크게 소리치면 안 될 것 같아요. 사탕 주는 집이 아니면 어떡해요?"

"괜찮아. 다시 물어봐!"

치얼이 다시 문을 두드리고 소리를 지르더니, 두 발을 동동 굴렀습니다.

"엄마, 너무 떨려요. 사탕이 있을까요?"

문을 3번이나 두드려도 반응이 없자, 치얼은 이 집에서 사탕을 받을 수 없다는 걸 알아챘습니다. 뒤돌아선 순간, 실망스러운 눈빛을 보니 저도 모르게 마음이 쓰렸습니다. 상황을 보아하니, 이쪽 줄에서 사탕을 받을 확률이 아주 희박해 보였거든요. 아이는 계속해서 실망하게 될 터였습니다. 아니나 다를까, 줄 끝까지 가도록 사탕은 하나도 얻지 못했어요. 치얼의 눈에서 불타오르던 열정이 점차 수그러드는 것이 느껴졌습니다. 마지막 집 앞에 이르러서도 등 장식이 없자, 치얼은 숨을 크게 들이쉬고는 말했어요.

"알았어요. 엄마. 여기도 사탕이 없으면 그냥 가요. 가게에서 살 수 있으니까요."

그리고 주저주저하면서 차를 세워놓은 방향을 자꾸만 돌아보았습니다.

"다른 사람들도 사탕 못 받았겠죠."

그 순간, 제 마음속에서는 왠지 양심의 가책이 느껴졌어요. 제가 계속 바쁘지만 않았다면, 조금 더 일찍 데리고 나왔더라면 최소한 기회라도 더 얻었을 텐데, 조금만 더 신경 써서 일을 빨리 끝냈다면 다른 곳으로라도 데리고 갈 수 있었을 텐데. 제가 조금만 더 신경 썼더라면 선택지는 지금보다 많아졌겠죠. 사탕을 그냥 가게에서 샀을 때의 기쁨과 일년에 한 번, 얻었을 때의 기쁨은 당연히 비교조차 할 수 없잖아요. 그런데 제가 아이의 이런 작은 기쁨과 소망조차 지켜주질 못한 겁니다.

돌아가려고 차 문을 여는 순간, 치얼은 결국 흐르는 눈물을 참지 못하고 눈가를 훔쳤습니다. 뚱뚱보 아가씨를 안은 저는 이틀짜리 어깨 근육통을 얻더라도 절대 후회하지 않을 결정을 내렸어요.

"아들, 우리 안 가. 엄마하고 진쯔가 너랑 같이 다닐게. 포기하지 말자. 사탕 하나도 못 받더라도 해보자. 그래야 아쉽지 않지."

그 말을 들은 아들은 믿을 수 없다는 표정으로 신이 나서 물었습니다.

"엄마, 진짜 같이 가요? 엄마, 저쪽까지 갔다가 가게에 가도 괜찮아요? 문 안 닫을까요? 엄마, 진쯔 업고 저렇게 멀리까지 갈 수 있어요? 엄마, 엄마."

저는 아이에게 '그렇다'라고 대답해주었습니다. 그리고 저희 셋은 아무도 없는 골목을 이리저리 누비며 입구에 등을 단 집을 찾아 헤맸습니다. 그것만이 저희의 마지막 희망이었으니까요. 결국, 불이 켜진 집을 발견했습니다. 문을 두드리자 안에서 대답 소리가 들려왔고, 한 아이 아빠가 문을 열고 웃는 낯으로 치얼을 맞았어요.

"사탕 있단다. 어서 와서 가져가렴."

그때 저는 그 사람에게 가진 걸 모두 다 준대도 아깝지 않을 것 같았어요. 아들은 받아든 사탕 몇 개가 아까워 먹지도 못하고 기뻐하며 말했습니다.

"엄마, 이것 봐요. 우리 진짜 운이 좋은 것 같아요! 정말로 사탕이 있는 집을 찾아냈잖아요! 끝까지 열심히 하면 꼭 해낼 수 있는 거네요!"

저는 반짝반짝 빛나는 아들의 눈을 바라보고, 새끼 코알라처럼 엄마 품에 얌전히 안겨있는 진쯔를 바라보았습니다. 감사하는 마음이 밀물처럼 밀려들었어요. 우리가 이런 아름다운 순간을 함께할 수 있게 하고, 마지막 순간에 사탕을 선사해준 사랑스러운 집을 있게 한 하늘에 감사했습니다!

저는 얼른 차를 가게로 달려, 치얼에게 사탕을 사주었습니다. 치얼은 자그마한 사탕 봉지 하나만을 골랐어요. 벌써 사탕을 받았으니, 너무너무 행복해서 운을 다 쓰고 싶지 않다나요.

집으로 돌아오는 길에 녹초가 된 두 아이는 잠에 빠져들었어요. 치얼은 가게에서 산 사탕을 가슴에 품고 마지막 집에서 얻은 사탕을 손에 꼭 쥐고 있었고요. 영문도 모르고 포대기에 싸여 차가운 밤바람을 맞으며 여기저기를 돌아다닌 진쯔는 춥고 피곤했는지 정신없이 곯아떨어졌지요. 저는 뻐근한 어깨를 주무르고 시원찮은 허벅지를 두들기면서도 뿌듯하고 만족스러운 마음이 들었습니다. 이 몇 시간의 힘겨운 여정이 치얼의 머릿속에 얼마나 오래 남아있을지는 알 수 없습니다. 하지만 아이가 성장해가면서 오늘 이 순간을 떠올린다면, 아빠, 엄마가 약속을 지키지 않고 건성건성 했다고 해서 실망하거나 좌절하지 않으리라는 것만은 알 수 있어요. 제겐 그거 하나면 충분할 것 같아요.

아이와 놀기, 부모가 성장할 두 번째 기회

평소 치얼은 피겨스케이트 수업에 시간을 많이 할애합니다. 거기에 숙제와 책 읽기까지 해야 하기에, 평일 저녁은 거의 전쟁을 방불케 할 정도로 바쁘게 돌아가죠. 딱히 놀 시간이 없는 것은 당연합니다. 그래서 작년 하반기부터 주말 과외를 모두 없애서 치얼이 주말만이라도 편히 놀게 해주고 있어요.

예전에는 아이가 하나였기 때문에 저희 부부가 바쁘면 치얼 혼자 놀게 했습니다. 치얼은 레고를 바닥에 깔아놓고 자신만의 세계를 만드는 것을 아주 좋아하거든요. 진쯔가 생기고부터는 되도록 한 선생이 주말에 일을 쉬고 집에 있습니다. 한 선생이 진쯔를 돌보면 저는 치얼의 놀이를 전담하죠. 엄마, 아빠가 동생만 너무 신경 쓴다고 생각하지 않도록 하는 나름의 방법입니다.

저는 치얼과 함께 노는 시간을 무척 좋아하는데, 치얼은 우리가 무엇을 하고 놀지 본인이 결정하는 것을 특히 좋아해요. 지지난 주에는 치얼이 그림을 그리자고 했어요. 그런데 하필이면 저는 그림 그리기라면 머리가 지끈거리는 사람이에요. 제가 세상에서 요리 다음으로 제일 못하는 게 바로 그림 그리기거든요. 그래도 아이가 고집을 부리니 하는 수 없이 그러자고 했습니다.

저희는 두 사람이 모두 좋아하는 동물 그림을 찾아서 그대로 따라 그리기로 했어요. 그런데 저는 아무리 생각해보아도 어떻게 시작해야 할지 감이 잡히지 않았습니다. 이렇게 그려도 별로일 것 같고, 저렇게 그려도 비슷하지 않을 것 같았어요. 색깔도 뭘 칠해야 덜 나빠 보일지 알 수 없었죠. 반면에 치얼은 아주 과감하더라고요. 망설임 없이 쓱쓱 시작하더니 단숨에 그림을 완성해나갔어요.

10여 분이 지났을까, 치얼이 그림을 완성했습니다. 하지만 저는 동물 하나도 제대로 그려내지 못한 상태였지요. 1시간 반이 지났을 때, 저도 그림을 겨우 완성했습니다. 치얼은 기다리기가 지루했는지 혼자서 레고 히어로를 네 개나 완성했고요. 한 선생은 저희 둘의 그림을 보더니 크게 감탄했습니다. 어른과 아이의 그림이 한 눈에도 구분되었고, 실력 또한 금세 우열이 가려졌으니까요.

제가 그린 동물은 틀에 박힌 듯 똑같이, 원래 그림과 최대한 비슷하게 그리려고 노력한 흔적이 보였어요. 시작할 때부터 정해진 방식을 따르려다 보니 고지식하고 딱딱한 그림이 되어있었습니다. 그래서 그림 전체의 완성도는 둘째치고 상상력이랄 만한 것은 전혀 찾아볼 수가 없었어요. 이런 그림은 재미가 없을 뿐만 아니라 그린 저로서도 만족스럽지가 못했지요.

반면에 치얼은 자기가 본 것과 그린 것이 완전히 딴판이었습니다. 자신만의 상상력을 뽐내며 원하는 대로 아무런 구애 없이 시원시원하게 그림을 그려낸 것이죠. 자기 그림에 어떤 평가가 내려질지 전혀 개의치 않았습니다. 10분이라는 짧은 시간 동안, 각 동물을 생동감 있게 그리고, 각각에 맞는 먹잇감이나 이모티콘까지 붙여놓았더라고요. 덕분에 생기 넘치고 천진난만한 그림이 완성되었습니다. 한 선생이 웃으며 말했어요.

"당신 너무 정직하다. 원래 그림에서 이만하다고 크기까지 똑같이 그렸네. 한 시간 넘게 낑낑대더니 이렇게 그릴 거면 우리 아들 색연필이 얼마나 낭비야!"

아이들의 상상력과 창의력은 하늘이 주신 귀하고 귀한 재능이자 자산이라는 것이 새삼 느껴졌습니다. 어른들의 간섭과 영향이 적으면 적을수록, 아이들은 이런 천부적인 재능을 오래도록 간직할 수 있겠지요.

가끔은 정말 아이들이 부럽기도 해요. 이렇게 꽉 막히고 갇혀 있는 어른들로서는 아이들의 광활한 정신세계와 풍부한 상상력을 도저히 따라잡을 수가 없으니 말이죠. 배우려 한다고 배울 수 있는 것도 아니고, 그저 흠모하고 지키는 수밖에 없겠지요. 그래서 저는 치얼이 그린 그림을 항상 잘 챙겨둡니다. 치얼의 빛나는 순간을 부지런히 갈무리해두는 것이죠. 그리고 색연필과 스케치북도 항상 새로 준비해둡니다. 다작하는 우리 작가님의 작품들을 더 많이 수집하기 위해서요.

저는 아이로 인해서 우리 어른들이 성장할 두 번째 기회를 얻는 것에 감사하는 마음이 듭니다. 아이가 성장하는 과정에서 우리 또한 끊임없이 배움의 길을 걷게 되기 때문이지요. 아이가 새로운 지식과 살아가는 기술을 배우고 익힐 때, 부모가 앞장서서 끌고 가는 경우가 많지요. 하지만 여러분, 바쁜 걸음을 찬찬히 늦추고 아이 뒤를 따르면서 아름다운 그 모습을 지켜보고 싶을 때가 훨씬 더 많지 않나요?

CHAPTER 3

습관 키우기

: 몸은 흐트러져도 마음은 흐트러지지 않게

가장 최고의 육아 방법은 '겉은 풀어주되 마음은 긴장' 전략을 쓰는 것이겠죠. 이런 고급 육아 스킬을 쓰려면 부모 역시 IQ와 EQ가 모두 높아야만 해요. 아이의 성장 속도와 방향을 언제든 파악하고 조절할 수 있어야 하고, 가능하면 발전의 추이까지 예상해 아이를 이끌어야 하니까요. 그렇게 보면 우리 부모들은 교육학자, 심리학자, 심지어는 철학자까지 되어야 하는 거예요.

아이는 조금씩 조금씩 배운다

우리 집 근처에 정말 괜찮은 아메리칸 레스토랑이 있어요. 식재료도 신선하고 분위기도 훌륭한 곳이죠. 그래서 저희끼리도 자주 찾고, 친구들과 만날 일이 있으면 항상 그곳으로 약속을 잡아요. 그렇다 보니 레스토랑 매니저와도 자연스레 안면을 트게 되었고요. 그 매니저는 아이들을 데려갈 때마다 항상 웃는 모습으로 저희를 맞이합니다. 진쯔를 안아주거나 치얼과 이야기를 주고받으면서 적당한 자리를 안내해 주기도 하고, 실내 온도도 아이들에게 알맞게 조절해주는 등, 세심한 배려를 잊지 않지요.

그 레스토랑에는 테이블축구게임이 있는데, 치얼은 갈 때마다 오랫동안 축구게임을 즐겨요. 가끔 저나 한 선생이 이야기하느라 바빠서 같이 놀아줄 시간이 없으면, 식당에 있는 다른 아이들과 어울리지요. 그러다 모두 가버리면 그 매니저가 하던 일을 멈추고 함께 놀아주기도 해요.

지난주에는 친구들이 놀러 와서 큰 테이블 두 개를 차지하고 앉아 먹고 마시며 즐겁게 이야기꽃을 피웠습니다. 치얼은 평소처럼 테이블축구를 하러 갔고요, 저와 친구 하나가 축구 경기를 구경하기 위해 치얼을 뒤따라 축구대로 향했습니다.

치얼과 맞붙은 상대는 호리호리한 혼혈 남자애였어요. 나이는 대충 치얼보다 두세 살 많은 아홉 살쯤으로 보였고, 말수가 적은 아이였습니다. 게임이 시작되자마자, 둘은 금세 달아올랐어요. 역시 남자애들다웠죠. 경기가 아슬아슬해질 때마다 치얼은 흥분해서 소리를 마구 질러댔습니다. 반면, 그 아이는 조용히 게임에만 열중했지요. 저와 함께 경기를 구경하던 친구가 주먹을 쓰다듬으며 말했어요.

"테이블축구는 내가 좀 하는데, 어디 한번 해볼까."

치얼이 자리를 비키지 않자, 혼혈 남자아이가 침착하게 말했습니다.

"두 명이 같이 붙어도 전 괜찮아요."

그리고 치얼을 보며 말했습니다.

"쟤가 나보다 조금 어리니까 원래부터 좀 불공평한 게임이었잖아요. 그럼 제가 어쨌든 계속 봐 줘야 하고요."

그래서 제 친구와 치얼이 한 팀이 되어 남자아이와 대결을 벌이게 되었습니다. 처음에는 이것도 좀 불공평한 게 아닌가 생각했지만, 아이는 시종일관 화난 기색도 없이 즐겁고 매너 있게 게임에 임했습니다. 식사 자리로 돌아간 저는 한 선생에게 혀를 내둘렀죠.

"저 나이에 어쩜 저렇게 의젓하고 이해심이 넓은지. 어른들까지 부끄럽게 만든다니까, 진짜."

음식값을 계산하는데, 매니저가 먼저 이야기를 꺼냈습니다.

"방금 아드님하고 혼혈 남자애하고 같이 노는 것 봤거든요. 왠지 제가 다 기분이 좋더라고요!"

저는 어리둥절했어요.

"어머, 왜요?"

"저희 레스토랑에 매일 수도 없이 많은 아이가 왔다 가거든요. 물론 다시 오는 애들도 많고요. 그래서 제가 애들을 정말 많이 경험해봤어요. 그중에서 요 몇 년 동안, 제가 제일 좋아하는 아이 둘이 바로 아까 그 혼혈 남자애와 아드님이에요. 그런데 이 두 아이가 만날 기회가 좀처럼 없다가 오늘 처음으로 만나서 놀았잖아요. 사실 한 아이가 저희 레스토랑에 오면, 저 혼자 속으로 다른 아이가 오지 않을까 기대했었어요. 둘 다 워낙 점잖고 예의가 바르니까 좋아할 수밖에 없어요."

저는 진심으로 이야기했습니다.

"치얼이 그 정도는 아니에요. 그런데 그 아이는 정말 교양이 넘치더라고요. 우리 어른들도 비교가 안 되겠던데요."

그녀가 응수했습니다.

"너무 겸손한 말씀이에요. 저도 남들한테 아첨 같은 거 안 해요. 둘 다 칭찬할 점도 많고 좋은 아이들이에요. 제가 애들을 좋아하긴 해도 아무나 이렇게 좋아하진 않거든요. 딱 얘네 둘 하고만 놀아줘요. 좀 괜찮다 싶은 애들이라도 봐주기만 하고, 사실은 안 좋아하는 애들이 훨씬 더 많아요."

"우리 집 애는 천성이 순하고 뭐든 이야기하길 좋아해서 그래요. 제가 운 좋게도 착한 아들을 둔 거죠, 뭐."

그녀는 웃었습니다.

"하도 보는 애들이 많아서 그런지 잠깐만 보면 어떤 애들인지 금방 답이 나와요. 평가도 꽤 객관적이고요. 착한 아들이 어디 우연히 되나요. 다 부모가 조금씩 조금씩 가르친 결과죠."

저는 그 매니저의 말에 그녀를 다시 보게 되었습니다. 저희 엄마는 제가 어렸을 때부터 이런 푸념을 자주 하셨거든요.

"참 내, 딸이 좋은 성적을 받아오니까 사람들이 나한테 뭐라고 하는지 알아? '아이고, 복도 많으시네요. 이렇게 훌륭한 딸을 다 두시고.' 그러는 거야. 너 공부시키고 사람답게 키우겠다고 너하고 얼마나 싸우고 으르렁대는지 다른 사람들이 어떻게 알겠니? 내가 너 때문에 갖은 고생을 다 하고 이것저것 챙기느라고 걱정하고 마음 쓰는 걸 누가 알겠냐고. 애한테 본보기 좀 되겠다고 내 몸 누일 시간도 없이 공부하는 걸 누가 알아?"

저는 그때 스스로 꽤 괜찮은 아이라고 자부했고, 부모님이 저를 키우려고 얼마나 애쓰는지는 거의 알지 못했어요. 부모님의 형편과 사업이 점차 나아지면서, 어쩌면 저는 정말 나 혼자 이렇게 잘 자랐을지도 모른다고 생각하기도 했죠. 하지만 커서 어른이 되고 사회로 나가 사람들을 만나 경쟁과 협업 관계를 맺으면서 깨닫게 되었습니다. 부모님이 제게 하신 교육이 저의 말투 하나하나, 행동거지 하나하나마다 배어있었다는 것을 말이죠.

크게는 삶의 목표나 가치관에서부터 작게는 식탁 예절과 위생을 철저히 하는 습관까지… 몸으로 솔선수범하는 방식이든 책 속의 지식을 가르치는 방식이든 가리지 않고 최선을 다해 가르치려 애쓴 부모님 덕에 오늘날 이렇게 대단하진 못하지만 적어도 최악은 아닌 제가 있을 수 있었던 것입니다.

어머니는 세상 모든 아이가 원래 착하다고 하셨어요. 그리고 아이는 키우는 대로 큰다고 굳게 믿으셨죠. 곧게 자라지 못하는 나무라면, 그 원인을 나무에서 찾을 것이 아니라 나무를 키우는 부모에게서 찾아야 한다고 하셨지요. 아이마다 그 천성과 장점은 제각각이지만, 태생적인 차이는 결과에 결정적인 작용을 미치지는 못하는 것 같습니다. 부모가 얼마나 피나는 노력을 했는지가 더 주요한 요인이 되는 것이죠.

저와 한 선생은 다른 사람들에게서 "착하고 예쁜 아이를 두셨네요." 같은 말을 자주 들어요. 딱히 토를 달지 않고 웃으며 그러려니 하고 넘어가지만, 저희는 서로가 얼마나 고생하는지 잘 알고 있습니다. 공부 관련해서는 아이에게 크게 스트레스를 주지 않으려고 노력합니다. 하지만 올바른 예의범절을 익히고 좋은 습관을 기르는 것만큼은 절대 양보할 수가 없어요.

다들 이런 경험이 있을 거예요. 하루는 몇몇 친구들과 각자 아이들을 대동하고 식사를 하기로 약속을 잡았어요. 그런데 밥 먹는 자리에서 한 아이가 굉장히 불손한 말과 보기 힘든 행동을 반복하는 거예요. 아마 모르긴 몰라도 그 자리에 있던 부모들 전부 속으로 내 아이라면 벌써 혼을 내고도 남았다고 생각했을 거예요. 하지만 그 아이의 엄마인 친구는 아이를 말리기는커녕 오히려 두둔하면서 얼렁뚱땅 이상한 논리를 갖다 붙이더라고요.

"애들이 다 그렇잖아. 알아서 잘하면 그게 어디 애들이야, 어른이지."

이런 상황이 몇 번이나 반복되자, 자리에 있던 친구들은 그 아이를 싫어하게 됐을 뿐만 아니라 그 부모들까지 꺼리게 되었어요. 아이가 교양 있고 매너 있게 행동하면 부모의 체면이 서는 것은 물론이겠죠. 그리고 아이가 커서 사회에 나갔을 때 교양있는 태도는 그 자체로 멋진 명함이나 마찬가지 역할을 합니다. 무례하고 이기적이고 다른 사람이라고는 눈곱만큼도 배려하지 않는 사람은 사회에서 인정받기 힘들겠죠. 어렸을 때 이런 기본 교양을 배우지 못한 내 아이가 크고 나서 자연스럽게 모든 걸 알게 될 거라고 믿지 않았으면 좋겠습니다. 부모가 가르치지 않으면, 아이가 영원히 모를 것들이 세상에는 수도 없이 많습니다. 아이에게 좋은 습관을 길러주는 것은 부모와 아이에게 모두 좋은 일이에요. 그러나 한편으로는 대단히 어려운 일이기도 하고요.

학업과 휴식 시간을 잘 활용하는 습관을 길러주면 아이가 좋은 컨디션을 유지하는 데 도움이 될 거예요. 규칙적인 운동 습관을 길러주면 아이는 신체 건강하게 자랄 것이고요, 훌륭한 독서, 학습습관을 미리 길러준다면 아이가 커서도 책 읽기를 거부감없이 지속할 수 있게 되지요. 청결한 위생을 유지하는 습관은 본인의 건강유지에도 도움이 되고 다른 사람들에게도 좋은 인상을 주게 합니다.

아이에게 이런 습관들을 심어주면, 아이는 점점 더 진화하게 됩니다. 책을 많이 읽고 지식과 이론을 쌓으면 의사소통이 활발해지고, 자연히 학습능력이 높아질 거예요. 그러면 자기 주도 학습 또한 더는 먼 일이 아니게 되고요. 평소 생활규칙을 확실히 세우면, 아이가 이유 없이 짜증을 내거나 잘못을 저지르는 일이 줄어들게 되고 스스로 약속을 지키는 법을 익히게 됩니다. 그러면 우리 아이는 아이다움을 유지하되, 어른들 눈에도 예쁘고 착한 아이가 되겠지요.

그러면 다른 사람들 눈에는 우리가 이런 아이를 거저 얻은 것처럼 보일 수 있어요. 그때가 되면, 아이는 아마 쭉쭉 뻗은 고속도로를 달리게 될 겁니다. 여러분은 아이가 아직 걷기를 바라지만, 성큼성큼 뛰어서 저 멀리 달아나버릴지도 몰라요.

몸은 흐트러져도 마음은 단단하게

미국에 살던 제 친구가 아이를 데리고 귀국해, 한 달 정도 중국에서 지냈습니다. 미국으로 다시 돌아가는 길에 베이징에서 이틀 동안 머무르게 된 친구는 집에 방문하기로 했지요. 저희 쪽으로 오기 전, 친구는 집 부근에 있는 피아노 연습실 연락처와 수영장 개방 시간을 꼼꼼히 확인했어요. 저는 친구가 여기서 고작 이틀만 머물 거면서 마치 피아노나 수영 연습을 진짜 할 것처럼 구는 게 의아했지요.

두 모녀는 저녁때 도착했지만, 지친 기색 없이 활력이 넘쳤습니다. 친구가 미국으로 간 지 십수 년, 지금은 교육심리학 박사과정을 밟는 중이라고 했습니다. 치얼과 동갑인 딸 에이바Ava는 제가 마지막으로 본 게 포대기에 싸인 갓난아기 시절이었지요. 오랜만에 만난 저희는 반갑게 인사를 나누고 식사 자리를 가졌습니다. 9시가 되자 에이바와 치얼은 함께 책을 읽고 이야기를 나누더니 금세 잠이 들었어요.

다음 날 아침, 제가 아직 잠에 취한 사이, 친구 모녀가 일찌감치 일어나 아침 식사 준비를 모두 마친 게 아니겠습니까. 토스트에 우유, 베이컨, 달걀 등등 간단하긴 해도 솜씨 좋은 차림새였어요. 아침을 먹고 난 후, 제가 친구에게 물었죠.

"놀러 가고 싶은 곳 있으면 얘기해. 같이 갈게."

"오늘 일정 벌써 다 짰어. 아홉 시부터 열한 시까지는 연습실 가서 피아노 연습하고 와서 점심 먹을 거야. 너는 아줌마한테 식사만 조금 더 준비해달라고 하면 돼. 책 읽는 시간에는 밖에 안 나갈 거야. 치얼한테 책이 많더라고. 두 시부터 네 시까지는 수영장, 저녁에는 치얼 스케이트 수업에 같이 가려고. 에이바가 치얼하고 같이 가서 배우고 싶어 해. 미국에서 일주일에 두 번씩 수업을 받았거든. 그럼 너도 점심 식사 시간 외에는 딱히 우리 신경 쓸 필요 없겠다."

그리고 그날 하루는 그녀들의 계획대로 순조롭게 흘러갔습니다. 에이바는 피아노든 수영이든 시간 맞춰 제때 움직였고, 토를 달지도 싫은 내색을 하지도 않았어요. 그리고 집에 돌아와 혼자 서재에서 치얼의 그림책을 보았습니다. 꼬박 한 시간 반 동안을 찍 소리도 내지 않고 책에만 열중하더라고요. 제 친구는 낮잠을 자느라 정신이 없는데 말입니다. 에이바는 책을 다 보고 저에게 와서 신나게 책 얘기를 떠들었어요. 그 얘기만 들어도 얼마나 재밌게 읽었는지 알겠더라니까요.

저녁에는 에이바가 치얼의 스케이트 수업에 동행했습니다. 수업 내내 옆에서 지켜보던 에이바는 수업이 끝나자마자 치얼과 함께 빙상 위에서 한 시간 동안 놀았어요. 에이바의 활주나 기본 동작은 아주 훌륭했습니다. 그런데도 치얼이 새로운 동작을 시연해 보이자 눈도 떼지 않고 지켜보다가 하나하나 따라 해보더라고요. 저녁 식사 후, 두 아이는 온 집안을 펄쩍펄쩍 뛰어다니며 미친 듯이 놀았어요. 아홉 시 반이 되었고, 저희는 아이들에게 잘 시간을 알렸습니다. 그러자 치얼은 아직 다 못 놀았다고 볼멘소리를 하며 오 분만, 십 분만 하면서 시간을 끌었습니다. 그 와중에 에이바는 이미 엄마하고 알콩달콩 세수와 양치를 끝내고 잠옷까지 갈아입었고요.

다음날도 일정은 전날과 다름없었습니다. 오전에는 두 모녀가 피아노를 치러 다녀오기를 기다려 진쯔를 포함한 여자 넷이서 여유 있게 식사를 했고요, 오후에는 두 사람이 수영장에 갔고, 저는 하교할 치얼을 마중 나갔습니다. 집으로 돌아와서는 치얼은 숙제를, 에이바는 책을 읽으며 한 시간 반을 보냈어요. 여섯 시 전에 이른 저녁을 먹고 난 후, 열 시까지 실컷 논 아이들은 잠이 들었지요.

다음 날이면 친구 모녀가 미국으로 돌아가기에, 저와 친구는 밤잠도 잊고 소파에 웅크려 앉아 이야기를 나누었습니다. 제가 아이들 이야기를 꺼냈어요.

"너는 애를 방목하고 뭘 하라고 강요하는 것도 아닌데 말이야, 애가 너한테 와서 수영장 가자, 피아노 치러 가자 조르고 혼자 서재에 들어가서 책도 보고 치얼이랑 같이 놀기도 하고… 에이바는 뭐든 좋아하고 하고 싶어서 하는 것처럼 보여. 뭐든 적극성도 높고 집중력도 강하고. 운도 좋다, 이렇게 뭐든 척척 알아서 하는 걱정 없는 애를 둬서."

제 친구는 웃으며 대답했습니다.

"그래도 애는 애지. 노는 것하고 공부하는 것 중에 고르라면, 절대적이지는 않겠지만 십중팔구는 노는 걸 택할 거야. 운이 좋고 아니고가 어딨어. 내가 대놓고 강제하지 않으니까 자기 하는 대로 다 따라준다고 생각하는 거지. 그런데 사실 나도 내 나름대로 명확한 계획이 있어서 그런 거고, 항상 긴장의 끈을 놓지 않는 중이야. 일단 궤도에 제대로 올리고 나서는 하는 대로 내버려 둬도 되지만 말이야. 남편이랑 가끔 농담으로 이런 얘기를 해. '아무리 교활한 여우라도 영악한 사냥꾼을 당할 수 없다'가 우리의 육아관이라고. 아이가 여우라면 나는 바로 사냥꾼인 거지."

저는 친구의 말에 흥미가 생겼어요.

"빨리 얘기해 봐. 뭘 어떻게 한다는 거야?"

친구는 천천히 설명해주었습니다.

"나는 아이한테 최대한 자유를 줘. 본인에게 선택권이 있고 존중받는다고 느낄 수 있도록. 그렇게 아주 천천히 바른 공부 습관이나 생활습관을 길러주는 거야. 그리고 매일 해야 할 일을 스스로 하게 만들어. 수영이나 피아노, 독서처럼 말이야. 물론 그와 동시에 놀 시간도 충분히 줘야지."

"미국에 돌아가서 매일 학교도 가고 수영, 피아노, 독서까지 하면 놀 시간이 어디 있냐고 묻겠지만, 내 생각은 달라. 그걸 전부 재미있다고 느낀다면, 그건 해야 할 일이 아니라 또 다른 형태의 놀이가 되는 거지. 예를 들어 수영은 본인이 하고 싶어 했던 거거든. 처음에는 매일 엄청 의욕적으로 연습을 했어. 그런데 초급단계를 벗어나니까 연습량이 많아지고 흥미도 잃기 시작한 거야. 힘들어지니까 더는 연습을 안 하고 싶어 하더라고."

"그래서 나는 일단 아이의 결정을 존중해주고, 너도 결정권을 충분히 갖고 있다고 알려줬지. 그러고 나서 몇몇 수영장 친구 엄마들한테 몰래 연락을 넣었어. 수영수업 끝난 후에 애들을 다 같이 놀게 하는 게 어떠냐고. 엄마 세 명이 그러자 하더라고. 그래서 에이바한테 딱 한 번만 마지막으로 수업에 가자고 했어. 선생님께 작별 인사는 해야 한다고, 그게 가장 기본적인 예의라고 말했지. 그랬더니 흔쾌히 가자 하더라."

"수영수업은 매일 한 시간이야. 그날은 수업 끝나고 다른 애들하고 한 시간을 더 놀았지. 그랬더니 신이나 죽겠는지 다시 수영이 좋아졌대. 오늘이 마지막이 아니었으면 좋겠다고 하더라. 그 이후로 한 주에 세 번, 한 시간 수업이 끝난 후에 한 시간씩 놀게 해줬어. 그랬더니 집에 갈 시간을 내가 굳이 재촉할 필요가 없어졌어. 두 시간을 물에서 난리를 쳤으니 피곤하고 배도 고파서 저절로 집에 가고 싶은 거지. 게다가 수업시간에는 연습 빨리 끝내고 놀 생각에 엄청 집중해. 그렇게 놀고 나면 마음도 개운하겠지. 지금 레벨에서는 진도 나가는 걸 강요하진 않아. 연습량만 충분히 유지하다 보면 언젠가 진전이 있겠지. 어차피 나도 수영으로 성공하길 바라는 건 아니니까."

"피아노 관련해서는 우여곡절이 많아. 내가 어릴 때부터 피아노를 쳤잖아. 그래서 우리 애도 악기 하나 정도는 해야 한다고 생각했거든. 내가 가르치거나 도와주려면 피아노가 낫겠더라고. 그런데 처음에 피아노 배우는 게 어떠냐고 물었을 때, 싫다고 하더라고. 다른 친구들이 힘들게 배우는 걸 본 거야. 그래서 그냥 뒀어. 네가 싫어하면 안 시킨다고, 엄마는 너를 지지하고 응원한다고 했지. 그리고 그날부터 일부러 시간을 내서 애 앞에서 피아노를 치면서 노래를 불렀어. 에이바가 전혀 모르는, 내가 좋아하는 곡이나 노래를 연주했지. 역시나 아무것도 모르고 관심이 없더라고."

"그러다가 나중에는 에이바가 좋아하는 애니메이션이나 텔레비전 프로그램에 나오는 노래를 들려줬어. 그랬더니 장난감도 던져두고 냅다 달려와서 노래를 따라부르기도 하고, 피아노 치는 내 손을 보면서 열심히 듣는 거야. 가끔 이런 말도 했어. '엄마, 유치원에서 배운 노래도 칠 수 있어요?' 그래서 그 노래를 듣고 연주해줬어. 그랬더니 '엄마, 진짜 신기해요!' 하더라고. 그때부터 차 타고 밖에 나가면 에이바가 좋아하는 노래나 피아노 연주곡을 틀어주기 시작했어."

"미국에 있을 때는 공공도서관에 다녔어. 여기 와서는 서점이나 친척, 친구 집에서 책을 보고. 에이바가 요즘에는 고른 책의 수준이 얼마나 어려운지, 자기한테 맞는지를 알아서 잘 판단해. 그래서 내가 딱히 신경 쓸 일이 없어. 처음부터 책 읽기를 재미있게 시작했기 때문에 지금까지도 노는 것처럼 재미있어하는 거야. 우리는 흔히 책 읽기가 공부의 연장이라고 생각하는데, 에이바는 완전히 다르게 생각한다는 거지."

"학습 환경 조성하는 일은 그렇게 여기까지 와서도 똑같이 했어. 비행기에 있을 때 말고는 하루도 거른 날이 없이. 평소 생활하면서는 아이한테 선택권을 많이 주는 편이야. 사실은 내가 생각하는 좋은 방향을 따라가도록 유도하는 거지. 예를 들어서, 네가 아침에 치얼 깨우는 걸 봤거든. 처음에는 당연히 상냥하게 일어나라고 하지. 그런데 애가 안 일어나. 그럼 너는 십 분 후에 일어나라고 해. 그런데 십 분 후에 치얼이 안 일어나면? 너는 마음이 급해지고 짜증이 날 거야. 나는 에이바를 보통 이렇게 깨워. '아가, 7시니까 일어나야 해. 씩씩하게 일어나서 혼자 씻을까? 아니면 엄마가 씻겨주는 동안 잠 깰래?' 저녁에 애가 안 자고 더 놀고 싶어 하면 이렇게 물어봐. '엄마랑 같이 씻고 누울까, 아니면 아빠랑 같이 씻고 누울까?' 사실 어느 걸 골라도 결과는 마찬가지지. 누구와 함께 씻든, 결과는 씻고 자는 거니까. 애가 졸릴 때가 되면 조금만 주의력을 돌려도 내가 원하는 대로 할 수 있어. 그런데 그때 내가 십 분만 더 놀고 자라고 하면, 계속해서 '조금만 더, 조금만 더, 십 분만 더' 하겠지. 그러면 네가 가서 자자는 이야기를 할 때마다 애는 기분이 안 좋을 거야."

최악의 육아 방식은 '겉(몸)도 속(마음)도 산만'하게 내버려 두는 것일 겁니다. 소위 '방임형 육아'라 할 수 있겠죠. 아이는 물론 부모까지 속 편하게 두 손 놓고, 애를 그야말로 제멋대로 내버려 두는 방식입니다. 부모가 이렇게 키운 아이는 본인의 특기를 살리지 못함은 말할 것도 없고, 가장 기본적인 학습습관조차 기르지 못하게 되겠지요. 자유시간 대부분을 놀거나 딴짓만 하던 아이는 무언가를 배우더라도 오래 계속하지 못하거나 아무런 성취도 얻지 못하게 될 것이 뻔합니다.

이보다 조금 나은 방식은 우리 집처럼 '겉도 속도 긴장'이겠지요. 저는 여태까지 방목형 육아를 인정하지 않았습니다. 그래서 아이에게 언제나 분명한 규칙과 요구사항을 제시하는 편이었어요. 격려도 하지만 언제나 아이를 관리 감독하려 했고, 그러자면 때로는 엄하게 대할 수밖에 없었어요. 아이가 좌절하거나 힘들어할 때는 이를 바로잡기 위해 즉각 도움을 주었지요. 하지만 포기한다는 말을 허락할 자신은 없었어요. 그러면 정말로 포기할 것 같아서요. 솔직히 말씀드리면, 아이를 컨트롤하는 저에 대해 믿음이 없었던 것 같아요. 아이는 마음대로 뛰어놀 시간이 너무 적다고 투정을 부리고 저를 원망하지만, 달리 어떻게 할 도리가 없었습니다.

마지막으로 가장 최고의 육아 방법은 제 친구처럼 '겉은 풀어주되 마음은 긴장' 전략을 쓰는 것이겠죠. 겉보기에는 아이에게 한없이 자유를 주는 것 같지만, 속으로는 항상 긴장 상태로 목표와 계획을 명확하게 견지하는 거예요. 이런 고급 육아 스킬을 쓰려면 부모 역시 IQ와 EQ가 모두 높아야만 해요. 아이의 성장 속도와 방향을 언제든 파악하고 조절할 수 있어야 하고, 가능하면 발전의 추이까지 예상해 아이를 이끌어야 하니까요. 그렇게 보면 우리 부모들은 교육학자, 심리학자, 심지어는 철학자까지 되어야 하는 거예요. 이렇게 똑똑한 부모들은 무심하고 방목하는 듯한 모습과 달리, 남몰래 들이는 시간과 노력, 관심이 앞서 이야기한 스타일의 부모들보다 훨씬 더 많겠지요.

물론 제 친구처럼 '영악한' 부모는 아주 극소수일 겁니다. 전공 덕분이기도 하지만, 스스로 쉬지 않고 공부하고 연구하고, 또 여러 방면에서 워낙 뛰어난 사람이기도 하거든요.

만약 본인이 뛰어난 능력을 지닌 초사이어인 엄마라고 생각하는 분이 있다면, 이렇게 '겉으로는 풀어주고 속으로 긴장' 하는 전략을 시도해보길 바랍니다. 오랜 시간과 노력을 들여서라도 영악한 사냥꾼이 되어보는 것이죠.

칭찬은 금, 가식은 금물

저녁 식사를 마친 저는 짬을 내었습니다. 다 읽지 못하고 근 한 달을 질질 끈 책을 마무리하고 싶었거든요. 그런데 치얼이 레고로 만든 슈퍼전함을 들고 저에게로 다가왔죠.

"엄마, 제가 만든 것 좀 보세요!"

저는 고개를 들어 흘깃 전함을 보았어요. 아주 근사했지만, 평소에 만들었던 것과 비교해 딱히 특출난 점을 찾지는 못하겠더라고요. 하지만 우리의 모토는 바로 '있는 힘을 다해 아이를 칭찬하자'예요. 그래서 치얼의 다음 말을 기다리지도 않고 활짝 웃으며 한껏 과장된 말을 하고 말았죠.

"와! 진짜 근사하다. 정말 멋져. 대단해. 너무 좋다!"

그런데 치얼이 평소처럼 좋아하기는커녕, 저를 가만히 보더니 인상을 찌푸리며 그러더라고요.

"그렇게 말할 줄 알았어."

저는 어안이 벙벙했지요. 치얼은 계속 물었습니다.

"엄마, 어디가 멋지고 어디가 근사해요? 어디가 대단해요?"

순간 말문이 턱 막히고 말았습니다. 치얼은 포기하지 않았고요.

"엄마, 그거 알아요? 이 전함 안에 제가 만든 것 좀 봐요. 여기 포탑 두 개 있잖아요. 밑에 있는 탄약창고에 연결되어 있어요. 그리고 이 바퀴가 안으로 들어가는 거 보여요? 이거는 수륙양용이에요. 여기 있는 전등은 밤에 켜지고요. 사실은 엄마한테 이거 보여주고 어떤지 물어보고 싶었는데. 여기는 어떻게 만들어야 하는지 물어보려고 한 건데."

저는 아무 말도 하지 못했죠. 조금 과장되긴 해도 이렇게 우쭈쭈 칭찬해주는 게 그동안 아주 잘 먹혔거든요. 그런데 어제까지는 아이 같다고만 생각했던 일곱 살짜리 녀석이 오늘 갑자기 어른의 대화방식으로 저에게 덤비는 것이 아니겠어요? 조금 전까지 혼자서는 옴짝달싹도 못하고 누워만 있던 진쯔가 갑자기 뒤집기를 시전하더니, 어느새 방바닥을 누비고 다니는 모습을 보는 것 같았답니다.

사실 저도 어느 정도 눈치는 채고 있었어요. 요즘 들어서 뭘 쓰거나 그리면 습관적으로 저에게 보여주면서 어떠냐고 꼬치꼬치 캐묻더라고요. 그러면 저는 아주 격하게 칭찬하면서 제일 좋은 부분을 콕 집어 더욱더 칭찬해주었죠. 심지어 그림을 빨리 그리고 장난감 갖고 놀고 싶어서 대충 그린 게 분명해 보일 때도 눈에서 하트를 뿅뿅 날리며 칭찬을 아끼지 않았어요. 혹시라도 아이의 적극성을 해칠까 걱정해서 말이에요. 하지만 그런 칭찬에 나날이 익숙해진 치얼은 갈수록 반응이 시원치 않아졌습니다. 이제는 그냥 하던 일을 계속하거나 제가 무슨 말을 하든 별로 신경 쓰지 않게 되었어요.

아이를 칭찬하라는 글은 수도 없이 많이 보았습니다. 심지어 부모가 어떻게 행동해야 하는지를 분류하고, 어떻게 해야 칭찬을 잘 하는 것인지에 대해서도 소개하더라고요. 그중에서도 주요한 관점과 견해는 아무래도 칭찬을 할 때 때와 장소를 가리지 말아야 한다는 것은 물론, 방법과 방식에도 신경을 써야 한다는 것이겠죠. 예를 들어 부지런함은 칭찬하되 똑똑하다고 칭찬하지는 말아야 하고, 주로 일의 과정을 칭찬하고 결과에 대해서는 무심해야 한다는 등등이더라고요. 그래서인지 저희는 뭐든 건수가 생기면 꼭 아이를 칭찬하고, 칭찬할 게 없으면 찾아서라도 칭찬을 해야 한다는 강박에 시달리고 있어요. 그렇지 않으면 아이가 자신감을 잃을까 걱정이 되니까요. 칭찬에 대한 무수한 글과 이론들은 하나같이 이야기합니다. 사회학, 심리학적인 관점에서 보면 무조건적인 칭찬과 응원이 아이의 인생에 긍정적인 영향을 미친다고 말이죠. 그래서 저를 포함한 주변의 수많은 엄마가 열심히 이를 따르고 있습니다.

그런데 어제저녁에 있었던 일로 저는 새로운 생각을 하게 되었던 거죠. 그리고 여태껏 했던 행동들을 돌아보고 이런 결론을 얻었어요. 아이를 칭찬할 때도 정도가 있다. 없는 것을 꾸며서 하지 말고, 칭찬을 위한 칭찬을 하지 말자.

저와 달리, 한 선생은 있는 그대로 솔직한 편이에요. 언제 어느 때든, 좋으면 좋다고 하고 싫으면 싫다고 합니다. 괜히 감추고 숨기거나 마음에 없는 말을 하지 않아요. 가끔 그런 남편이 원망스러울 때도 있어요. 치얼이 그림을 그려와서 어떠냐고 물었는데, 이런 식으로 대답한 적도 몇 번 있었거든요. "어… 오늘 그린 건 조금 그렇네. 여기 이 주인공은 자신감이 좀 없어 보여."

저는 한 선생이 그렇게 대답하면 아들이 여린 마음을 다치지 않을까 걱정을 하는데, 놀랍게도 치얼은 자기도 다 안다는 듯 대답해요.

"사실 나도 그렇게 생각했는데, 아빠도 똑같이 생각했네요. 다시 그릴게요."

그러면 부자는 재밌다는 듯 한바탕 웃고, 치얼은 다시 활기차게 그림을 그리기 시작합니다. 특히 요즘 들어서는 한 선생의 방법이 더 맞지 않나 하는 생각이 들어요. 아이가 최선을 다했다면 충분히 칭찬받는 것이 마땅하지만, 열심히 하지 않았다면 그에 상응하는 대가도 응당 치러야 맞는 거겠죠. 부모의 과장된 칭찬과 과잉보호로 질책을 잠시 피할 수는 있겠지만, 성장하는 과정에서 필수적으로 거쳐야 할 경험임이 틀림없고요.

아이가 성장하면서 우리는 적절한 칭찬과 격려를 아끼지 않아야 합니다. 그게 바로 긍정적이고 적극적인 교육방식이죠. 하지만 칭찬을 하려고 일부러 생각을 짜내거나 거짓 칭찬을 일삼지는 말아야 해요. 부모의 칭찬은 아이를 열심히 관찰하고 고민한 토대 위에서 진심으로 공감하고 기뻐하는 마음으로 이루어져야 해요. 미사여구와 오버액션을 동원한 가식은 안 될 말이죠. 진심에서 우러나온 칭찬만이 우리 아이에게 굳은 믿음을 선사하고 소중한 마음, 감사하는 마음을 심어줄 수 있다는 점을 기억하길 바랍니다.

겨자가 먹고 싶은 아이

치얼은 어릴 때부터 신중한 성격이었습니다. 잘 모르는 물건은 경험하지 않으려 하고, 확실하지 않은 일은 시도조차 하지 않았죠. 겨자를 한 덩어리 짜서 아이스크림보다 맛있는 거라고 구슬려도 겉보기에 조금만 이상하면 절대로 입을 대지 않는 성격이랄까요.

반면에 동생 진쯔는 치얼과는 완전히 딴판이에요. 무엇에든 호기심이 충만하고, 새로운 시도에 거침이 없거든요. 게다가 고집은 또 얼마나 센지, 뭘 하려고 들면 저희 셋이 같이 달려들어도 당해낼 수가 없습니다. 한 살짜리 꼬맹이라기엔 의지와 결의가 혀를 내두를 정도죠. 사정이 그렇다 보니 이 꼬맹이가 무언가에 꽂히면 주의를 다른 곳으로 돌리기란 여간 어려운 일이 아닙니다. 진쯔는 자기가 무엇을 원하는지 분명히 알고, 한 번 마음 먹으면 어떻게든 손에 넣어야 하는 성미입니다.

한번은 진쯔가 처음으로 겨자를 먹게 되었는데, 저희는 애가 겨자를 만지고 그 손으로 눈을 비비지만 않는다면, 만져도 나쁘지 않다고 생각했죠. 그런데 처음 겨자를 먹은 후, 아빠가 "더 먹을 거야?" 하고 물으니, 진쯔는 아주 확신에 찬 듯 "응!" 하고 대답하더라고요. 그때 애를 말려야 했는데… 저희는 그 이후에 어떤 일이 일어날지 상상도 하지 못했죠. 한 아이 엄마가 웨이신에 이런 글을 올렸더라고요.

"어제 애 아빠하고 저희 아이(13개월)가 에어컨 리모컨을 갖고 놀게 할 것인지 하는 문제로 말다툼을 했어요. 아빠는 리모컨을 갖고 놀게 하는 저를 보고 애를 너무 애지중지한대요. 조작을 잘못했다가 감기라도 걸리면 어쩌냐면서요. 그런데 저는 버튼을 누를 때 삑, 삑 소리가 나서 아이가 신기한 표정을 짓는 게 너무 귀여워요. 감기에 걸려도 좋을 만큼요! 생각이 이렇게 다르고 자꾸 충돌하게 되어서 정말 속상해요!"

저는 이렇게 댓글을 달아주었습니다.

"진쯔도 텔레비전 리모컨만 보면 울부짖어요. 아빠의 게임 조이스틱만 보면 무조건 가지려고 하고요. 그래서 저희는 못 쓰는 리모컨을 줘요. 누르면 불빛은 나오는데 텔레비전에는 아무 영향이 없는 거요. 그리고 장난감 조이스틱을 따로 준비했어요. 게임은 못하지만 건전지는 들어가요. 뭔가 방법을 찾아보세요. 큰 문제는 아니니 걱정하지 마세요."

사실 이런 문제는 풀리지 않는 숙제나 마찬가지예요. 모든 사람이 처한 상황이 다르고 아이들의 성격도 천차만별이기 때문에 모든 사람에게 보편적으로 적용되는 방법은 찾기가 어렵겠죠. 그래도 굳이 이야기하자면 저희에게는 두 가지 원칙이 있습니다.

첫째, 아이에게 신체적인 상해를 입히는 것은 그 무엇이든 절대로 타협하지 않습니다. 그러나 이를 거절할 때만큼은 생각의 다양성을 존중하는 인격적인 방식이어야 하죠. 조금 과하다 싶지만 큰 문제가 일어나지 않을만한 일에 대해서는 우리가 조금 번거롭거나 물질적인 손해가 일어난다고 해도 최대한 아이의 의사에 따르도록 합니다.

예를 들어, 진쯔가 겨자를 먹고 싶어 하면 맛보기를 허용할 수 있지요. 그런데 친구들과 모임을 하고 있을 때, 진쯔가 아빠 잔에 있는 위스

키를 먹고 싶어 한 적이 있어요. 그때 진쯔가 위스키를 달라고 울고불고 떼를 썼지만, 저희는 절대로 동의할 수 없었습니다. 그나마 아이의 의견을 최대한 반영해서, 술을 맛볼 것인지 빈 병을 가지고 놀 것인지 선택지 중에 후자를 선택하게 했지요. 유리병도 위험한 물건이긴 했지만, 주변에서 어른들이 지켜보고 있으니 어느 정도 괜찮다고 판단했고, 잠시 가지고 놀다 보면 금세 다른 일로 주의를 돌릴 수가 있으니까요. 이런 과정을 통해서 아이는 본인에게 일어나는 일을 잘 이해하고 받아들일 수 있었습니다. 모임에 참석한 다른 사람들의 기분도 상하지 않게 할 수 있었고요.

부모 역시 공부를 게을리해서는 안 됩니다. 아이의 성장발달 단계를 적극적으로 공부하고 이해해서, 능력이 허락하는 한 최대한 이를 수용하고 포용해야 해요. 무엇이든 귀찮음을 무릅쓰고, 아이에게 생기는 다양한 문제점들과 흔쾌히 마주해야 합니다.

두 번째 원칙은 오냐오냐하는 정도에 관한 것입니다. 이 문제는 사회의 기본적인 질서와 법칙에 따르고 있습니다. 아무리 경험이 없는 어린 아이라도 '사회적' 인간의 속성을 무시할 수는 없지요. 아이의 타고난 성격과 성장단계에 따른 욕구를 최대한 존중하겠지만, 다른 사람에게 피해를 주어서는 안 됩니다.

인터넷상에서 만난 이 엄마의 말이 수많은 엄마의 마음을 대변하는 것 같네요.

"밖에 나갈 때마다 애가 눈에 보이는 모든 사물에 관심을 둬요. 동에 번쩍, 서에 번쩍하면서 이것저것 만지는 통에 너무 조마조마합니다. 아이의 호기심을 채워주고 싶은데 다른 사람들한테 욕먹을까 봐 무섭기도 해서 매번 몰래 만지게 하고 도망치듯이 빠져나옵니다. 이런 상황에서는 어떻게 해야 할까요?"

저는 이렇게 답변해주었습니다.

"다른 사람에게 불편을 주지 않는다는 전제하에 담당 관리자 같은 분과 우선 이야기해보세요. 양해를 구해서 가능하다면 만질 수 있게 해주고, 그렇지 못하면 아이를 잘 설득하세요. 설득도 어렵다면 다른 물건으로 아이의 관심을 다른 곳으로 돌리도록 노력해보시고요. 어쨌든 사회적인 합의는 지켜져야 하니까요."

저의 답변에 조금 더 덧붙이자면, 저희 둘째처럼 고집스럽고 주의력을 다른 곳으로 분산시키기 어려운 아이들 같은 경우에는 다른 사람의 허가 없이 물건을 만지는 쪽과 아이가 하고 싶은 대로 하지 못해 울며 소란을 피우는 쪽 중에서 차라리 후자를 선택하기를 바랍니다. 이건 단순히 체면 문제가 아닙니다. 세상에 내 아이의 무리한 요구를 받아주어야 할 의무가 있는 사람은 없어요. 우리 부모들이 보기에는 아무리 합리적이고 정당한 요구라도 말이죠.

아이의 실수에 대처하는 부모의 자세

어제저녁, 치얼은 숙제를 일찌감치 끝냈습니다. 학교수업 중에 서예 수업이 있는데 너무 좋다고, 수업 때 배운 글자들을 다시 연습해 보고 싶다고 하더라고요. 저는 뛸 듯이 기뻐하며 얼른 문방사우를 대령했지요. 그리고 글씨 쓰면서 여기저기 더럽히면 안 되니 조심하라고 거듭 이야기했어요.

치얼은 조심하겠다고 굳게 약속을 했고, 저는 걱정스러운 마음으로 준비를 마쳤습니다. 이미 잔뜩 흥분한 치얼은 이것저것 따질 상황이 아니었습니다. 저는 다시 한번 당부했어요. 벽에 먹이 튈 수 있으니 몸을 크게 움직이지 말고, 글씨를 다 쓰고 나면 뭐든 함부로 만지지 말고 곧바로 손을 씻으라고 말이죠. 치얼은 고개를 끄덕이고는 자신만만하게 웃으며 말했습니다.

"걱정 마요, 엄마. 제가 왜 벽에 먹물을 튀겨요, 애도 아닌데!"

저는 일단 마음을 놓기로 했습니다. 치얼이 두어 글자를 쓰더니 달려와 저에게 보여주었어요.

"엄마, 이거 봐요. 어때요? 예쁘게 잘 썼어요?"

제가 대답했지요.

"서예는 마음가짐이 중요해. 잘 쓰고 싶으면 일단 마음을 차분하게 가라앉히고, 한 획 한 획, 한 글자 한 글자 쓰면서 네가 잘 이해하고 느껴봐. 그렇게 왔다 갔다 호들갑 떨면서 엄마한테 물어보지 말고."

치얼은 잘 알아듣고 마음을 가라앉혔는지, 더는 쪼르르 달려오지 않았습니다. 그동안 저도 제 일에 집중해 시간 가는 것도 모르다가 고개를 들어보니 벌써 밤 열 시가 다되어 있었어요. 애들을 재워야 했지요. 요놈의 꼬맹이들은 알아서 잠자리에 드는 법이 없으니까요. 서재에서 나와 치얼을 불렀습니다.

"치얼, 늦었어. 얼른 씻고 자자."

거실에서 당황한 목소리가 들려왔습니다.

"네, 네. 갈게요!" 이어서 다급하게 물건 치우는 소리도 들려왔어요.

뭔가 이상하다는 생각이 들어 곧바로 거실로 나갔어요. 책상 위에 종이와 붓, 벼루가 어지럽게 놓여있고 치얼이 거실 한구석에 서 있었어요. 벽에 딱 붙어서서 전전긍긍하는 모습이었습니다. 제가 물었어요.

"무슨 일이야? 거기 서서 뭐해, 다 치웠니? 얼른 가서 씻자."

치얼이 고개를 들어 저를 힐긋 보고는 갑자기 훌쩍이기 시작했어요.

"엄마, 일부러 그런 거 아닌데, 진짜 일부러 그런 거 아닌데, 제가 모르고 벽에 그랬어요."

저는 하얀 벽이 더럽혀졌다는 사실에 속이 쓰렸지만, 짐짓 아무렇지 않은 척했어요.

"괜찮아. 어디 그랬어? 엄마한테 보여줘."

치얼이 몇 발짝 비켜서자, 얼룩진 벽이 드러났습니다. 새하얗던 벽면의 정중앙에 먹물 자국이 커다랗게 찍히고 붓을 끈 자국이 생겨 있었지요. 눈에 너무 거슬려 도저히 그냥 두고 볼 수는 없을 것 같았어요. 저는 화가 나 언성이 높아졌어요.

"어떻게 된 거야. 이게 말이 되니. 엄마가 몇 번이나 얘기하지 않았어? 너도 잘 알겠다고 했잖아. 벽에 절대로 칠하지 않을 거라며? 이러면 닦이지도 않아. 씻어낼 수도 없고. 예쁜 벽이 완전히 다 망가졌네. 이걸 어떡해?"

치얼은 화가 난 저의 모습에 엉엉 울며 변명을 했습니다.

"엄마, 진짜 일부러 그런 거 아니에요. 먹물이 손에 묻어서 씻으러 가려고 일어섰는데, 깜빡 잊어버리고 벽을 만지면서 갔어요. 원래 벽 만지는 거를 좋아하니까 실수로 그런 거예요. 그런데 가다가 먹물이 묻은 게 생각났어요. 그런데 진짜 일부러 그런 거 아니에요."

그 말이 진심이라는 것은 저도 알았죠. 치얼은 평소 집에서 여기저기를 만지면서 걷는 걸 좋아하거든요. 그래도 순백의 깨끗했던 벽을 떠올리니 속이 다시 부글부글 끓어올랐지요.

"이제 이 벽을 어쩌니? 다 버려놨잖아. 자지 말고 여기 서서 어떡할지 생각해봐!"

치얼은 울면서 고개를 푹 숙였고, 저는 소파에 앉아 씩씩거리고 있었습니다. 잠시 후, 문 열리는 소리가 나고 한 선생이 돌아왔습니다. 집으로 들어온 그가 우리 둘의 모습을 발견했어요. 책상과 치얼 뒤의 벽을 본 한 선생은 무슨 일이 일어났는지 대충 감을 잡았지요. 그리고 일부러 큰 소리로 이야기했습니다.

"치얼, 시간이 이렇게 늦었는데 아직도 안 잤어?"

치얼은 고개를 들어 아빠를 보고는 든든한 지원군이라도 생긴 듯 더 서럽게 울었습니다.

"아빠, 제가 잘못했어요. 그래서 엄마가 여기 서서 벌 받으라고 했어요."

제가 소리쳤어요.

"할 말은 다 해야지. 네가 무슨 짓을 했는지 얘기해 봐!"

한 선생이 책상 앞으로 가더니 치얼이 쓴 글자를 보고 말했습니다.

"글씨가 예전보다 많이 늘었네. 치얼, 이리 오렴."

치얼이 냉큼 달려가 아빠 품을 파고들었어요. 제가 이야기했습니다.

"너 불쌍한 척하지 마. 내가 몇 번이나 말했잖아, 그리고 너는 뭐라고 대답했지?"

한 선생은 나를 향해 손을 저으며 치얼에게 말했습니다.

"이건 네가 좀 심했다. 조심 좀 하지 그랬어. 그래도 잘못을 인정한 태도는 좋았어. 이렇게 하자. 일단 가서 깨끗이 씻고 잘 준비해. 너 용서해 달라고 아빠가 엄마한테 대신 얘기해볼게. 알았지?"

치얼은 제발 그래 달라는 듯 고개를 연신 끄덕이더니 다시 제 눈치를 보며 쏜살같이 욕실로 달려갔습니다. 저는 화가 폭발했지요.

"당신은 온종일 없다가 갑자기 나타나서는 혼자만 좋은 사람인 척하지." 한 선생이 웃었습니다. "좋은 사람인 척하기는. 우리 어렸을 때가 떠오른 거지. 방금 당신이 치얼한테 한 말 말이야, 어릴 때 부모님이 우리한테 하셨던 말과 똑같다고 생각하지 않아?"

"그게 뭐, 당신 설마 이 벽을 보고도 아무렇지 않다는 건 아니지? 두 번 세 번 몇 번이나 반복해서 주의하라고 경고했어. 그런데 이런 꼴이 됐다고. 사람 열 받게."

한 선생이 수긍했습니다.

"그러게. 당신 말이 다 맞아. 벽이 엄청 보기 싫게 됐네. 그런데 이미 이렇게 된 걸 어쩌겠어? 나는 그냥 치얼이 벌벌 떠는 모습 보니까 내가 어렸을 때가 생각나서. 내가 어렸을 때 이런 사고를 진짜 많이 쳤거든. 맨날 집을 엉망진창으로 만들고 벽에 수도 없이 낙서하고 그랬어. 사실 나도 고의로 그런 건 아니었지만, 알잖아, 특히 남자애들은 뭔가 꽂히면 아주 정신을 못 차리는 거. 뭐가 어떻게 되든 신경도 안 쓰고 말이야. 그럴 때마다 아빠가 나한테 하신 말씀이 당신이 한 말과 똑같았던 것 같아. '내가 얘기하지 않았느냐, 도대체 왜 그러냐, 왜 이렇게 말귀를 못 알아듣냐' 어떨 때는 아버지가 진짜 화가 나서 나를 때린 적도 있었어. 서서 벌 받는 건 아주 다반사였고."

"지금 생각하면, 그런 말이나 체벌 방식은 그냥 부모들의 분풀이라고밖에는 안 보여. 결과적으로 문제 해결에는 아무 도움도 되지 못하고 애들 마음속에 부정적인 영향만 주는 행동이지. 늘 이런 식으로 문제를 해결하면 아이들은 무슨 일을 할 때 항상 주눅 들고 망설이게 돼. 걱정할 필요가 없는 것까지 괜히 사서 걱정하고 호기심이나 탐구심 개발에도 지장을 준다고. 그러면 애가 점점 예민하게 굴게 되겠지. 사실 부모들이 바라는 건 그게 아니잖아."

제가 말했습니다.

"그건 책임 전가야. 그럼 아무것도 상관하지 말고 제멋대로 하게 놔두잔 말이야?"

"당연히 아니지."

한 선생이 대답했습니다.

"난 그냥 내 어릴 때 경험을 좀 이야기해본 거야. 어른이든 아이든 사람이 무슨 잘못을 하면 누구보다 자기 자신이 제일 잘 알잖아. 내가 항상 당신한테 얘기했잖아. 능력이야 어떻든 간에 스스로 나쁜 아이가 되고 싶고 사고치고 싶은 애들이 어딨겠어. 속으로는 다들 좋은 아이가 되고 싶겠지. 그래서 나는 이성적인 문제 해결 방식이 아이들에게 더 긍정적인 영향을 미친다고 생각해. 이 벽을 예로 든다면, 아이하고 잘 상의하고 방법을 찾아서 조금만 괜찮게 고치면 그렇게 보기 나쁘지는 않을 거야. 아니면 벽을 다시 칠하려면 어떻게 해야 하고, 너는 무슨 도움을 줄 수 있는지 같이 얘기해보는 것도 좋고. 그럼 아이를 무섭게 야단치거나 벌을 주지 않아도 돼. 또 아이에게 문제를 해결하는 과정을 보여주면서 자신이 한 실수의 대가가 어떤지를 알려줄 수 있고 그걸 만회할 기회도 줄 수 있어. 벽이 원래 모습을 완전히 되찾을 수는 없겠지만, 적어도 치얼은 이 일을 마음속에 똑똑히 기억하겠지. 스스로 뉘우치고 말이야. 이런 방법이 화내고 꾸짖는 것보다 훨씬 낫지 않을까?"

저는 아무 대답도 하지 않았지만 한 선생의 말을 부정할 수 없었습니다. 마음속으로 이미 옳다는 생각이 들었거든요. 특히 '사람이 무슨 잘못을 하면 누구보다 자기 자신이 제일 잘 안다.' 하는 말에 깨달은 바가 컸습니다. 저의 경험에 비추어 보아도 그랬죠. 아이를 비난하고 책임을 물을 필요는 없었던 것 같습니다. 차라리 해결방법을 함께 찾는 것이 더 적극적이고 긍정적인 교육방식이었어요.

CHAPTER 4

아이와 대화하기

: 당신보다 아이를 잘 아는 사람은 없다

아이들은 하나하나가 모두 반짝반짝 빛나는 독립적인 개체예요. 태어날 때부터 각자 특성이 다르고, 가정이나 주변 환경에 따라서도 각기 다른 상황에 놓이지요. 모든 아이에게 적용할 수 있는 육아 이론은 없습니다. 우리가 바로 우리 아이들의 육아 전문가이지요. 아이의 성장 과정에서 부모보다 아이를 더 잘 이해하고 있는 사람은 없으니까요.

당신보다 아이를 잘 아는 사람은 없다

첫째 아이 출생 전, 저는 학교 다닐 때보다 더 열심히, 일할 때보다 더 열심히 공부하는 예비 엄마였어요. 유럽, 미국, 일본, 중국을 가리지 않고 유명하다는 육아서는 닥치고 사들여서 읽고 연구해보았습니다. 그것도 모자라 천재를 키워내는 고급 육아 정보라도 놓칠세라 매일같이 각종 육아 관련 인터넷 게시판을 전전했지요. 그렇게 하도 많이 읽다 보니 발견한 게 하나 있어요. 소위 육아 관련 권위자와 전문가라는 사람들이 모두 그렇게 설득력 있는 건 아니라는 사실이죠. 몇몇은 정말 외모라도 어필해 명성을 얻은 게 아닌가 의심이 들 정도로 별로였지만, 책 속에 저자 사진이 있지는 않아서 그저 짐작만 하고 넘어갔지요.

게다가 속으로 그런 생각이 든다 한들, 감히 제가 전문가들을 문제 삼을 수는 없지요. 저는 육아의 'ㅇ'도 제대로 모르는 생초보였고, 그 사람들은 책도 쓰고 학위도 줄줄이 이수한 베스트셀러 작가이자 그 분야의 실력자들이었으니까요! 그러면 닥치고 시키는 대로 해야죠! 그래서 저는 아이를 낳기도 전에 아이에게 생길 수 있는 돌발상황에 대해서 꼼꼼하게 리스트업 해두었습니다. 아이가 이러면 어떻게 해야 하고, 저러면 어떻게 해야 하고 등등이었어요. 그리고 아이가 태어날 때까지 목록을 하나하나 지우면서 속으로 생각했죠. 정말 행운이야. 이런 나쁜 일들이 실제로 하나도 일어나지 않았어!

한 선생은 그런 저를 비웃었어요. "당신은 소위 전문가라는 사람들을 너무 믿는 경향이 있어. 나라면 그런 극단적인 상황 같은 건 아예 고려하지도 않았을 거야. 발생할 확률이 낮은 그런 사소한 일에 대한 걱정만 접어도 마음이 훨씬 더 편해질걸."

아이가 태어났고, 저는 다시 육아서 나온 그대로 아이를 키우기 시작했어요. 매일 책을 복습하고 예상과 조금만 어긋나도 쩔쩔매면서 병원으로 달려가거나 육아 경험이 있는 주변 사람들에게 확인했어요.

'전문가들은 모유 수유를 한 아기의 대변은 황금색이고 모유를 먹인 흔적도 조금씩 보인다고 했는데, 우리 아이의 대변은 황금색이라기에는 진하고 그렇다고 갈색이라고 하기에는 연해. 이건 정상인가, 아닌가?'

저는 계속해서 모유 수유를 고집하며 물 한 방울을 먹이지 않았는데, 지금 생각해보니 괜히 제 무덤을 판 것 같아요. 어릴 때부터 물을 마시는 습관을 들이지 않으니, 치얼이 물 마시는 것을 너무나 싫어하게 되었거든요. 모유를 끊은 후, 컵을 수십 개 바꾸고 나서야 조금씩 물을 마시기 시작했어요. 지금은 매일 학교에 갈 때마다 어르고 달래고 협박도 해보지만, 하교 후 가방 속 물병에는 처음 그대로 물이 가득합니다.

연말연시, 생후 한 달이 된 진쯔가 폐렴에 걸린 것 같았지요. 병원 소아과 주임 의사가 이렇게 얘기하더라고요.

"수유 시간 중간에 조금씩 물도 주세요. 그래야 염증이 빨리 사라집니다."

제가 물었죠.

"모유 수유하는 아기들한테는 물 안 주는 거 아니에요? 모유가 제일 좋은 물 아닌가요?"

의사는 안타깝다는 듯 대답했어요.

"보호자님도 그 의사 광팬이세요? 사실 저희 임상의들은 좀 어이가 없더라고요. 그 의사가 공중보건의인데 아기들한테 물을 먹이지 말라는 지식을 전파했잖아요. 그런데 임상에서는 물을 마시지 않고 어떻게 염증이 없어지냐는 의견이거든요. 그래서 저희는 보호자들께 너무 융통성 없게 하지는 마시라고 하죠. 애한테 물 좀 준다고 잘못되지 않아요. 그 사람 말대로 물 마셔서 신장에 중독이 일어나려면 물을 얼마나 많이 마셔야 하는지 아세요?"

어떤 교육전문가는 영어를 문장으로 깨우치게 만들고, 아이의 귀를 먼저 틔우라고 합니다. 선택적으로 영어를 들려주고 중국어로 해석해주어서는 안 되며 단어만 따로 외우게 해서도 안 된다고 하더라고요. 처음에는 저도 이런 글에 크게 고무되고 깊이 심취했습니다. 언어를 공부하는 것은 평소의 습관과 규칙을 깨트려야 하는 새로운 시도라 생각했으니까요. 저는 새로운 시도에 잔뜩 흥분해서 모국어로 이미 언어습관이 형성된 제 아이에게 영어학습을 강요하게 되었습니다. 그 결과, 아이는 영어를 전혀 받아들이지 않았어요. 그래서 저는 더 다양한 전문가의 의견을 검색해보았죠. 누구는 아이를 영어 국제학교에 보내라고 했고, 누구는 아이를 데리고 자주 외국에 나가 몇 달 어학연수를 하라고 했고, 누구는 영어가 공용어인 도시에서 생활하라고 했지만, 각각의 방법에 대해서 상세하게 쓴 사람은 아무도 없었어요.

아이 언어 발달의 객관적인 환경이나 조건에 대해서는 알려주지도 않고 그냥 하면 된다고 하니, 수많은 사람이 영어를 못하는 자기 아이에게 문제가 있다고 생각할 수밖에 없지 않을까요? 전문가라는 사람들의 전문성과 그 관점의 타당성에 대해 문제를 제기할 수 있는 사람이 얼마나 될까요?

한 친구가 깨는 얘기를 해준 적이 있어요. 그 친구는 언론 쪽 일에 종사하는데, 그 팀에서는 각계 주요 인사나 뛰어난 인재의 인터뷰를 자주 진행합니다. 한 번은 저명한 교육전문가를 취재하게 되었다고 해요. 그 전문가는 평소 아이들에게 최대한 자유를 주고 아이들이 자신의 흥미에 따라 진로를 스스로 선택하도록 부모가 지지하고 뒷받침해야 한다고 주창하는 사람이었거든요. 제 친구가 인터뷰를 마치고 담소를 나누는데, 그 전문가가 아주 태연하게 이렇게 말했답니다.

"아, 말이 그런 거지, 우리 집 애도 과외도 하고 특기 수업도 7개나 들어요. 아이고, 저는 급해서 먼저 갑니다. 애 발레 수업 보내야 하거든요."

지금 또 생각하니, 저는 정말 이제 어느 전문가든 전적으로 믿고 따르지는 못할 것 같습니다. 생활에 관련된 것도 그러하지만, 양육이나 육아 방면이라면 더욱 더요. 우리 엄마들은 열심히 공부하고 폭넓게 수용하지만, 또 아무나 함부로 믿지 않는 자세를 길러야 해요. 선진 이론을 공부하는 것은 아주 고무적이고 긍정적이지만, 전문가라 해도 덮어놓고 믿는 것은 본인의 우매함을 인증하는 꼴이나 마찬가지더라고요. 아이가 하나밖에 없을 때는 깊이 생각해보지 못했는데, 요즘 두 아이를 키우다 보니 각기 다른 인격체 간에 차이가 얼마나 큰지 아주 똑똑히 알 수 있습니다.

아이들은 하나하나가 모두 반짝반짝 빛나는 독립적인 개체예요. 태어날 때부터 각자 특성이 다르고, 가정이나 주변 환경에 따라서도 각기 다른 상황에 놓이지요. 모든 아이에게 적용할 수 있는 육아 이론은 없습니다. 특히 가짜 전문가와 말로만 전문가를 자처하는 표리부동한 이들의 이론은 더 말할 것도 없어요.

어떤 전문가라도 맹신해서는 안 됩니다. 저를 포함한 그 누구도 맹신하지 마세요. 아이의 상태와 성격에 맞는 부모 주도의 맞춤식 교육은 천편일률적인 획일화 교육보다 나을 수밖에 없습니다. 아이의 부모들보다 아이를 잘 이해하고 있는 사람은 없으니까요.

이해하고 기다리기

 사람과 사람 사이의 관계에 '타이밍'이라는 것이 있다면, 아이를 키울 때도 타이밍이 있어요.

작년, 치얼의 4살 생일을 맞아 홍콩에 갔을 때, 치얼은 디즈니랜드에 그 재밌는 것들을 하나같이 다 거부하면서 거의 처음부터 끝까지 울면서 다녔습니다. 결국은 레고 한 상자를 들고 호텔로 돌아와서는 다시는 문밖으로 나가려 하지 않았죠. 홍콩까지 왔는데 좋은 구경을 다 놓치는 바람에 화가 났지만, 한편으로는 커다란 블록을 졸업하고 레고에 입문한 것이 기쁘기도 했습니다. 그런데 이럴 수가 있나요. 치얼이 10분도 안 돼서 또다시 성질을 부리기 시작한 겁니다. 작은 레고 조각이 자기에게는 작아도 너무 작았던 것이죠. 제가 울며 겨자 먹기로 같이 매달렸지만, 그로부터 한 시간 후, 저희 둘은 더는 못하겠다며 두 손 두 발을 다 들어버렸습니다. 저는 "어휴, 애가 도대체 레고를 왜 이렇게 못하는 거야!" 하고 비명을 지르기 일보 직전이었고, 치얼은 "착한 줄만 알았던 엄마가 왜 이렇게 참을성이 없는 거야!" 하고 생각했을 거예요. 결국, 그 레고는 창고에 처박혔어요. 부품도 몇 조각 잃어버린 채 말이죠.

1년이 순식간에 흘러갔습니다. 다음 해 생일에도 저는 레고 블록을 사주었어요. 레고가 포함된 인형의 집 같은 것이었습니다. 음, 사실 그

인형의 집은 제가 갖고 싶었던 것이라고 인정해야겠네요. 심지어 아주 오랫동안 가지고 놀았답니다. 치얼은 처음과 똑같은 반응이었어요. 하지만 저는 레고를 좋아하거든요. 설계부터 조립까지 아주 정교하고 세밀한 것도 좋고, 피규어의 표정과 모양이 제각각인 것도 좋습니다. 구레나룻이 있거나 멜빵바지를 입은 레고 피규어는 정말 손에서 놓기 싫을 정도로 귀엽죠. 더군다나 손동작이 세밀하게 발달하지 못한 치얼에게는 레고가 아주 좋은 연습 대상이라는 생각이 들었습니다. 그래서 저는 고민에 빠졌죠. 어떻게 치얼이 레고를 좋아하게 만들 것인가?

2013년 12월 전후였던 것 같습니다. 드디어 때가 온 것이요. 치얼이 홍콩에서 사 온 레고 상자를 갖고 나와서 혼자 그림을 보면서 갖고 놀더니 잠시 후, 레고를 완성해냈습니다. 그리고 부품이 부족하다고 저에게 와서 묻더라고요. 저는 그런 치얼을 보며 너무나 기뻤습니다. 언감생심 꿈도 꾸지 못한 일이 일어나려 하고 있으니까요. 저는 내친김에 치얼에게 새 레고를 두 세트나 사주었어요. 치얼의 비위를 맞추기 위해 자동차 종류부터 시작했지요. 그런데 이날부터 시작된 치얼의 레고사랑은 그칠 줄을 모르고 이어졌습니다.

치얼은 밤낮을 가리지 않고 레고만 갖고 놀았어요. 크리스마스부터 설 연휴까지 이어지는 열흘이 넘는 기간 동안, 거의 매일 레고만 찾았고요. 한 번 끼고 앉으면 서너 시간을 집중하고, 밥 먹고 볼일 보는 것도 억지로 시켜야만 할 정도였습니다. 그렇게 완성을 하면 부수고 다시 다른 모양으로 쌓고 또 부수고 다시 쌓았어요. 새 레고 두 세트는 삽시간에 손에 익어버렸죠.

그 후에 치얼이 갖고 놀게 된 것은 꽤 큰 레고 세트였습니다. 제가 가족과 친구들에게 요즘 아이가 레고를 일고여덟 시간씩 갖고 논다고 이야기하니, 다들 기뻐하며 그러더라고요.

"잘됐다. 이제 신경 좀 덜 쓰고 네 할 일 할 수 있잖아."

저도 처음에는 그렇게 했습니다. 차 넉 대로 구성된 레고를 사 와서, 치얼에게 혼자 가지고 놀라고 해보았죠. 아니나 다를까 치얼은 혼자 레고 삼매경에 빠져서 저를 전혀 찾지 않더라고요. 그런데 자동차 하나마다 부품이 꼭 한두 개씩 적은 게 아닙니까. 물론 어떤 차에는 딱히 상관이 없었지만, 어떤 차에는 심각한 문제를 일으켰죠. 완성하지 못한 자동차를 들고 눈물을 훔치며 "안 돼요. 아무리 해도 안 돼요." 하는 아들을 보자, 저는 너무너무 귀여워서 미칠 것 같았습니다. 엄마 미소를 참느라 힘이 들었어요.

그 이후로 치얼이 레고를 가지고 놀 때마다 저는 항상 함께했습니다. 읽을 책을 꺼내와 한쪽에 조용히 앉아서요. 대부분은 제 도움이 필요하지 않았지만, 치얼도 제가 곁에 있으면 안심하는 것 같았어요. 그래서 저는 틈틈이 눈길을 주며 혹시 무슨 문제가 생기지 않았나 확인하고 제가 지켜보고 있다는 것을 주지시켰지요.

어쨌든 치얼은 한눈에 보기에도 놀이와 정리, 모든 과정 자체를 즐겼고 부속을 찾는 속도도 갈수록 빨라지고 만드는 것도 점점 체계적으로 완성되어갔습니다. 제가 어렸을 때 엄마가 항상 하시던 말씀이 있어요. '자기 물건하고 집안 정리를 정리정돈하는 걸 보면 그 사람 머릿속도 질서정연한지 알 수 있다.' 지금 생각하면 꽤 일리 있는 말이에요. 다행히 치얼도 이런 저에게 반항하지 않고 순순히 따라오고 있으니, 둘이 계속해서 수납 작업을 해나갈 생각입니다.

저는 레고의 사용 연령 구분이 구성의 난도에 따른 것이 아니라고 생각합니다. 6세에서 12세까지 이용 가능하다고 되어있어도, 꼭 그 연령대만 갖고 놀라는 법은 없죠. 관건은 바로 아이가 그것을 가지고 놀 정도의 참을성을 갖추었는지 여부입니다. 아무래도 큰 아이일수록 참고 견디는 힘이 크겠지요. 그리고 각 부품을 조립할 때, 다섯 살도 안 된 아이가 열 살이 넘은 아이보다 완성도 높게 해낼 수는 없겠지요. 그러니 맞고 안 맞고는 아이의 상황을 봐야 합니다.

레고와 같은 제품은 교육적인 기능도 무시할 수 없지만, 아이들에게는 결국 놀 거리라고 할 수 있습니다. 노는 것조차 요령을 가르치고 일정표를 짜주려 한다면, 아무리 좋은 놀이라고 해도 아이들에게는 너무 가혹한 일이 되고 말겠죠. 우선 마음을 편하게 먹고, 모든 일이 적절한 시기에 저절로 이루어지도록 노력해봅시다.

아이의 말을 들어주세요

여느 저녁처럼 서로의 일과를 공유하던 중이었습니다. 치얼이 공책을 가져와 한 선생의 귓가에 속삭였어요. 한 선생이 폭소를 터뜨렸고, 제가 물었죠.

"둘만 이러기야?"

치얼이 곧바로 공책을 가지고 제 곁으로 왔습니다.

"엄마, 아빠가 엄마한테 전하래요. 우리 아들이 말솜씨가 없어도 이야기를 잘 들어주래요."

한 선생이 문에 몸을 숨기고 작은 소리로 치얼에게 일렀습니다.

"공책을 엄마한테 보여줘야지."

공책을 펼친 순간, 저는 웃겨 죽을 뻔했죠. 그 공책은 치얼의 '아빠, 엄마의 나쁜 짓 기록장'이었습니다. 한 선생이 욕을 했다, 이모가 장난감을 엉망으로 만들었다, 엄마가 마지막 초콜릿을 먹었다 등등 갖가지 이야기가 쓰여 있었습니다. 부모들이 한 나쁜 일을 다 기록하고 있었던 것이죠.

제가 치얼에게 물었습니다.

"잘해준 건 왜 안 썼어, 전부 못된 짓만 쓰여있네!"

치얼이 대답했어요.

"잘해준 건 다 머릿속에 있어요. 나쁜 건 잊어버릴까 봐 써놨어요."

'나쁜 짓 공책'에 이런 내용이 있었어요.

'엄마가 어제 내 말을 듣지 않았다. 오늘 엄마는 또 못 들었다고 했다. 오늘 엄마가 나한테 그건 아니라고 했다.'

저는 기억을 더듬어보았지요. 사정은 이러했습니다. 그날 저녁, 시간이 늦어 치얼에게 얼른 씻고 자러 가라고 했어요. 그런데 치얼이 제 말을 듣지 않고 혼자 이런저런 이야기를 계속하는 겁니다.

"엄마, 엄마, 제가 얘기해줄게요."

저는 즉각 말을 끊었어요.

"이제 자야 해. 빨리 가서 이 닦아."

"아니, 엄마, 내 말 들어…."

저는 다시 말을 끊어버렸습니다.

"저녁 내내 떠들었잖아. 빨리 가서 이 닦아! 이 닦고! 자!"

치얼은 볼멘소리했죠.

"힝, 엄마는 내 말 듣지도 않고. 두고 봐."

제가 말을 받았습니다.

"체, 협박하는 거야? 두고 보자는 사람 하나도 안 무섭더라. 그래 어디 두고 봐."

그렇게 잔뜩 열이 받은 치얼이 공책에 이 일을 써놓은 것이에요. 그래놓고 한 선생에게 도움을 청한 듯했습니다.

"아빠, 엄마가 내 말을 안 들어요. 치약이 없어요. 새 치약 찾아줘요."

그리고 한번은 치얼이 자석 블록에 한참 정신이 팔린 때였습니다. 블록을 갖고 놀다가 책 읽기 시간이 다가왔지만, 치얼은 일부러 시계를 못 본 척했죠. 저는 왠지 안쓰러운 마음에 아주 상냥하게 치얼을 불렀어요. 여러 번 불러도 모른척하던 치얼이 결국, 고개를 들더니 시치미를 떼더라고요.

"엄마, 못 들었어요."

그때 저는 속으로 '좋아, 싫으면 너도 나 찾지 마. 어차피 나도 안 들으면 그만이야.' 하고 생각했어요. 그리고 요구르트 달라, 과일 달라, 간식 달라고 하는 아이의 말에 못 들은 척을 했지요. 그러자 치얼은 내 귀에다 대고 한 글자 한 글자씩 큰 소리로 이야기했다.

"요구르트 먹어도 돼요? 이번에는 들었어요, 엄마?"

"엄마 귀 안 먹었어. 바보도 아니고. 그냥 못 들은 거야."

그랬더니 치얼은 또 그 공책을 가져다가 뭔가를 썼다 지우기를 반복했습니다. 치얼이 공책에 적었던 '그건 아니라'는 말에 대해서는 또 다른 일이 있었어요. 언젠가 치얼에게 이것저것 다 먹게 해준다고 허락한 적이 있었는데, 하필 치얼의 속이 좋지 않았던 거예요. 그러자 한 선생이 그럼 아무거나 먹어서는 안 되겠다고 한 것이, 하는 수 없이 제가 또 악역을 맡게 되었습니다. 그중 2가지는 못 먹는다고 이야기를 했더니 또 공책에 이름이 남았네요. 그래서 이번에는 치얼을 앉혀놓고 잘 설명했습니다.

"엄마가 네 말을 안 들은 게 아니고, 네가 계속해서 말을 하잖니. 그리고 그치지를 않잖아. 말을 하지 않아야 할 때도 계속 말이야."

"그런데 제가 이야기하고 싶은 게 다 안 끝나서 그런 거예요. 저는 계속 빨리빨리 말하는데, 열심히 말하고 있는데요. 엄마가 나한테 말할 때, 저는 설명하고 싶은데 아직 다 안 끝났는데 엄마가 또 나한테 이야기하는 거잖아."

"엄마가 너한테 이야기하는데 네가 뭔가를 더 설명하고 싶을 때나 엄마가 네 말을 잘랐을 때, 머릿속이 어떤 느낌이야?"

치얼은 잠시 망설이다가 그림을 한 장 그려서 보여주었습니다. 저는 갑자기 남자아이들의 세계에 대해서 제가 너무 모른다는 생각이 들었어요. 곰곰이 되짚어보니, 아이가 무슨 말을 하는 도중에 단칼에 말을 끊어버린 적이 확실히 많이 있었더라고요. 치얼은 말이 느리기 때문에 뜸을 들이다 보면 무슨 말을 하려는지 이미 눈치챘던 적도 있었고, 잘못한 일에 대해 그 이유를 설명하려고 했으나 제가 화풀이를 한 적도 있었고요. 치얼의 이야기가 너무 길어서 귀를 닫고 그냥 하던 일을 계속한 적도 있었고, 또 제가 누군가랑 이야기하던 중에 잠시 숨을 돌리는 사이 치얼이 끼어들어서 무시한 적도 있었습니다. 치얼은 항상 이렇게 말했어요.

"엄마, 내 얘기 좀 들어…."

하지만 저는 듣는 둥 마는 둥 했죠.

"엄마 바쁘니까 조금 있다가, 아니면 간단하게 요점만 얘기할래?"

영어에 이런 표현이 있습니다. "Girls are talkers, boys are walkers." 여자아이는 말하기를 좋아하고 남자아이는 행동하기를 좋아한다는 뜻이죠. 확실한 근거는 딱히 없지만, 주변을 보아도 같은 또래의 여자아이들만큼 말주변이 좋은 남자아이들은 극히 드물더라고요.

남성의 대뇌는 여성의 대뇌보다 조금 더 크지만, 대뇌 발육이 조금 더 일찍 완성되는 여자아이들의 언어 구사력이 남자아이들보다 더 일찍 발달하며, 2~3세쯤 되면 그 차이가 뚜렷해진다는 과학 연구 결과도 있습니다. 이런 차이는 기본적으로 성년이 되고 난 후에는 사라진다고 해요. 그리고 이런 연구 결과도 있어요. 남자아이와 여자아이는 언어를 사용하는 방식이 다르다는 것이에요. 여자아이는 비교적 친근하고 부드러운 언어를 사용하고 어떤 관점에 동의하거나 다른 사람을 칭찬하는 표현을 하는데 능하고, 남자아이는 강건하고 직접적인 언어로 정보를 전하거나 의견과 견해를 피력하는 것에 더욱 즐거움을 느낀다고 합니다. 그런데 남자아이와 여자아이의 이런 언어능력 차이는 사춘기 시기 대뇌 발육이 완전히 이루어지기 전에 나타나요. 그러므로 부모들은 남자아이가 자신을 표현할 수 있게 기회를 많이 주어야 합니다. 그리고 열심히 경청하기 위해 인내심을 발휘해야만 하죠.

부모라면 자기 아이의 강력한 자기표현 의사가 얼마나 소중한 것인지를 응당 알아야만 해요. 이는 부모의 무한한 믿음과 사랑을 기반으로 태어나고, 동시에 부모 앞에 자기 자신을 증명하려는 아이의 강한 신념에서 출발하니까요. 무심하고 무성의한 태도로 아이의 마음을 흔들리게 한다면, 다음에는 아이가 또 자기 이야기를 꺼낼지 장담할 수 없어요. 형식적인 대화가 오가고 두 사람은 각각 자기 할 일 하느라 바쁘게 되겠죠. 그렇게 된다면 얼마나 안타까울까요. 아이와의 거리를 좁히고 그 소중한 마음의 소리를 들을 수 있는 가장 좋은 기회를 놓치게 될 테니 말입니다.

아이에게 세상을 알려주세요

저는 제가 아이와 대화할 때 참을성 있고 상냥한 엄마라고 생각해왔습니다. 그런데 어느 날, 제가 무심코 내뱉은 말 때문에 저희 부부는 약속이나 한 듯이 말문이 막혀버렸죠. 그날 저희 두 사람은 하교하는 치얼을 데리러 함께 학교로 갔습니다. 치얼은 뛸 듯이 기뻐하며 차에 올라타더니 학교에서 있었던 재미있었던 일에 관해서 이야기보따리를 풀어놓기 시작했어요. 누가 학급규칙을 어겼고 누가 선생님에게 혼이 났고 누가 누구하고 안 놀기로 했다는 둥, 대부분이 아이들 사이에서 일어나는 사소한 일이었고, 흥미진진하게 이야기가 이어지는 동안 저희는 흥미롭게 이야기를 듣고 있었어요. 한 선생은 "그래서, 어떻게 됐는데?", "어? 그래?" 하며 가끔 추임새도 넣어주었지요.

한창 이야기를 나누고 있는데 전화벨이 울렸습니다. 저와 치얼은 반사적으로 이야기를 멈추었습니다. 한 선생 친구에게서 온 전화였어요. 그는 인사말을 건네더니 함께 일했던 직원에 관한 이야기를 시작했습니다. 그 친구는 심보가 고약하고 사람들을 이간질해서 앞으로는 어울리지 않겠다는 등등 이야기가 이어졌죠. 저는 보조석에 앉아있었기 때문에 띄엄띄엄 이야기를 듣긴 했지만, 구체적인 내용은 잘 들을 수가 없었어요. 그래서 한 선생이 얼른 전화를 끊고 무슨 일인지 알려주기만을 기다렸습니다.

통화가 끝났어요. 저는 한 선생이 건망증 선수라는 걸 알고 있었지요. 다른 사람이 하는 말을 잘 기억하지 못하기 때문에 그 자리에서 당장 묻지 않으면 깡그리 잊어버릴 것이 뻔했어요. 그래서 방금 통화 내용이 무슨 일인지 전후 사정을 캐묻기 시작했습니다. 그런데 하필 이야기의 제일 결정적인 순간, 그러니까 축구 경기에서 골이 골대 앞까지 가서 들어갈까 말까 하는 그 순간, 뒷좌석에 앉아있던 치얼이 갑자기 아빠의 말을 끊고 말았습니다.

"아빠, 엄마, 무슨 얘기하는 거예요? 이간질이 뭐예요?"

그때 제 입에서는 모두를 얼어붙게 만든 말이 튀어나왔어요.

"너랑 상관없는 일이야. 신경 쓰지 마. 애들은 끼어드는 거 아니야."

너무 자연스럽게 나온 말이었습니다. 이전부터 종종 비슷한 표현을 써왔기 때문에 무엇이 잘못되었다고는 생각지도 못했지요. 그때 그 말을 한 건 아마 두 가지 이유 때문이었던 것 같아요. 우선 사건의 전말이 너무 궁금한데 흥이 절정에 달했을 때 치얼이 방해한 거죠. 그리고 이런 복잡한 인간관계니 뭐니 하는 것이 어린아이들과는 전혀 상관이 없다고 생각한 것도 사실이에요. 어디서부터 어디까지 말해야 할지 알기도 어려울뿐더러 이런 이야기들을 아이에게 솔직하게 다 공유할 필요도 없으니까요. 설령 공유한다 하더라도 아직 경험이 적은 아이들은 이해할 수도 없지 않나 하고 생각한 거죠.

그런데 그 순간, 제가 단칼에 아이를 막아서면 안 된다는 생각이 들었습니다. 우리 아들이 이제 어른들의 세계에도 끼고 싶어 한다는 걸 알고 뉘우치게 된 것인지, 아니면 제가 그런 말을 한 후에 조용히 창밖을 바라보는 아이의 표정이 가슴을 아프게 해서인지는 모르겠지만요.

한 선생도 잠시 입을 굳게 닫고 있었습니다. 결국, 저희 둘은 '어른의 대화'를 계속할 수가 없어 침묵하는 쪽을 택한 거죠. 그러고 있던 그가 무슨 생각이 들었는지 아들의 기분을 풀기 위해 애를 쓰기 시작했습니다.

"치얼, 너도 알 거야. 어른하고 어른 사이에도 너하고 네 친구 사이처럼 똑같은 일이 생기거든. 모두가 다 좋은 친구가 되지는 못하는 거야. 누구나 어울리기 싫은 사람이나 좋아하지 않는 사람이 있으니까. 이간질이라는 건, 원래 관계가 좋았던 두 사람을 같이 잘 지내지 못하게 만드는 걸 말하는 거야. 뒤에서 몰래 안 좋은 이야기를 한다든지 일부러 나쁜 일을 꾸며서 다른 사람의 미움을 사게 한다든지 하는 나쁜 방법을 동원하는 거지. 이런 일이 일어나면 이간질당한 사람은 엄청 화가 나고 마음이 속상할 거야. 억울하기도 하고. 그리고 그 이간질한 사람을 미워하게 되겠지. 그 사람 때문에 다른 사람들하고 관계가 안 좋아진 거니까. 그러니까 치얼아, 뒤에서 다른 사람에 대해서 나쁜 말을 하는 건 좋지 않은 거야. 그렇지?"

아들은 아빠의 말에 동의했습니다. 한 선생이 재차 확인했죠.

"아빠 설명이 괜찮았지?"

"아빠, 잘 알아들었어요!"

옆에서 가만히 있던 저는 치얼의 눈에서 놀라움과 기쁨이 교차하는 것을 보았습니다. 아빠의 이야기를 알아들은 것은 물론, 기분까지 아주 즐겁게 보였지요. 그날 집으로 돌아가는 길에 저희는 더 많은 이야기를 나누었어요. 흥이 오른 치얼은 마치 애어른 같은 모습으로 대화에 참여했습니다. 여덟 살짜리 꼬맹이 녀석이 부지불식간에 벌써 자기주장과 생각을 가졌더라고요.

저는 두 사람의 대화를 거의 듣고만 있었어요. 그리고 마음속으로 생각했죠. '그런 말은 나도 예전부터 아이에게 자주 했었는데.' 지금까지 아이가 궁금해하는 것에 대해서 단박에 설명을 거절한 적은 없었습니다. 아이들 세계에 관한 일이라고 생각하는 일은 대부분 아주 성심성 껏 대답해주었어요. 하지만 아이와는 별개로 어른들 세계의 일이라고 생각하는 일에 대해서는 이런 방식으로 처리했었지요. 그전에는 사실 그게 잘못이라고 생각한 적이 없었어요. 원래 어른들의 일이란 아이들에게 일일이 설명할 필요도 없고 설명한다 해도 제대로 설명하기도 어렵다고 생각한 것이죠.

"참견하지 말고 애들은 저리 가라."

이 한 마디면 단박에 해결되니까요. 아이를 존중하고 존중하지 않고의 문제라기보다는 이것 또한 문제를 해결하는 방식의 하나일 뿐이라고 보았습니다. 다른 부모님들은 어떻게 했는지 모르겠지만, 제가 어렸을 때 저희 부모님들도 다 이렇게 이야기했었고요. '아이를 평등하게 대하자', '그들을 우리와 동등한 독립적인 개체로 보자'는 구호를 그동안 수도 없이 외쳐왔지만, 다 무용지물이라는 생각이 들었습니다. 제가 그런 말을 했다는 것은 잠재의식 속에서 아직도 아이들을 저와 동등한 위치에 놓고 있지 않다는 방증이었죠.

한 선생이 아이에게 차분하게 설명하는 것을 본 저는 나도 그렇게 하고 싶다는 충동이 일었습니다. 그날 저녁 늦은 시간에 저와 한 선생은 아파트 임대업자들에 관한 이야기를 나누고 있었어요. 그런데 치얼이 또 달려와 참견을 하는 게 아닙니까. 저는 평소와 달리 아주 친절하게 치얼의 궁금증에 답해주었습니다. 그런데 갑자기 그런 생각이 들었어요. 치얼이 알아들을 수 없다고 생각했던 화제들도 사실은 전부 쉽게 설명할 수 있고, 이야기의 화제에 나이 제한은 없다는 것이죠. 어른들끼리 나눌 수 있는 내용이라면 그게 어떤 분야라도 아이들에게 이야기할 수 있습니다. 문제는 아이가 이해할 수 있느냐 없느냐가 아니라 부모들이 아이에게 이해시키고 싶은 생각이 있느냐 없느냐죠.

그제야 저는 깨달았죠. 사실 처음부터 제 본심은 치얼이 알아듣게 설명해주고 싶었던 것이라는 걸요. 그런데 그전에는 줄곧 설명과 설득을 회피해왔어요. 진짜 무시해서가 아니라, 수고를 덜기 위해서요. 아이가 이것저것 꼬치꼬치 캐물을 때 가장 신속하고 효과적으로 이를 끊어 버릴 방법이 바로 회피잖아요. 그런데 이렇게 한 번 해보세요. 아이가 이해할 수 있는 방식으로 문제를 해결하기 위해서 머리를 열심히 굴려보는 거예요. 의외로 아주 후련하고 통쾌한 기분을 느낄 수 있답니다. 그리고 그 노력을 통해 아이가 부모의 생각을 잘 이해하게 된다면 그렇게 마음이 놓일 수가 없어요.

혹시 아이가 무언가 물었을 때 제가 성심성의껏 대답해준다면, 아이가 앞으로 살아갈 이 세상을 이해하기에 조금은 도움이 더 되겠죠. 그렇지 않을까요? 아이에게 이 세상을 설명하고 이해시킬 기회를 그냥 버리지 마세요. 우리가 이해할 수 있다면, 아이들도 분명히 알 수 있답니다. 아이에게 이렇게 일러주세요.

"이 세상의 모든 일이 너와 관련이 있고, 다 너의 일이란다. 그 무엇이든 마음 놓고 질문해도 좋아."

실수하게 내버려 두기

어린이날 즈음, 치얼은 자기 용돈을 모아 새 레고 시리즈를 샀습니다. 비싼 것은 아니었지만 안에 들어있는 레고 피규어가 아주 마음에 든 눈치였죠. 게다가 처음으로 자기가 모은 돈으로 산 것이다 보니, 유난히 애착을 갖고 어딜 가든 가지고 다녔어요. 그래서 제가 치얼에게 놀이방 에어바운스에는 가지고 가지 말라고 몇 번이나 이야기했어요. 너무 재미있게 놀다 아무 데나 두었다가는 잃어버리기 쉬우니 말이죠. 그리고 책상에 두었다가 잃어버릴 수 있으니 학교에도 못 가져가게 했어요. 또 이것저것 쇼핑하다가 잃어버릴 수도 있으니 마트에 갈 때도 가져가지 못하게 했고요. 그런데 치얼은 그때마다 자기는 안 그럴 거라며 완강히 저항했지요. 그리고 수많은 이유를 들고 토를 달면서 잃어버리지 않을 거라고 확신을 했고요. 하지만 실상은 그렇지가 못해서, 잃어버릴 뻔한 피규어를 몇 번이나 제가 찾아주었답니다.

학교에서 진행하는 파자마데이에 치얼은 또 피규어를 가져가겠다고 했어요. 저는 네 잠옷에 호주머니가 하나도 없고 피규어는 작으니까 금세 잃어버릴 거라고 했어요. 하지만 치얼은 선생님이 장난감도 허락했으니 가져갈 거라고 고집을 부렸습니다. 저는 그럼 자동차나 변신 로봇을 가져가면 안 되겠냐고 물었고, 치얼은 당연히 거부했죠.

우리 둘은 한 치의 양보도 없이 맞섰고, 그러다 보니 아침부터 기분이 좋을 리가 없었어요. 한 선생이 중재에 나섰습니다. 저를 한쪽으로 데려간 그가 이야기했어요. "내 말 들어 봐. 애가 하고 싶어 하는 대로 놔 둬 보자고. 잃어버리지 않으면 다행스럽게도 당신이 틀린 걸 증명하는 셈이 되잖아. 아이가 약속대로 잘 하면 우리가 괜한 걱정 한 거고. 그러다 잃어버려도 자연스럽게 교훈을 얻을 수 있겠지. 우리가 잔소리하는 것보다 훨씬 효과적일 거야." 그리고 그는 치얼에게 가서 이야기했습니다.

"엄마가 너 피규어 가지고 가도 된대. 대신에 네 물건 책임지고 챙겨야 한다. 잃어버리면 안 돼. 알겠지?"

치얼이 신이 나서 대답했어요.

"알았어요! 절대 안 잃어버릴게요!"

일정이 종료되어 제가 치얼을 데리러 갔을 때, 치얼은 저 멀리서부터 피규어를 치켜들고 개선장군처럼 득의양양한 모습이었습니다. 그리고 저에게 순식간에 달려와 안겨 고함을 질렀어요.

"엄마, 이거 봐요. 안 잃어버린다고 했잖아요!"

우리는 식사를 하러 갔습니다. 식사를 마친 후에는 케이크 만들기를 하러 가기로 약속이 되어있었죠. 차를 식당 앞에 주차하고 내리면서 피규어는 차에 놓고 가라는 이야기가 입에서 맴돌았지만, 한 선생의 말이 생각나서 가만두었지요. 치얼은 제가 아무 말이 없으니 기뻐하면서 피규어를 챙겨 차에서 내렸습니다. 그렇게 밥도 먹고 한참 놀다가 차로 돌아가는 중, 치얼이 갑자기 소리를 질렀어요.

"아, 내 피규어가 없어요!"

한 선생은 먼저 저에게 눈치를 주었습니다. 제 얼굴에 나타난 '언젠가 그럴 줄 알았다'라는 표정을 향한 것이었죠. 한 선생은 치얼에게 안타깝다는 듯 어떻게 하면 좋겠냐고 물었고, 치얼은 다시 가서 찾아보겠다고 했습니다. 그래서 저는 진쯔를 보고 한 선생은 치얼과 함께 우리가 들렀던 곳을 전부 둘러보았지만, 피규어는 없었습니다. 치얼은 한사코 이대로는 못 간다고 했고 쇼핑센터를 두 바퀴나 돌았지만, 피규어는 찾을 수 없었어요. 속상한 제가 한 선생에게 몰래 얘기했어요.

"레고 매장 아직 문 안 닫았잖아. 다시 하나 사주면 될 것 같은데."

한 선생이 말했습니다.

"됐어. 지금 다시 사주면 우리가 했던 게 다 수포가 되는 거야."

치얼은 울상이 되어 아빠를 데리고 쇼핑센터를 다시 한번 이 잡듯이 뒤졌습니다. 결국, 한 장난감매장의 진열대 구석에서 피규어를 찾아냈죠. 치얼은 좋아서 팔짝팔짝 뛴다는 말이 무색할 정도로 기뻐했고, 피규어를 붙든 손을 다시는 놓지 않았어요. 치얼은 그 날 이후로 외출을 할 때면 어떤 장난감을 가지고 갈지, 스스로 결정했습니다. 본체에 부속이 붙은 것은 빼고, 크기가 너무 작거나 쉽게 부서질 수 있는 것도 제외했어요. 그리고 밖에 나가서도 우리에게 항상 물었지요.

"이거 가져가서 차에 둬도 괜찮아요? 놀이터에 가지고 갈 건데 엄마 가방 안에 넣어도 되죠?"

한바탕 난리를 겪고 나니, 골치 아픈 문제가 자연스레 해결된 것이죠. 돌이켜보니 저와 치얼이 서로 대립했던 것도 전부 제가 융통성이 없었던 탓이었어요. 이것 말고도 비슷한 상황은 많아요. 예를 들어, 부모들은 아이가 학교에서 돌아오면 스스로 숙제를 알아서 하길 바라죠. 하지만 아이들이 항상 자발적으로 숙제를 하기란 쉽지 않잖아요. 치얼도 예외가 아니어서 대부분은 습관적으로 숙제를 먼저 마치고 놀지만, 한 달에 한두 번씩은 꼭 제멋대로 굴어요. 숙제하기 싫어서 머리가 아프네, 열이 나네 하는 다양한 핑계를 대며 시간을 끌고요. 그럼 저는 또 총대를 메고 잔소리를 퍼붓습니다.

"훌륭한 습관이 얼마나 중요한지 아니? 어떻게 매일 엄마가 하라고 해야 하는 거야? 숙제하기 싫으면 하지 마. 선생님이 얼마나 뭐라고 하실까? 친구들은 또 얼마나 비웃을까!"

하지만 이렇게 퍼부어도 애타는 제 마음이 풀리지는 않아요. 그런데 한 선생은 전혀 조급해하지 않아요. 유유자적 책상 앞에 앉아서 치얼의 숙제를 들춰보며 오히려 감탄하고 칭찬합니다.

"우리 아들이 이렇게 어려운 걸 배운단 말이야? 아이고, 이런 글자도 다 쓰네. 이렇게 복잡한 글자를 1학년한테 배우게 한다고? 우리 아들이 영어책에 쓴 것 좀 봐. 이렇게 영어가 잔뜩 있는 건 아빠도 잘 모르겠는데, 엄마는 알까?"

아빠가 이렇게 이야기하면 치얼은 보통 얼른 달려가 관심을 보이며 즐겁게 숙제를 하거나 아빠에게 책을 읽어주기 시작합니다. 그리고 단숨에 숙제를 끝내 버리죠. 그런데 이 방법도 효과가 없으면 한 선생은 또 다른 묘책을 짜냅니다. 예를 들어 숙제를 30분 안에 끝내면 다 같이 영화를 보러 갈 수 있다고 하거나, 오늘 글자를 예쁘게 쓰면 자기 전에 재밌는 이야기를 두 개 해준다고 하는 등등이죠. 또 산수 문제를 하나도 안 틀리면 치얼이 선생님이 되어 아빠에게 문제를 내는데, 아빠가 틀렸을 때는 치얼에게 선물을 사주어야 한다는 물질적인 보상을 내걸기도 하고요.

한 선생은 항상 이렇게 치얼이 스스로 깨우칠 수 있도록 노력합니다. 가끔은 그림책을 이용해 여러 가지 이치를 설명하죠. 한동안 치얼과 친구들 사이에 문제가 생긴 적이 있었어요. 한 선생은 그때《Do Unto Otters》라는 동화책을 읽어주었고(역자 코멘트: Laurie Keller(로리 켈러)라는 미국 동화작가의 책이며 한국에는 정식으로 역서가 소개되지 않아 원서 제목을 그대로 썼습니다. 예절에 관해 이야기한 책입니다.), 그 이후로 일주일 동안 치얼은 잠자리에 들기 전에 항상 이 책을 읽으려고 했어요. 아마도 이 책을 읽고 이해하고 스스로 곱씹는 소화 작용이 필요했던 것 같아요. 책 속에 등장하는 수달의 이야기를 보고, 치얼은 금세 한 선생의 의도를 이해했습니다. 제가 석 달 동안 잔소리하는 것보다 훨씬 효과가 좋았지요.

부모가 책임질 수 없는 일이거나 굳이 경험해보지 않아도 될 실수라면 더 적극적인 소통방식을 이용해 아이의 적극성과 열정을 끌어올려야 합니다. 이런 부모들의 노력으로 문제가 자연스럽게 해결된다면, 부모나 아이가 모두 괜한 걱정에서 자유로워질 수 있겠지요.

대수롭지 않다는 걸 알려주세요

약 한 달 전, 한 선생의 생일이었습니다. 그날은 치얼이 녹음한 〈Michael 치얼의 기상알람〉을 업데이트했습니다. 치얼이 엘리베이터 안에서 방귀를 뀌었다는 내용이었죠. 하루는 아빠가 치얼을 학교에 데려다주는데 치얼이 엘리베이터에서 방귀를 뀌었어요. 우렁찬 소리로 아빠에게 "나 방귀 뀌었어!" 하고 이야기하자, 엘리베이터 안에 있던 아저씨, 아줌마들이 박장대소를 했지요. 그리고 엘리베이터에서 내리자 한 선생이 치얼에게 사람들이 많은 곳에서 그런 부끄러운 일은 크게 이야기하지 말라고 이야기했습니다. 그러자 치얼이 이렇게 대답했어요.

"저는 정직한 아이가 되고 싶은데요. 그냥 방귀 뀐 것뿐이잖아. 얘기하면 어때요."

사실 그 말에는 더 깊은 뜻이 내포되어 있었죠. '그게 뭔 대수야!' 저와 한 선생은 예전부터 치얼이 사려 깊지는 않지만, 마음이 넓고 시시콜콜한 것들을 따지지 않는 둥글둥글한 성격이라고 생각해왔습니다. 그런데 언제부터인지 치얼이 주변을 신경 쓰기 시작했어요. 체면치레라기에는 유난스러울 정도로 다른 사람들의 시선에 민감해진 것이죠.

한번은 저희 부부가 멀리서 '쾅'하고 넘어지는 치얼을 발견했어요. 얼른 달려가 살펴보려고 하는 순간, 치얼이 벌떡 일어나더니 황급히 흙

묻은 손과 옷을 털어내고 혹시 누가 본 사람이 없는지 주위를 두리번거렸습니다. 주변에 사람이 없음을 확인하고 나서 얼굴에 고통스러운 표정이 떠올랐지만, 치얼은 마치 아무 일도 없었던 것처럼 계속 앞으로 걸었지요. 한 선생은 안타까워하며 달려가 물었어요.

"넘어졌어?"

치얼은 대답이 없었습니다. 한 선생이 다시 물었어요.

"안 아파? 아빠한테 좀 보여줘!"

치얼은 쭈뼛거리며 싫다고 했지만, 바지를 걷고 보니 상처가 꽤 심했어요. 그런데도 치얼은 끝까지 이를 악물고 안 아프다고 하는 겁니다. 한 선생이 귓가에 대고 살짝 이야기했죠.

"아빠한테만 살짝 알려줘. 진짜 안 아픈 거야?"

치얼이 눈시울을 붉히며 대답했어요.

"아파 죽겠어."

나와 한 선생이 이해할 수 없다는 듯 물었어요.

"그럼 왜 빨리 말 안 하고 안 아픈 척했어?"

"부끄러워서요. 다른 사람들이 보면 바보 같다고 하잖아요."

또 한번은 학교에서 선생님이 치얼에게 옷을 뒤집어 입었다고 알려주었을 뿐인데, 치얼이 대성통곡을 하는 바람에 수업을 끝까지 듣지 못한 일도 있었어요. 결국은 선생님이 옷을 다시 입혀주고 한참을 달랜 후에야 괜찮아졌었죠. 선생님에게서 이 소식을 들은 제가 치얼에게 그일에 관해 물었는데, 치얼은 인정도 하지 않으려고 하더라고요. 나중에 몰래 또 아빠한테만 친구들이 옷을 뒤집어 입은 것을 알고 놀릴까 봐 그랬다고 이야기했고요. 학교에서 다른 친구들이 다 갖고 있는데 자기만 그 물건이 없거나 남들은 다 가봤다는 곳에 아직 못 가봤으면 실망해서 어쩔 줄 모르기도 해요. 치얼의 이런 모습이 반복되자, 저와 한 선생은 조금씩 치얼을 이해시키기 시작했습니다.

"사람이 살다 보면 별의별 일을 다 겪는 거야. 큰일도 있을 것이고 작은 일도 있을 것이고, 즐거운 일도 있겠지만 그렇지 못한 일도 있을 거야. 그런데 일단 무슨 일이든 일어나면 맞서서 해결해야 하는 거거든."

우리에게 닥치는 일상적인 일들은 사실 다른 사람이 나를 보는 시선이나 생각에 큰 영향을 미치지 않습니다. 스스로 마음속에 담지 않고 지나간 정도로만 느껴지는 일이라면, 그 일에 대해 신경 쓰는 사람은 아마 아무도 없을 거예요. 그런데 그런 일을 괜히 숨기고 감추는데 급급한 사람이 있어요. 다른 사람들에게 쪽팔리지는 않았는지 전전긍긍하고, 다른 사람들이 가진 것을 못 가져서 안타까워하고, 다른 사람들이 아는 것을 모른다고 걱정하는 사람이죠. 그런 사람들이 가장 먼저 해야 할 일이 바로 잊어버리는 것입니다. "무슨 대수야, 별일도 아니잖아." 하고 툴툴 털어버린 후, 눈앞에 닥친 진짜 걱정거리와 문제에 마음을 쏟는 것이 훨씬 더 낫습니다.

문제는 숨긴다고 해서 없어지지 않고, 원망한다고 얻어지지도 않잖아요. 알지도 못하면서 아는 척하면 다른 사람들에게서 더 비웃음을 사게 됩니다. 그러니 무언가 부끄럽고 난감한 일이 벌어졌을 때는 우선 자신을 설득하기 바랍니다. "별거 아니야!" 그러고 나서 의욕을 갖고 해결방법을 찾아야죠.

제가 하는 말이 추상적이라고 느껴질 수도 있을 것 같아요. 그래서 더더욱 아이가 이런 상황을 만났을 때 부모가 나서서 적극적으로 소통하고 함께 문제를 해결해야 합니다.

'대수롭지 않다'라는 말로 심지를 단단히 세운 아이는 행동방식부터 달라집니다. 더 편안하고 자신감 넘치는 모습, 진취적인 모습으로 탈바꿈해 세상 모든 일에 호기심과 탐구심을 갖고 다가가게 되죠. 어려움에 빠지거나 남들보다 못한 부분을 찾더라도 조급하지 않고, 객관적이고 느긋한 자기 자신이 되기 위해 노력하게 된답니다.

물론 "대수롭지 않다"라는 말이 남이야 어떻든 개의치 말라거나 남의 말에 시큰둥 하라는 이야기는 전혀 아닙니다. 아이들이 불필요한 겉치레보다는 진짜 신경 써야 할 부분에 집중할 수 있도록 독려하는 뜻이죠. 다른 사람들을 의식하고 체면을 차리는 것보다는 자신에게 주어진 눈앞의 문제를 해결하고 앞으로 다가올 미래를 준비하는 것이 훨씬 중요하기 때문입니다.

CHAPTER 5

예술 감각 기르기

: 아이들은 타고난 예술가

찬란한 햇빛이 쏟아지는 아침, 여러분의 아이가 민들레 꽃씨를 들고 태양을 마주하고 있어요. 실눈을 뜨고 조심스럽게 씨를 '후' 불어 공중에 흩날리고는 당신에게 이야기 하죠. "아빠, 민들레가 자유롭게 훨훨 날아가요. 얼마나 행복할까요!" 이미 예술가인 이 아이에게 우리가 무엇을 어떻게 해줄 수 있을까요?

아이의 미적 감수성을 지켜주세요

한 선생은 모든 아이가 타고난 예술가이지만 안타깝게도 수많은 부모가 다양한 이유로 인해 아이들의 기상천외한 발상과 순수한 감정을 짓밟는다고 이야기합니다. 그래서 직접 〈아이가 미적 감수성을 잃지 않도록 하세요〉라는 글을 쓰기도 했죠.(이하 한 선생의 글)

지난주에 한 녹음에 참여했습니다. 아이들과 함께하는 "내 목소리 듣고 사랑하기"라는 공공 프로젝트였어요. 녹음실이라는 곳에 처음 와본 아이들은 모두 호기심에 가득 차 설레는 눈빛이었죠. 아이들은 오디오 콘솔 주위에 빙 둘러서서 녹음기사가 일하는 것을 보기도 하고, 마이크에 달린 커버를 직접 만져보기도 하면서 무슨 용도인지 궁금해하기도 했습니다. 마이크 속의 목소리와 외부로 들리는 목소리가 똑같은지, 로봇들은 어떻게 소리를 내는지 등등을 질문했고, 저는 하나하나 설명해주었어요. 그리고 직접 녹음을 하면서 자기의 진짜 목소리가 어떤지, 언어의 매력이 무엇인지 느껴보자고 했고, 아이들은 무척 흥분했습니다.

아이들을 목소리의 세계로 이끌기 위해 준비한 것은 시 한 수였어요. 우선 심오한 뜻을 담은 이 시에 관해 간단하게 설명하고 처음부터 끝까지 한 번 낭독해주었습니다. 아이들은 조용히 시를 감상했지요. 그리고 한 명씩 저와 함께 녹음 부스에 들어가 녹음을 시작했습니다. 저는 아이들 한 명 한 명을 부스로 데리고 들어가서 시를 처음부터 끝까지 한 번 따라 읽게 시켰어요. 글을 모르는 아이는 없었지만, 익숙하지 않은 환경 속에서 빠르게 적응시키기 위함이었지요. 그다음, 아이들은 마이크 앞에서 커다란 헤드셋을 끼고 혼자 시를 읽어내려갔습니다.

해설과 시범, 따라 읽기, 그리고 마지막으로 녹음한 것을 듣기까지, 저는 모든 과정에 완전히 몰입했습니다. 아이들에게 이 시의 아름다움과 정취를 묘사할 때는 제가 무대 위, 생방송 또는 녹음을 진행할 때보다 더 집중했고 더 최선을 다했어요. 그러자 아이들은 처음 녹음실에 들어섰을 때의 긴장감이나 조심스러움을 벗고 조금씩 적응해나가기 시작했어요. 신선함과 재미를 느낀 아이들은 저와 함께 시의 분위기에 젖어 들었고, 감정을 한껏 담아 훌륭하게 시를 낭독해나갔습니다. 녹음이 끝나고 난 후에도 시의 정취에 도취 되어 조용히 눈을 감고 미소 띤 모습으로 감상하는 아이도 있었지요. 그런 모습에서 저는 깊은 감명을 받았습니다. 아이들이 시의 아름다움에 대해 본능적으로 친밀감을 느끼고 있었으니까요. 누군가 크게 이끌지 않더라도 스스로 빠져들었고, 특히 언어 속에 내포된 감상적인 요소에 민감하게 반응하고 있었습니다.

물론 모든 아이가 그런 것은 아니었어요. 그중 한 아이의 반응은 좀 의외였거든요.

피부가 하얗고 머리가 단발인 꼬마 아가씨였어요. 그 아이는 다른 아이들처럼 저를 따르지도 않았고 시를 느끼거나 상상력을 발휘하지도 않았습니다. 그저 눈에 보이는 모든 일에 불만을 드러냈습니다. 수시로 "흥", "치" 하는 짜증스러운 소리를 내뱉는 것으로 봐서, 지금 하는 모든 행위를 무시하는 것 같았습니다. 처음에 저는 그 아이가 부끄러워서 그런다고 생각했어요. 다른 아이들도 가끔 그럴 때가 있거든요. 그래서 특별히 더 시간을 들여 인내심을 가지고 익숙한 그림책으로 주의를 끌어보려고 시도했어요. 하지만 아이의 마음은 여전히 꼼짝도 하지 않았지요.

보통 다른 아이들은 열정을 가지고 적극적으로 다가가면, 저의 그런 태도와 감정을 받아들이는 편입니다. 원래의 낯설고 수줍은 모습을 버리고 마이크 앞에서 그럭저럭 잘 해내죠. 하지만 이 꼬마 아가씨는 제가 최선을 다해도 전혀 공감하지 못하더라고요. 자기가 이 사소한 수업에 얼마나 무관심한지를 표정과 말투로 끊임없이 보여주고 있을 뿐이었어요. 저를 보며 어린애처럼 유치하다고 생각한다는 걸 느낄 수 있었습니다. 마치 속세의 이런 낯간지러운 행위들이 닭살 돋고 혐오스러워 죽겠다는 걸 말하고 싶은 표정이었지요. 이런 불편한 상황은 녹음이 끝날 때까지 계속되었습니다. 아이는 상황에 감정이입을 못 했고, 교과서를 읽듯이 딱딱하게 시를 읽어내려갔고, 저는 초조함에 진땀만 흘렸어요.

녹음 부스의 문이 열리고, 꼬마 아가씨의 엄마가 아이를 맞이했습니다. 계속 밖에서 아이를 지켜보고 있었던 엄마는 '아이가 잘했는지 못했는지 잘 모르겠다, 낯간지럽더라, 굳이 이렇게 시를 읽는 게 무슨 의미가 있는지 모르겠다'라는 말을 했습니다.

그때 저는 분명히 알게 되었죠. 부모의 심미관이 아이에게도 일정 부분 영향을 미친 것이었어요. 부모가 일상적으로 하는 언행에는 어떤 일에 대한 사고방식과 사회 보편적인 심미관에 대한 이해가 반영되어 아이에게 영향을 미치게 됩니다. 예를 들어, 이 꼬마 아가씨의 부모님이 실용주의를 최고의 가치로 놓고 지극히 세속적인 관점에서 보고 듣는 모든 것을 판단한다면, 이런 생각들이 자연히 아이에게도 이어지게 된다는 말입니다.

저는 이를 정말 유감스러운 일이라고 생각합니다. 우리는 모두 세속의 평범한 사람이지만, 최소한 세속에 찌든 사람은 되지 않도록 열심히 노력해야 합니다. 이는 바로 예술의 존재 가치이고 인간이 높은 미적 수준을 유지하는 이유가 되지요. 아이들은 태어날 때부터 예술적인 감각을 갖추고 있습니다. 부모들은 이를 아이의 성장과 함께 발전시킬 수도 있고 세속과 실용이라는 이름으로 말살시킬 수도 있어요. 모두 부모의 선택에 달린 것이죠.

저는 세상 모든 아이가 타고난 예술가라고 생각해요. 그들은 사물을 대단히 직관적으로 인지하고, 그 시선에서 거짓과 위선, 기만이라고는 조금도 찾아볼 수 없습니다. 제가 이해하는 '심미審美'는 아름답다고 느끼는 감정에 대한 자신의 깨달음인데요, 위대한 영혼과 고귀한 감정은 나이를 따지지 않는 법이지요. 아이들은 성인보다 수십 년을 덜 살았지만, 인류의 가장 본질적인 감정에 관한 깨달음과 체득은 성인의 그것에 못지않습니다. 혈육 간의 정, 친구와의 우정, 그리고 사랑의 감정이 모두 그러하지요. 아이들은 모든 인류가 가진 고귀한 감정과 영혼이 내뿜는 인간성을 아주 민감하게 감지해낼 수 있어요. 말로 표현하기는 힘들지만, 마음속으로는 분명히 느끼고 반응하죠.

성인들은 어린아이들이 자기보다 경험도 적고 철도 없다고 치부해버립니다. 어떤 일에 대한 감정적인 이해에 대해서는 더욱 말할 것도 없지요. 그러나 저는 이런 시선으로 아이를 대할 수가 없습니다. 당신이 이야기하는 그 일이 도대체 어떻게 일어났는지, 왜 일어났는지, 결과가 왜 그렇게 되었는지를 아이들이 이해하지 못할 수 있습니다. 그건 아이들에게 사회적인 경력이 부족하기 때문이에요. 하지만 그렇다고 해서 그들이 그 사건에 내포된 인류 공통의 감정적인 요소까지 이해하지 못한다는 뜻은 아니에요. 오히려 반대로, 경력이 부족하기에 세속적인 시선으로 인해 괴로워하거나 위축되지 않는다는 점이 있지요. 아이들은 더욱 냉철하고 직관적으로 그 일 자체에 잠재된 감정적인 요소를 받아들일 수가 있어요.

제가 최근에 방송으로 양산백과 축영대 이야기를 들려준 적이 있거든요. 이야기 속에서 언급된 역사적 배경, 옛 중국의 풍속, 인간사의 복잡한 갈등은 상식적으로 아이들이 완전히 이해하기가 어려운 수준이었어요. 아이들은 왜 일이 그렇게 흘러갈 수밖에 없는지, 서로 좋아하는 두 사람이 왜 함께일 수 없는지 잘 이해하지 못할 수 있었어요.

그런데 한 아이 엄마가 편지를 보내와 저희에게 알려주었습니다. 그녀가 아이들에게 이 이야기를 들려주자, 어려워할 거라는 예상과는 달리 실망하고 슬퍼하는 아이, 상처받은 아이들이 있었고 우는 아이도 적지 않았다고 해요. 어떤 아이는 엄마에게 '양산백과 축영대는 함께일 때가 아름답다, 두 사람이 함께이지 못한 것이 너무 가슴이 아프다, 두 사람이 너무 불쌍하니 나비로 변해서 함께하고 다시는 헤어지지 않았으면 좋겠다'라는 이야기까지 했다고 합니다.

아이들이 어른 못지않은 심미 능력을 갖추고 있다고 제가 굳게 믿는 이유가 바로 이것입니다.

사람의 성격은 천차만별이죠. 어떤 아이들은 단지 표현에 익숙하지 않을 뿐입니다. 오히려 수줍음이 많고 표현이 서투른 아이일수록 섬세하고 예민해 감정을 쉽게 느끼는 편입니다. 활달하고 외향적인 아이들보다 더 깊게 말이죠. 아름다움을 감지하는 능력은 인간이 태어날 때부터 가진 천성이에요. 더욱이 우리가 후천적으로도 최선을 다해 보호해야 할 가치가 있는 능력이죠.

찬란한 햇빛이 쏟아지는 아침, 여러분의 아이가 민들레 꽃씨를 들고 태양을 마주하고 있어요. 실눈을 뜨고 조심스럽게 씨를 '후' 불어 공중에 흩날리고는 당신에게 이야기하죠. "아빠, 민들레가 자유롭게 훨훨 날아가요. 얼마나 행복할까요!" 이미 예술가인 이 아이에게 우리가 무엇을 어떻게 해줄 수 있을까요?

몸을 낮추어 눈높이를 맞추고 부드럽고 따뜻한 음성으로 민들레에 관한 시를 읊어줄까요, 아니면 "쓸데없이 그런 거 붙잡고 있지 말고 빨리 가서 숙제나 해. 시간 낭비하지 말고!" 해야 할까요.

무엇을 택해야 할지, 답은 이미 뻔하게 나와 있지 않나요!

우리 아이 '재능' 어떻게 발견하고 지켜줄까?

주말 아침, 가족이 모두 테이블에 둘러앉았습니다. 간단하지만 맛깔난 아침 식사에 스피커를 통해 나지막이 흘러나오는 말소리가 곁들여졌죠. 치얼과 아빠가 녹음한 대화였어요. 재미있는 부분이 되자, 우리는 다 같이 웃음을 터뜨렸어요. 영문을 모르는 진쯔는 치발기를 열심히 입안으로 밀어 넣으면서 실성한 듯 웃는 우리 셋을 쳐다보았고요.

이번 이야기의 주제는 "저는 수다가 싫어요!"였어요. 아이러니가 아닐 수 없었답니다. 허구한 날 수다를 떠는 꼬맹이 입에서 수다가 싫다는 말이 나오다니요?

사실 저에게는 의미가 남다른 에피소드였어요. 레고 이야기가 나왔거든요. 처음에는 치얼이 이야기에 딱히 흥미를 갖지도 않고 지루해했어요. 그런데 아빠가 네가 좋아하는 것에 이야기해보라고 제안하자, 치얼이 갑자기 이야기보따리를 풀어놓기 시작했습니다. 말을 얼마나 똑소리 나게 쉬지 않고 하는지, 온갖 캐릭터에 관해서 모르는 게 없더라고요. 한 선생이 화제를 돌리며 치얼의 말을 막아보려 수차례 시도했지만, 완전히 실패하고 말았어요. 대부분이 레고 시리즈에 관한 내용이었지만, 그 모습을 통해서 아이가 얼마나 레고를 좋아하고 레고에 푹 빠져있는지 알 수 있었습니다. 이렇게 무언가에 꽂힌 사람은 막으려야 막을 수가 없는 법이죠.

부모들은 '아이가 공부를 좋아하는 것은 옳고 노는 것은 올바르지 못하다'라고 인식합니다. 그래서 아이들이 어떤 '과목'을 좋아한다고 하면 크게 기뻐하면서 칭찬하는 반면, 놀면서 얻게 되는 지식은 무용지물이거나 있어도 그만 없어도 그만이라고 생각하죠.

저는 최근에 이런 사고방식을 계속 반성하고 있어요. 무질서하게 뒤섞인 레고 조각들로 순식간에 여러 가지 장치와 용감한 로봇을 만들어내는 것은 칭찬할만한 능력이 아닌가요? 아무리 학업이 바빠도 아이가 이런 재미있는 놀이를 할 시간을 빼주어야 하는 게 아닐까요?

지난주에 치얼을 데리고 발레 수업에 갔습니다. 그 수업이 끝나면 더 큰 아이들의 수업이 있었지요. 스튜디오 밖에서 치얼을 기다리던 저는 혼자 커다란 가방을 메고 수업을 들으러 오는 여자아이 하나를 보게 되었어요. 여자아이는 스튜디오 문 앞의 땅바닥에 곧바로 주저앉아서 노트북을 꺼내 발레 영상을 틀었어요. 그리고 그걸 보면서 아주 능숙하게 머리를 올려묶고 신발을 갈아신었습니다. 모든 행동은 물 흐르듯 편안하고 질서정연했어요. 그 아이는 열세 살이었고, 치얼의 피겨스케이트 선배이기도 했어요. 어릴 때부터 스케이트 실력이 대단히 출중했고, 상도 수없이 많이 받은 친구였고요. 하지만 최근에는 스케이트 수업을 확 줄이고 발레 수업에 한 주에 네다섯 번씩 나왔습니다. 심지어 하루에 4시간씩 수업을 받기도 했지요.

그 아이의 부모와 이야기를 나눈 적이 있었어요. 저는 피겨스케이트 실력이 그렇게 훌륭한데, 왜 지금 와서 포기하는 거냐고 물었거든요. 그러자 부모님은 아이가 너무 힘들어한다고 했어요. 그래서 제가 그럼 발레 수업을 그 정도로 하는 건 안 힘드냐고 재차 물었지요. 부모들은 사실 자기들은 발레가 더 힘들다고 생각한다고 했어요. 특히 발끝으로 서는 동작을 연습할 때는 발이 너덜너덜해져 가슴이 너무 아프다고 하더라고요. 그러면서 자기들 생각과는 다르게 아이는 그렇게 힘들다고 생각하지 않는다고, 마음속 깊이 발레를 좋아하고 있다고 덧붙였습니다.

아이가 발레를 더 좋아하자, 점점 연습 시간을 늘린 거예요. 그 아이는 집에 혼자 있을 때도 열심히 연습하고 식단까지 스스로 조절한답니다. 부모들이 아무리 재촉해도 더 먹지를 않는대요. 또 발레 동영상을 찾아보고 발레에 관한 자료를 모으고 하는 일도 전부 부모들이 시켜서 하는 게 아니라 본인이 원해서 하는 일이라고 했어요. 그랬더니 발레 실력이 일취월장하는 속도가 피겨스케이트보다 훨씬 더 빨랐고요.

좋아하기에 고집을 부릴 수 있고, 고집을 부리기에 계속해서 탐색해 나갈 수 있는 거예요. 다른 사람의 권유나 재촉에 의지하지 않고 순전히 자기 자신의 염원에서 출발한 탐구 정신과 학습 방법은 아이에게 무엇보다 큰 수확을 안겨줍니다. 그리고 이런 학습능력은 여러 방면으로 광범위하게 적용할 수도 있어요. 좋아하기 때문에 스스로 학습하고 기술을 습득할 방법을 찾을 줄 알게 되는 것이지요.

아이에게 가면을 씌우지 마세요

얼마 전에 한 시상식에 초대를 받았는데, 식 중간에 간단한 강연 순서가 있었습니다. 제 앞에 강연자로 나선 두 분은 모두 높으신 분들이었어요. 제 차례가 왔고, 저는 해야 할 말과 무대 아래 청중들의 반응이 어떤지에 촉각을 곤두세우느라 MC 트레이닝을 받았을 때 배운 손짓, 몸짓이라든가 헤어스타일과 복장, 퇴장할 때 어떻게 몸을 돌려서 나가야 하는지 등등 자질구레한 건 신경 쓸 겨를도 없었어요. 그저 제 모습을 진실하게 표현하기 위해 노력했지요.

제 다음 순서는 한 꼬마 아가씨였습니다. 초등학교 고학년생쯤으로 보였고, 커다란 눈과 단발머리가 예쁘장한 아이였어요. 아이는 바람처럼 달려서 무대 위로 올랐습니다. 침착하게 서서 사방을 둘러보더니 시종일관 예의 바른 미소를 지으며 강연을 완벽하게 마쳤지요. 그리고 지도해주신 선생님, 아침부터 저녁까지 물심양면으로 챙겨주시는 부모님에게 감사를 전했습니다. 여동생의 사랑과 지지에 관해서도 인사를 잊지 않았고요. 그다음 강단 옆으로 자리를 옮겨 허리를 깊이 굽혀 인사를 한 후, 자신감 넘치는 미소를 띠고 군더더기 없이 매끄럽게 무대를 내려왔습니다.

저는 무대 아래에서 눈 하나 깜빡이지 않고 모든 과정을 지켜보았어요. 솔직히 말하자면, 그 아이의 무대는 정말 충격적이었어요! 우선 발표가 흠잡을 데 없이 완벽했지요. 성숙하고 신중하고 자신만만하기까지 했습니다. 자신이 대단하다는 것을 알고 우쭐한 태도로 무대 아래의 아이들을 내려다보는 대목에서는, 아이가 아닌 저조차 조금 전 무대 위에서의 제 모습이 떠올라 부끄러울 지경이었어요. 그 순간은 제가 마치 물색없는 아이가 된 것 같았으니까요. 그 아이의 발표는 제 앞의 두 강연자보다도 더 프로다웠습니다.

저는 아이에게 진행이나 발표, 혹은 몸가짐에 관한 전문적인 훈련을 받았는지 물었어요. 그리고 학교에서 학생회 간부로 활동하고 있는지도 물었습니다. 아이는 계속해서 아니라고 했어요. 그러고 나자 저는 그 애에게 도대체 무슨 얘기를 해야 할지 난감해졌어요.

우리가 어색한 대화를 나누는 내내, 아이의 표정은 처음과 조금도 달라지지 않았어요. 빈틈을 찾아볼 수 없는, 누구에게 해를 끼칠 것 같진 않지만, 진심이라고는 조금도 담겨있지 않은 미소였습니다. 때마침 전화벨이 울려 이야기가 끊어졌다. 저는 저도 모르게 어색하게 굳은 양 볼을 쓰다듬었어요.

'아, 생각해보니 그 애의 미소에 나도 계속 같이 웃고 있었구나.'

가면을 쓰고 있는 아이와 진짜 성숙한 아이는 쉽게 구분할 수 있어요. 생각과 마음이 정말로 어느 수준까지 이른, 그러니까 우리가 흔히 말하는 조숙한 아이들은 딱히 탓할 이유가 없지요. 그런 아이들의 언행은 무의식적인 본인의 생각과 감정이 발현된 것이고 쭉 한결같으니 말이죠. 하지만 가면을 쓴 아이는 다릅니다. 본인의 진짜 성격을 끝까지 숨기고 버틸 수가 없기에 숨 쉴 여유가 꼭 필요해요. 그래서 때로는 앞과

뒤가 완전히 다른 사람이 되기도 하지요. 수십 년간 다른 사람들을 겪어온 어른들은 이런 아이를 구분해내기가 어렵지 않습니다.

친한 친구와 이 문제에 관해 대화를 나눈 적이 있는데, 친구가 이런 이야기를 했어요. "잘 생각해봐. 요즘은 다 그렇지 뭐. 우리 학교 다니는 동안에 착하고 순진했던 애 중에 반장 하고 학생회 간부 하던 애들이 있었어? 그중에 선생님이 예뻐하던 애들이 있냐고. 회사 다니면서는 또 어때, 잘나가는 사람들은 전부 얼굴에 철판 깔고 윗사람들한테 알랑방 귀나 뀌고 겉과 속이 다른 그런 부류 아니었어?"

틀린 말은 아니었지만, 저는 그 말에 완전히 동의할 수 없었어요. 제가 어울리는 친구들이 전부 그렇게 약삭빠르고 겉과 속이 다른 사람들은 아니었거든요. 오히려 자기 자신을 있는 그대로 지켜나가는 친구들도 많았습니다. 타고난 성격, 흥미를 잘 유지하고 진정한 자기 자신을 찾는 아이들이야말로 진짜 삶의 방향과 행복을 잘 찾아가지 않을까요. 가능하다면, 우리 아이들이 가면을 쓰게 되는 날이 최대한 늦게 왔으면 해요. 그 전에는 부모의 품 안에서 마음껏 울고 웃고 뛰노는 장난꾸러기이길 바랍니다!

아이들에게 자유를 주세요

주말에 특별한 일 없이 놀고 있던 치얼 옹은 또다시 작품세계에 빠져들었어요. 금세 그림 한 장을 그려서 아빠에게 주고, 또 금세 한 장을 그려서 엄마에게 주고, 또 여동생에게 주고 아주 신바람이 나셨지요. 저는 치얼이 그린 그림이 갈수록 좋아지고 있지만, 보통은 레고 피규어나 〈서유기〉 주인공을 즉흥적으로 그려내는 것이기 때문에 그다지 큰 기대를 걸고 있지는 않아요.

오늘은 평소보다 짧은 시간 동안 그림을 네 장이나 그렸습니다. 번갯불에 콩 볶듯이 뽑아낸 그림이니 퀄리티는 그냥저냥일 것이라 예상되었죠. 그런데 저는 그림을 본 순간, 깜짝 놀라 어리둥절하고 말았다. 제가 회화의 기교에 대해서는 잘 알지 못하지만, 그림 속의 인물들 하나하나가 아주 생동감 있게 느껴졌거든요. 표정도 아주 익살스럽고요.

한 선생은 '모든 예술은 서로 통한다. 높은 예술 표현력은 태어날 때부터 갖고 태어나는 것이지, 인위적으로 만들어내는 것이 아니다.'라는 생각을 줄곧 갖고 있었어요. 사실 예술은 일종의 경지이자, 정신세계의 승화라고 할 수 있잖아요. 마음으로 느끼고 깨달을 수는 있지만, 말로 전하기란 어려운 그런 것이죠.

저는 그날 치얼이 그린 그림을 보고 마음속에서 진심으로 우러난 희열을 느꼈습니다. 일단 저희가 치얼의 그림에 대한 흥미를 꺾지 않았다는 것이 다행이었고, 그림에 대한 어떤 생각도 억지로 주입하지 않았다는 것도 다행이었지요. 한 선생은 치얼이 타고난 예술의 씨앗이 아주 찬란하게 꽃을 피웠다면서 앞으로는 더 화려하고 눈부시게 피어날 거라고 했습니다.

사실 처음에 치얼에게 그림을 그리게 하는 것은 하늘의 별 따기보다 어려운 일이었습니다. 그림 그리는 것을 도통 좋아하지 않았거든요. 유치원이나 집에서 그림을 그리라고 이야기를 하면, 직선 하나도 똑바르게 그리지 못해서 심전도 그래프 같은 구불구불한 선을 겨우 그으면서 어떤 형상을 그려낼 정도였으니까요. 그래도 저희는 아이에게 뭐라고 하지 않았고, 칭찬도 아끼지 않았습니다. 저희는 그림을 안 그리지만, 미술도구들도 빠짐없이 준비해주면서 언제든 자유롭게 그릴 수 있게 환경을 조성해주었어요. 언제 자신만의 스타일로 멋진 그림을 그려낼지 모르니 말이죠.

언젠가 한 번은 치얼이 그림을 그리고 슬퍼한 적이 있었어요. 그림을 잘 못 그렸다고 생각해 속이 상한 것 같았습니다. 그래도 한 선생은 치얼이 그린 것이 마치 '수박 요정' 같다며 어떻게든 칭찬하려 애썼지요. 〈서유기〉를 사랑하는 치얼 어린이는 자기가 요정을 만들어냈다며 뛸 듯이 기뻐했습니다. 그리고 단숨에 비슷한 그림을 마구마구 그렸어요. 덕분에 한 선생은 그 후 며칠 동안 수박 요정 이야기를 들려달라는 아들에게 쫓겨 다녔어요. 아침이면 한 선생이 화장실에서 세수와 양치질을 하면서 수박 요정과 레고 피규어의 전쟁 이야기를 들려주는 소리가 들려왔습니다.

그리고 시간이 흐르자, 치얼은 〈서유기〉 줄거리와 등장인물들을 그리는데 푹 빠져서 다른 것은 쳐다도 보지 않았습니다. 그림은 어떤 특별한 테크닉이나 화법이랄 만한 것도 없고 투박했지만, 저희는 인물의 표정이나 모습이 살아있는 듯 생생하다며 좋아했습니다. 책 속의 내용을 그리는 습관은 한동안 계속되다가, 다시 원래대로 다양한 것들을 그리는 화풍으로 돌아왔습니다. 그리고 저희는 치얼이 색채를 사용하는 데 감각이 있다는 것을 발견하게 되었지요. 치얼은 색을 선택할 때 아주 과감하거든요. 그리고 그림을 완성하는 속도가 얼마나 빠른지 아주 말문이 막힐 지경이에요. 저와 한 선생은 치얼이 그림 그리는 것을 보고 있으면 속이 뻥 뚫리는 기분이랍니다.

미술 수업이라고는 받아본 적이 없는 치얼도 이렇게 즐겁게 그림을 그려냅니다. 최근 치얼의 그림을 보고 그 수준을 종합해본다면, 아이의 타고난 천성과 재능을 지키고 발굴하기 위해서는 부모의 인내력과 세심함이 대단히 중요하다는 생각이 들어요.

아이에게 칭찬하는 데 절대 인색하지 마세요. 아이에게 무엇을 어떻게 그릴지 강요하지도 마세요. 부모의 그런 강요가 무한대로 뻗어 나갈 수 있는 아이의 생각과 상상력을 제한할 수 있으니까요. "똑같이 그려야지, 왜 하나도 안 비슷하게 그렸어?" 같은 말을 하지 마세요. 그림 속에 녹아있는 아이의 상상력을 보세요. 아이가 마음속 깊은 곳에서 울려 퍼지는 목소리를 따라 계속 그림을 그리고 성장, 발전하도록 만들어야 해요. 이렇게 성장한 아이의 자유로움과 재기발랄함은 앞으로 커나가는 동안에 언제 어디서든 빛을 발할 것입니다. 그리고 아이들에게 무한한 자신감과 끊임없는 즐거움을 선사할 수 있을 거예요.

생명의 중요성 알려주기

치얼이 다니는 놀이수업교실은 숲속에 있습니다. 매번 수업이 끝나면 커다란 개와 아이들이 숲속을 마음껏 뛰놀며 어울리죠. 수업할 때보다 훨씬 더 생기가 넘치는 모습입니다. 치얼이 자연과 친해지기를 바라는 저희는 치얼이 차에 타자마자 지쳐 잠이 들 만큼 놀도록 한두 시간 정도 가만히 내버려 둬요.

처음에는 치얼도 숲에서 어떻게 놀아야 할지 몰라 어리둥절했습니다. 그래서 다른 아이들이 소리를 지르든 말든 혼자 삽을 들고 조용히 수풀 속 개미집을 찾아다녔죠. 개미집을 찾아서는 삽으로 파헤치고 물 한 병을 그대로 부어 넣었어요. 그리고 개미들이 사방으로 뿔뿔이 흩어지는 모습을 재미있다는 듯 바라보았고요. 그렇게 개미집 하나를 엉망진창으로 뒤집어엎고, 또 다른 개미집을 찾아 나섰습니다. 물로 성에 안 차면 아예 발로 짓이겨놓기도 했어요. 그렇게 한두 시간을 놀았어요.

혼자 놀던 치얼이 하루는 자신의 '위대한 토벌사업'를 한 선생에게 보여주었어요. 한 선생은 잠시 침묵하고는 치얼을 데리고 카페로 갔습니다. 두 사람은 마실 것과 먹을 것을 사서 차분하게 대화를 시작했어요.

"아빠가 어렸을 때는 갖고 놀 장난감이 없었어. 그래서 개미집 파고 도망가는 개미들을 구경하고 발로 밟아서 죽이고 그랬어. 그리고 잠자리 잡아서 날개 뜯는 것도 좋아했어. 다시 놔줘도 못 날아가니까 집 창문 방충망에 바짝 마를 때까지 걸어두고 그랬어. 그런데 아빠가 점점 크니까 알겠더라고. 생명은 모두 의미가 있고 가치가 있는 거였어. 작은 개미나 벌레라고 해서 중요하지 않은 것은 아니야. 곤충들도 우리 사람하고 똑같이 평등하게 살 수 있는 권리를 갖고 있어. 생각해봐. 네가 지금 개미야. 큰 홍수가 닥쳐왔어. 집도 없어지고 가족들도 다 어디로 갔는지 흩어지고 살 수가 없는 거야. 무섭지 않을까? 너무 슬프지 않을까? 네가 앞으로 계속 그렇게 해야 할까?"

이야기에 귀를 기울이던 치얼은 조금 슬퍼했습니다.

"제가 개미라면 울 것 같아요."

그때 이후로 치얼은 다시는 그런 짓을 하지 않았어요. 단 한 차례도요. 그래도 여전히 삽자루를 쥐고 땅을 파헤치고 다녔습니다. 하루는 치얼이 저한테 이야기했습니다.

"엄마, 이거 봐요. 제가 넓은 길을 많이 만들었어요. 길이 여기 중간에서 만나고 끝까지 가면 전부 나무까지 이어져요. 그러면 개미들이 이 중간에서 만나서 같이 놀고 다른 곳에 가다가 여기서 인사도 해요. 그리고 집에 갈 때는 이 길로 나무 아래에 있는 동굴까지 갈 수 있고, 나무에 바로 타고 올라갈 수도 있어요. 그러면 아무도 못 괴롭힐 거예요."

"치얼, 길이 이렇게 넓을 필요는 없어. 개미들은 이렇게 큰길 말고 좁은 길도 충분해."

치얼은 사뭇 진지하게 말했다.

"개미도 우리 사람하고 똑같이 평등한데 왜 우리는 큰길로 다니고 개미는 좁은 길로 다녀요?"

요즘 치얼이 과학 상식 도서를 읽는데 재미를 붙였거든요. 그러더니 갑자기 한 선생에게 아쿠아리움에 가서 돌고래쇼를 다시 보고 싶다 하는 게 아니겠어요. 우리 집에서는 아쿠아리움에 가지 않는다는 것이 불문율입니다. 치얼은 돌 전부터 일곱 살까지 베이징 아쿠아리움, 칭다오 극지해양세계, 홍콩 오션파크, 미국 샌디에이고 씨월드에 가서 내내 울기만 했어요. 수족관에서 쇼만 벌어지면 저희가 아무리 달래도 대성통곡을 하며 절대 그치지 않았고, 그래서 제대로 쇼를 본 적이 한 번도 없었지요. 모든 것을 포기한 저희는 치얼 본인이 직접 가자고 하지 않는 한 억지로 데려가지 않기로 했지요. 그렇게 울음을 터뜨릴 때마다 왜 우냐고 물었지만, 본인은 아무런 답변도 하지 못했고요.

그런데 셋이 자려고 누워 이야기를 나누던 어느 날, 치얼이 결국 입을 연 것입니다. 치얼은 저와 한 선생이 깜짝 놀랄만한 이유를 이야기했어요.

"동물 쇼를 볼 때마다 너무너무 무서워요."

한 선생은 무엇이 무서운지 물었어요.

"삼촌하고 이모들이 동물 위에 올라타고 동작을 시키잖아요."

저는 무슨 말인지 잘 이해가 되지 않았어요.

"동물 공연은 원래 그런 거야! 그게 뭐가 무섭다는 거야?"

"동물들은 기분이 안 좋을 거예요. 얼굴도 엄청 슬픈 표정이에요. 그래서 울었어요. 무서워서요. 그런데 이제 가서 동물들을 보고 싶어요. 책에서 본 것하고 진짜 똑같은지 가서 보고 싶어요. 그런데 동물들을 보면 또 무서울 수도 있지만, 그래도 한 번 가볼래요."

한 선생은 크게 안심한 듯 아들을 꼭 껴안고 이야기했습니다.

"아빠도 네 말이 맞는 것 같아! 새장 안에 있는 새는 즐겁게 지저귀지만 자연 속에 있는 새가 우는 것하고는 다르거든. 돌고래가 공연에서 아무리 빠르게 헤엄치고 잘 한다 해도 바닷속에 있는 돌고래하고 완전히 달라. 바다야말로 그들의 집이고 놀이터지. 원래는 동물원이나 아쿠아리움, 새장 속에 동물들을 가두거나 훈련 시켜서 오락거리로 만들어서는 안 되는 거야. 네가 바다에 관해서 궁금하고 동물에 대해서 알고 싶어 하니까 아빠, 엄마가 널 데려갈게. 그런데 아빠, 엄마도 너하고 똑같아. 그 동물들을 보면 정말 기분이 좋지 않거든. 언젠가는 사람들이 동물들을 더 잘 알고 이해하게 될 방법을 찾게 될 거야. 그러면 가두어 두지 않아도 되고 사람들과도 잘 어울릴 수 있게 되겠지. 지금은 최소한 더 넓은 생활환경을 만들어주는 것밖에는 기대할 수가 없지만."

사실 한 선생은 동물 보호 캠페인에 열심히 참여해왔습니다. 중국 제1호 동물보호공익방송인 '타 라디오它 radio'는 동물들의 진솔한 이야기를 전하면서 동물에 관한 사람들의 이해를 돕는데요, 매일 진행되는 방송의 시작과 끝인사를 장식하는 것이 바로 한 선생의 목소리입니다. 방송은 "모든 생명은 소중합니다." 하고 시작되죠. 우리 모두에게 생각할 거리를 던져주는 놀라운 말입니다.

모든 생명이 다 우리와 똑같이 소중하고 우리처럼 생존할 권리가 있으며 자신만의 생활 방식을 선택할 권리가 있다는 것을 아이에게 가르치세요. 단순히 '동물을 다치게 하지 말아라, 생명을 해쳐서는 안 된다.' 하고 이야기하는 것보다 의미가 크고 효과도 뛰어납니다. 근본적으로 따지면 이 둘은 조금 다른 의미이죠. 생명에 관한 깊은 이치를 깨달은 아이는 크고 작음이나 강하고 약함 따위로 인간과 동물의 서열 관계를 판단하지 않게 됩니다. 인간과 동물을 평등한 지위에 놓고 보게 되죠.

사실 우리 한 사람 한 사람의 마음 가장 깊은 곳에는 이런 잠재의식이 깔려있잖아요. '모든 생명은 중요하다. 모든 생물은 평등하다.' 우리 아이들이 동물의 권리 혹은 동물과 인간의 관계에 대해서 올바르게 인식하게 되어서 더욱 풍성하고 아름다운 삶을 살게 되기를 바랍니다.

CHAPTER 6

학습

: 공부를 자연스러운 일로 만들기

공부는 아이에게 일방적으로 주입해 넣을 수 있는 것이 아닙니다. 가랑비에 옷 젖듯이 조용히 그리고 부드럽게 삶의 일부가 되도록 해야 합니다. 아이가 꾸준히 흥미와 호기심을 가지고 자신의 시간을 스스로 활용하는 법을 배우게 하세요. 훌륭한 학습습관을 기르는 것은 단순히 수치화된 지식을 쌓는 것보다 훨씬 중요합니다.

습관 목록 만들기

  많은 부모님이 이런 쪽지를 보내옵니다.

'아이의 공부 습관이 너무 엉망이에요. 공부하라면 꾸물거리고 막상 앉혀놓으면 실수만 자꾸 하고 옆에서 지켜보지 않으면 제대로 하지를 못해요. 저희도 노력을 안 해본 건 아닙니다. 아무리 애를 지적하고 타일러도 소용이 없어요. 좋은 방법이 없을까요?'

처음에는 저 역시 눈에 안 차는 일이 있으면 아이를 불러 세워놓고 사사건건 지적을 일삼았습니다. 어느새 점점 더 자주, 이것저것 싸잡아서 자질구레한 것까지 아주 엄격하게 바로잡고 있더라고요. 그러다 보니 치열은 엄마가 하라는 대로 움직이는 꼭두각시가 되어갔습니다. '똑바로 앉아라.' 하면 '네.' 하고 '연필 잡아.' 하면 '네.' 하고 '물건은 쓰고 나면 잘 챙겨야지.' 하면 '그럴게요.', '숙제는 미루지 말고.' 하면 '응.', '책가방 잘 챙겼어?' 하면 '네.' 하고 대답하는 꼭두각시요.

요구사항이 너무 많아지자 아이는 따라오기 버거운 모양이었나 봅니다. 한쪽에 신경을 쓰면 다른 한쪽을 잊어버리더라고요. 게다가 부모님에게 매번 잔소리를 들으니 오히려 거기에 습관이 들어버려, 기억 따위는 아예 하지 않고 부모님이 뭐라고 한소리 하면 그대로 움직였어요. 좋은 습관을 기르자고 한 일인데, 좋은 습관은 아예 물 건너간 격이었지요. 치얼이 혼자 중얼거리는 것을 몇 번 들은 적이 있어요.

"난 왜 맨날 야단을 맞지. 머리가 정말… 그걸 왜 또 까먹었지, 에이!"

그 말을 듣고 왠지 마음이 찡하더라고요. 잔소리하고 야단을 치는 게 모두 좋은 습관을 길러주고 싶어서였는데, 아이에게는 이런 행동들이 전부 스트레스로만 다가왔던 것입니다. 도대체 무엇이 잘못된 것일까요?

어느 날 저녁, 치얼이 숙제하던 중이었어요. 평소처럼 쓰고 지우고를 반복하다 보니 책상 위는 지우개 가루 천지가 되었죠. 책과 공책을 옮기다가 지우개 가루가 바닥으로 쏟아져 지저분해졌습니다. 저는 화를 꾹 참으며 물었어요.

"지우개 가루는 한군데 잘 모았다가 한꺼번에 버리는 게 어떠니? 이렇게 더럽히면 청소는 어떡하지? 너무 더럽잖니!"

치얼이 억울한 듯 말했습니다.

"청소 도구도 없는데 어떻게 깨끗하게 청소요? 학교에서는 잘한단 말이에요."

저는 뜨끔해서 학교에서는 어떻게 잘하냐고 물었어요. 치얼은 학교 책상에는 개인용 빗자루와 쓰레받기가 있어서 책상 위가 더러워지면 깨끗하게 쓸어 담는다고 대답했습니다. 선생님이 아이들에게 글씨를 쓰고 나면 꼭 그렇게 하라고 이야기했다는 거예요. 언젠가 치얼의 담임 선생님이 바닥청소를 하는 아이들 사진을 걸어둔 게 생각이 났습니다. 그때는 무심코 지나쳤었는데, 아이들이 학교에서 항상 그렇게 하고 있었던 것이죠.

저는 치얼에게 선생님이 뭐라고 했는지 이야기해달라고 했어요. 치얼은 종이와 연필을 꺼내 글씨쓰기부터 시작해서 쓰레기를 정해진 자리에 버리는 것까지 선생님이 설명한 순서 그대로 저에게 알려주었습니다. 그래서 저는 치얼에게 너는 왜 선생님이 이야기한 것은 다 기억하면서 엄마가 매일 이야기하는 건 기억하지 못하냐고 핀잔을 주었죠. 치얼은 선생님이 알려준 건 헷갈리지 않는다고 했어요. 그런데 엄마는 한 가지 일을 두고 너무 많은 얘기를 하니까 아무리 열심히 해도 다 지키지 못하고 잘하지도 못한다는 거예요.

아… 저는 그제야 깨달았지요. 아이에게 규칙을 정해줄 때는 아주 깔끔하고 명확하게 해야 하고, 아이가 할 수 있는 만큼만 정해서 목표를 이룰 수 있다는 희망을 심어주어야 한다는 걸요. 그때부터 저희는 치얼이 일상적으로 꼭 지켜야 할 규칙을 목록으로 작성해주기로 했습니다. 예를 들자면 '아침 기상 및 등교'는 이런 식이에요.

양치하기 ▶ 세수하기 ▶ 로션 바르기 ▶ 머리 빗기 ▶ 꿀물 마시기 ▶ 시간표 확인 ▶ 옷 갈아입기(속옷, 양말) ▶ 아침 먹기 ▶ 책가방 챙기기(물병) ▶ 출발

소요시간이 얼마나 걸리는지 구체적으로 적지는 않고 아침에 할 일만 간단하게 목록 하나로 작성했어요. 이렇게 해놓으니 아주 일목요연하면서도, 무엇을 했고 무엇을 빠트렸는지 빠르게 파악할 수 있었죠. 그러니 아이가 당황할 일이 없고 서로 신경전을 벌일 필요가 없어졌어요. 사실 사람들은 앞으로 무슨 일이 벌어질지 확신할 수 없을 때 더 망설이게 되잖아요? 이 목록은 다양한 곳에 응용할 수 있습니다. 과외 수업 준비하기, 피겨스케이트 수업에 가져가야 할 물건 챙기기 등등이죠.

이 표가 있으니 치얼도 스스로 준비할 수가 있게 되었습니다.

처음에는 이렇게 목록을 작성해놓으면 아이가 너무 거기에만 의존해서 머릿속으로 생각을 안 하게 되는 게 아닌지 걱정을 했어요. 그런데 막상 해보니 정반대였어요. 매일 무의식적으로 순서를 반복하자, 아주 단기간에 행동이 몸에 배어 습관이 되었습니다. 시간이 더 흐르자, 목록은 아예 필요조차 없게 되었고요. 게다가 무슨 일을 하든 '첫째, 둘째, 셋째' 하고 순서를 매기게 되어서 논리적으로 사고하는 능력이 길러졌지요.

다시 숙제 이야기로 돌아갈게요. 오늘 아침에 제가 치얼에게 물었어요.

"어제 영어 숙제는 잊지 않았지?"

치얼이 대답했습니다.

"안 잊었어요."

"아니지, 영어 숙제는 그저께 숙제잖아. 망했다. 숙제 안 한 게 확실해."

그러자 치얼이 정말 안됐다는 표정으로 숙제 노트를 보여주었어요.

"이거 봐요. 확실히 다 썼잖아."

저는 노트를 들고 살펴보았습니다. 아주 가지런하고 깔끔하게 완성된 숙제를 보니 만족스럽기까지 했죠.

"와 우리 아들 진짜 대박이네!"

치얼은 제 칭찬에 오히려 시큰둥했지요.

"선생님이 이렇게 하라고 했는데 뭐가 대박이에요."

아니, 고마운 줄도 모르고 말이죠. 선생님의 요구사항은 저도 다 보았습니다. 기본적인 생각은 저희 부부가 했던 것과 비슷했지만, 저희보다 훨씬 더 꼼꼼하게 적혀있더군요. 선생님은 매주 새로운 단어목록을 아이들에게 한 장씩 나누어줍니다. 그리고 한 주 동안 이 단어들을 학습해요. 단어장을 받아온 첫날, 아이들은 이렇게 합니다.

　1 단어 3번 읽기

　2 단어목록에 있는 단어를 하나하나 자르기

　3 단어를 자르고 남은 쓰레기 깨끗이 정리하기

　4 가위를 원래 자리에 놓기

　5 자른 단어 뒷면에 이름 쓰기(이니셜로)

　6 단어를 세 가지 다른 방식으로 분류하기

　7 연습장에 어떻게 분류했는지 쓰기

　8 단어를 주머니에 집어넣기

　9 모든 과정이 일찍 끝나면 책 한 권 읽기

　과정 설명이 아주 꼼꼼하고 깔끔합니다. 올바른 학습습관과 더불어 물품 사용 습관, 게다가 책 읽기 동기부여까지 하는 계획이죠. 치얼은 선생님이 내준 과제를 단번에 끝내고 다른 책 읽는 것을 좋아합니다. 그렇게 하는 것이 아주 '쿨'하다고 생각하는 모양이에요.

　선생님은 이 내용을 아이들이 언제든 볼 수 있도록 포스터처럼 만들어서 교실 곳곳에 걸거나 붙여두었습니다. 가끔 이렇게 말하는 아빠, 엄마들이 있어요. 우리 애 학교에서는 이런 걸 안 하는데 어쩌죠? 이런 방식은 우리도 얼마든지 참고해서 해볼 수 있지요. 저는 치얼이 집에서 어떻게 해야 할지, 혼자 무엇을 해야 할지 목록으로 만들어두었습니다. 사실 형식도 꼭 이와 똑같이 만들 필요는 없어요. 언어도 중국어든 영어든 아이가 편한 대로 하면 되고, 내용도 얼마든지 변경해서 쓸 수 있죠. 예를 들자면, 밥을 먹는 사소한 과정도 간단하게 목록으로 만들 수가 있어요.

손 씻기 ▶ 의자 빼기 ▶ 턱받이 두르기 ▶ 숟가락과 젓가락 챙기기 ▶ 손 옆에 냅킨 두기 ▶ 밥 먹기 ▶ 다 먹은 그릇은 주방으로 ▶ 손 씻고 양치하기

글을 아직 못 읽는 아이들은 그림 형식을 이용하면 흥미를 높일 수 있겠죠. 아이들이 습관적으로 어떤 일을 하게 만들기 위해서 어떤 힌트나 논리적 연상을 이용한다면 기억하기가 훨씬 쉬워져요.

치얼 반에는 수업시간에 관해 이런 규칙이 있어요.

말할 때 손 들기
말하는 사람 바라보기
얼굴은 정면 보기
말할 내용 생각하기
손 가만히
발 얌전히

선생님은 이 내용을 그림으로 그려놓았어요. 유치원생부터 초등학생까지 어린이들이 습관을 형성하는데 굉장히 적합한 교재라는 생각입니다. 확인차 치얼에게 물어보니, 자기는 너무 많이 봐서 눈 감고도 무엇

이 잘못되어 있는지 맞출 수 있다고 했어요.

저도 모르게 탄식이 나왔습니다. 수천수만 번 잔소리 하는 것보다 이 간단한 방법이 훨씬 더 효과적이잖아요.

저는 아이들의 학습습관을 기르는 과정에서 고생하는 부모님, 선생님에게 감사하는 마음도 빠트려서는 안 된다고 생각합니다. 사실 이런 부분은 우리가 아무리 설명하고 입버릇처럼 이야기한다고 해도 아이가 이해하기란 쉽지 않지요. 가랑비에 옷 젖듯이 조용히 그리고 부드럽게 삶의 일부가 되도록 해야 합니다. 이런 교육을 통한 가르침과 습관만이 아이들의 마음속까지 스며들 수 있으니까요.

부담은 NO, 마음대로 읽게 하기

우리는 어릴 때부터 "책 속에 길이 있다."라는 가르침을 받고 자랐습니다. 아마 사내아이들은 "책 속에 미인이 있다."라는 말이라면 더 솔깃했겠지만 말이죠. 책 만 권을 읽은 사람은 사람들이 우러러본다는 말도 있는데요, 부모가 되니 책 읽기 때문에 골치가 이만저만 아픈 게 아닙니다. 책 만 권은 고사하고 한 권도 읽기를 싫어하는 아이를 어떻게 책 읽기를 좋아하는 아이로 이끌어야 할까요?

처음에는 저의 취향과 생활 리듬에 따라서 자유롭게 읽도록 했지요. 그런데 아무리 노력해도 성과가 없더라고요. 그래서 과학 서적, 역사 서적, 예술 서적 등등 몇 가지 유형의 책을 골라 읽혔어요. 아무래도 그런 책들이 지식을 늘려줄 것 같아서요. 하지만 저의 노력이 무색하게도, 치얼은 책에 아무런 관심도 두지 않았어요. 저는 치얼에게 이런 책을 읽으면 천문, 지리에 통달해 똑똑해진다고 귀에 못이 박이도록 이야기했습니다. 하지만 치얼에게 그게 무슨 대수겠어요. 그저 레고 설명서에만 열중하는 아이인데요. 이윽고 저는 유명 작가들의 작품과 고전, 큰 상을 받은 작품들을 한데 모았습니다. 치얼이 좀 좋아하지 않을까 하는 일말의 기대를 하면서 말이죠. 하지만 노력에 비교해 성적은 별로였어요. 책 몇 권은 몇 번 들춰보기도 했지만, 제가 생각하기에 의미 있고 퀄리티가 좋은 책들은 거들떠보지도 않았거든요.

그래서 저는 아이를 억압하고 통제하려는 욕심을 벗어던졌습니다. 그 이후로 다시는 아이에게 무슨 책을 읽으라고 강요하지 않았어요. 매일 필수적으로 읽어야 하는 영어책 외에는 고전류만 사다 놓고, 선택권을 주고 마음대로 읽게 했어요. 물론 책을 사 올 때도 치얼의 관심사를 함께 고려해 반영했죠.

제가 자신을 간섭하지 않는다는 것을 알자, 치얼의 책 읽기는 새로운 전기를 맞이하게 되었습니다. 치얼은 그때부터 마음에 드는 한 권을 오랫동안 몇 번이고 반복해서 읽기 시작했습니다. 책장이 너덜너덜해질 정도로요. 그리고 언제부턴가 제가 읽으라고 했던 책들을 보기 시작했어요. 원래는 손도 대지 않았던 책들이었는데 말이죠. 사실 저는 지금까지 치얼이 책을 얼마나 읽었는지, 또 읽고 얼마나 이해했는지 확실히 몰라요. 하지만 치얼이 이제 책 읽기를 좋아하게 되었고, 언제든 시간이 나면 스스로 책을 손에 쥐게 되었다는 것만은 확실하죠.

우리 집에서는 소파 위, 책상 옆, 책장 안, 베개 옆, 화장실 그 어디든 다양한 책을 놓아둡니다. 어느 날, 치얼이 답답하다는 듯이 물었어요.

"지금 화장실 가고 싶지 않은데, 화장실에 있는 그 책 읽고 싶어요. 어떡해요?"

저는 울지도 웃지도 못하고, 책을 상하게 하지만 않는다면 어디로든 옮겨놓아도 된다고 이야기해주었지요. 그리고 치얼이 책 읽는 상황을 몰래 관찰했어요. 치얼은 책 읽기에 서서히 재미를 느끼고 있는 게 확실했어요.

집에 《퍼스트 익스피리언스First Experiences》라는 책이 있는데, 꼬마 친구가 처음으로 겪는 다양한 일상을 그린 책이에요. 예를 들어 처음 병원 가기, 처음 치과 가기, 처음 학교 가기, 처음 이사 가기, 처음 강아지 키우기 등등입니다. 예전에는 제가 치얼에게 몇 번이나 읽어주려 해도 거부했던 책인데요, 스스로 읽을 책을 고르게 한 뒤부터는 자기에게 어떤 상황이 닥칠 때마다 이 책을 꺼내 듭니다. 치과에 가기 전에는 집게, 핀셋, 드릴 같은 물건의 그림을 찾아보고, 이사 가기 전에는 책을 들고 저에게 와서 우리 집도 이렇게 엉망진창이 되냐고 물어보더라고요.

치얼이 점점 많은 책을 읽으니, 읽는 책의 수준도 조금씩 높아져야 한다는 생각이 들기도 합니다. 그런데 가만 보니 치얼은 규칙도 순서도 없이 무질서하게 책을 읽고 있네요. 어떨 때는 과하게 어려운 책을 보고, 어떨 때는 어이가 없을 정도로 쉬운 책을 보면서요.

오늘 오전, 치얼이 아기코끼리와 아기 돼지가 나오는 책을 꺼냈습니다. 그리고 소파에 기대 마치 처음 읽는 것처럼 쉬지 않고 낄낄거리더라고요. 그중 한 페이지는 아마 저에게 수십 번, 한 선생에게 수십+1번은 이야기했던 것 같아요. 심지어 여동생에게도요. 아기코끼리의 표정만으로도 반나절을 웃는 치얼은 결국 우리를 졸라서 역할극까지 몇 번 하고서야 만족했습니다. 아이들의 웃음 포인트는 정말 종잡을 수가 없어요.

가만 생각해보니, 아이가 책 읽기를 좋아하게 만드는 것은 그다지 어려운 일이 아닌 것 같아요. 부모가 욕심을 버리고 아이가 주도적으로 읽도록 내버려 두면 될 일인 것 같습니다. 물론 적응기에는 적절한 지도가 어느 정도 필요하겠지만, 이것이 강요나 강제성을 띠는 것은 금물입니다.

아이가 주도적으로 읽도록 둔다는 것이 무슨 책이든 봐도 좋다는 말일까요? 당연히 아니죠!

우선 일차적으로 부모가 책을 선별해 우수한 '마음의 양식'만을 제공하도록 해야 합니다. 저는 치얼이 서점에서 시양양喜羊羊(중국에서 선풍적인 인기를 끈 애니메이션 캐릭터_역주) 만화책을 사려고 하면 차라리 아이스크림을 사주고 타협하는 편이에요. 그럼 어떻게 하면 우수한 '마음의 양식'을 고를 수 있을까요? 그건 부모가 많이 보고 많이 공부하는 수밖에는 없어요.

사실 저는 책을 고를 때 아이의 흥미를 주로 고려합니다. 부모가 생각하기에 좋은 책이라고 해서 아이의 마음에 들기도 힘들고, 아이가 재미있다고 느끼는 내용이어야 즐겁게 읽을 수 있기 때문이에요. 우리 아이가 흥미를 느낄만한 책을 최대한 많이 골라서 선택권을 주는 게 차라리 낫겠다는 생각입니다.

한 선생이 어제 이런 말을 했습니다. 예전에 학교 다니면서 그렇게 열심히 공부했던 내용이 성인이 되고 나니 다 까먹고 하나도 생각이 안 난다는 거예요. 심지어 그때 공부를 하긴 했지만, 시험 성적도 그리 신통치는 못했대요. 진짜 관심 있고 궁금했던 책은 막상 읽을 시간도 없이 공부에 매달렸는데 말이죠. 그래서 이제 우리 아이는 성적이 그냥 그래도 무슨 책이든 읽고 싶은 책이 있으면 얼마든지 읽게 두자고 하더라고요. 사람이 매사에 완벽할 필요는 없잖아요. 세상 모든 책을 다 읽고 전부 이해하며 살아가기란 정말 피곤한 일이 아닐 수 없죠.

한 선생의 말을 듣고 저는 더욱더 확신에 차서 아이에게 읽기의 자유를 주었습니다. 그날 치얼은 아기코끼리 책에 빠져 해가 질 때까지 읽고 또 읽었다는 후문입니다.

자투리 시간을 활용한 학습 습관 기르기

어제저녁, 치얼이 집에 돌아와 일단 밥부터 먹고 숙제를 하겠다고 하기에 그러라고 했어요. 밥을 먹고 나자 잠깐 쉬었다가 숙제를 한다고 해서 또 그러라고 했고요. 그 이후로도 손을 씻어야 한다, 과일을 먹어야 한다, 요구르트를 마셔야 한다, 잠옷을 갈아입어야 한다고 갖가지 이유를 갖다 붙였고, 저는 모두 허락했지요. 그리고 한참을 꾸물거리더니 책가방에서 필통과 숙제 노트를 꺼냈어요. 그리고 턱을 괴고 한 선생에게 말했어요.

"아빠, 만약에 제가 사람이 아니라면 얼마나 좋을까요?"

저와 한 선생은 깜짝 놀랐어요. 치얼이 도대체 무슨 말을 하고 싶은 것인지 궁금했습니다. 치얼이 또 이야기했어요.

"사람이 아니고 싶어요. 나무는 얼마나 좋을까요?"

한 선생이 물었어요.

"뭣 때문에 사람이 아니고 싶은데?"

치얼이 답답한 듯 말했습니다.

"왜냐하면, 숙제하기 싫으니까요."

제가 속에서부터 끓어오르는 분노를 폭발시키려는 찰나, 한 선생이 눈치를 주고는 참을성 있게 설명했어요.

"나무가 되면 좋겠지. 숙제 안 해도 되니까. 그런데 그러면 평생 매일같이 똑같은 풍경만 봐야 해."

치얼이 잠시 생각하더니 이야기했습니다.

"음, 그럼 나무도 별로네요. 아니면 식탁은요?"

한 선생이 대답했지요.

"매일 뜨거운 그릇이 네 얼굴 위에 놓일 거야. 젖은 행주로 몸이 닦일 거고. 게다가 나무랑 똑같아. 어디도 못 가."

이쯤 되자 치얼은 숙제하기 싫어 답답하던 마음이 이미 온데간데없이 사라진 듯했습니다. 하지만 숙제를 해야 한다는 것도 까맣게 잊고, 어느새 자기가 무엇으로 변하면 좋을지 생각하는 재미에 빠졌죠.

"텔레비전이 되면요?"

"네 배에서 나오는 방송 내용을 너는 하나도 못 보겠지. 너는 사람들만 바라보고 있어야 해. 재미있고 신나는 방송은 다른 사람들만 볼 수 있겠지."

"모자가 되면요? 주인하고 같이 밖으로 놀러 갈 수 있잖아요?"

"그렇지. 그런데 햇볕이 쨍쨍 내리쬐는 날에는 네 몸으로 다 막아야 해. 바람 부는 날에는 모래가 네 얼굴을 때릴 거야. 비가 오면 피할 수도 없이 쫄딱 젖어야 하고."

치얼이 히히 웃으며 말했어요.

"물건이 되는 건 다 안 좋은 거 같아요. 그럼 음식이 될래요. 햇볕하고 비를 안 맞을 수 있잖아요."

이번에는 저희가 대답하기도 전에 치얼이 자문자답했어요.

"음식도 별로예요. 먹히지 않으면 괜찮은데 먹히면 똥이 되는 거잖아요."

셋은 한바탕 웃음이 터졌습니다. 그리고 치얼이 진지하게 말했어요.

"생각해보니까 사람이면 너무 좋은 것 같아요. 하고 싶은 일을 다 할 수 있잖아요. 달리고 뛰고 밖에 나가서 놀 수도 있고 좋아하는 것도 마음대로 보고 다른 사람한테 도와달라고 하지 않아도 되고요. 먹힐까 봐 걱정 안 해도 되고 기분 좋은 일이 있으면 텔레비전처럼 즐거울 수도 있어요."

한 선생이 웃으며 말했습니다.

"그래. 자신의 운명을 스스로 결정하고 바꾸는 건 사람만이 할 수 있는 거야. 그러니까 사람보다 좋은 건 없지!"

치얼은 그제야 안심한 듯 숙제를 하러 갔습니다. 저와 한 선생은 긴급회의를 열어 치얼이 지금까지 매일 잘해오던 숙제를 왜 갑자기 거부하게 됐는지, 어째서 사람이기를 싫다고 하는지 생각하기 시작했어요. 그냥 좀 피곤해서였을까요, 아니면 근래 스트레스가 많았던 탓일까요, 그것도 아니면 다른 이유가 있을까요?

한 가지 일이 떠올랐습니다. 지난번 미국에 갔을 때, 저희는 리사Lisa라는 친한 언니 집에서 지냈어요. 그 언니는 미국의 한 대학에서 과학 연구 작업을 했습니다. 그때 언니네 팀에서는 시간 관리와 규칙적인 학습에 관한 과제로 지역 연구 프로젝트를 진행하던 중이었어요. 연구대상은 초등학생과 중학생이었고요.

그들은 초등학교 두 곳과 중학교 두 곳에서 실험을 진행했습니다. 실험내용은 크게 두 가지 방면에서 진행되었죠. 하나는 학생들의 휴일을 반으로 줄여서 원래 쉬어야 할 시간 중 절반을 학교에서 다양한 학습을 하며 보내게 만든 것이고요, 다른 하나는 원래보다 학습량을 늘린 것입니다. 예를 들어 평소에 세 과목을 배웠다면, 이를 대여섯 과목으로 대폭 늘린 거죠.

이 프로젝트는 자발적으로 참여하게 했으며, 강제성은 전혀 없었어요. 참여한 학생이 평소보다 힘들어하거나 스트레스가 증가한다면 아이가 느끼는 행복감이 줄어들기 때문이죠. 어쨌든 자발적으로 참여한 아이들의 성적이 이 프로젝트에 참여하지 않은 아이들보다 향상되리라는 것은 예측 가능했습니다. 얼마가 향상될지, 구체적인 수치는 전혀 예측 불가였지만요.

프로젝트팀이 부모, 자녀와 수차례 커뮤니케이션 한 결과, 참여율이 절반 정도 되는 학교에서 드디어 실험 분석이 시작되었습니다. 저희가 미국에 도착했을 때, 그 실험결과분석은 거의 마무리 단계였습니다. 언니는 이 실험에 참여했던 아이 중, 중도 포기한 소수 외 대다수가 지금까지 아주 열심히 그리고 즐겁게 참여하고 있는 것이 대단히 의외라고 했습니다. 처음에는 너무 힘들어하던 아이들이 점차 이 생활에 적응했고, 지금은 완전히 자발적으로 현 상태를 유지하려 한다는 거예요. 그들이 느끼는 행복감 또한 평소처럼 휴일에 쉬고 있는 아이들보다 훨씬 높다고 했습니다. 실험에 참여했던 아이들이 각 방면에서 현저한 실력 향상이 있었다는 건 두말할 필요도 없고요. 이는 그들이 단순히 수업을 더 많이 받아서가 아니라, 그들의 주체적 능동성이 개발됨으로써 학습이 더 적극적이고 주동적으로 이루어졌기 때문이었습니다.

지금 돌이켜 생각해보니 깨닫는 바가 있는 것 같았습니다.

지난 1년 동안, 저희는 치열의 자투리 시간을 아주 완벽하게 활용할 계획을 세워왔습니다. 매일 10분 동안 수학 문제를 풀고, 10~15분 동안 숙제를 하고, 15분 동안 영어책을 읽고, 5분 동안 고시사를 복습하고, 5~10분 동안 아빠와 함께 녹음하고, 15~20분 동안 피겨스케이팅

지상 훈련을 합니다. 매주 스케이팅 레슨과 기타 과외 수업을 정해진 횟수만큼 받고, 매일 그림책을 2~3권씩 읽습니다. 이 모든 과정은 물 흐르듯 질서정연하게 이루어졌지요. 다른 사람들에게는 이렇게 빡빡한 일정이 아주 고생스럽다고 생각될 수 있습니다. 하지만 일단 일상의 규칙으로 자리 잡고 나면 아이도 이를 어렵지 않게 받아들이게 되고 더불어 스스로 계획하고 집행하는 능력도 함양하게 돼요.

　좋은 습관을 형성하는데 가장 중요한 부분은 아이가 얼마나 많은 기술과 지식을 습득했느냐가 아니에요. 아이가 이런 규칙과 질서를 잘 배워서 자기 시간에 잘 활용하는 법을 익히는지, 바쁜 공부와 훈련 속에서 '놀이'가 얼마나 귀중한지를 깨닫는지가 관건이죠. 반복적인 학습으로 타성을 최대한 극복하고 어렵고 귀찮다는 생각을 몸의 습관으로 바꾸어 내면, 결국 기쁨과 환희를 얻을 수 있으니까요. 아이가 평소 하던 학습과 숙제에 싫증을 느끼게 된다면, 부모님들은 전후 사정을 종합적으로 잘 살펴 원인을 찾은 후, 이를 해결할 적절한 대응방식을 내놓아야 합니다. 치얼에게 지금 가장 적절한 방식은 뭘까요. 바로 원래의 규칙적이고 건강한 생활 리듬을 되찾는 것이라는 생각이 듭니다.

우리 아이의 교과목 편식, 마음을 조금만 열어주세요

동네 학부모들이 한자리에 모이면 가장 뜨거운 화제는 바로 아이들 교육이지요. 초급 글짓기, 수학부터 예술 특기 적성까지 아이들이 커가면서 관심사는 더 다양해집니다. 부모님들과 얘기하다 보니 재미있는 현상을 한 가지 발견했는데요. 중국어 기초가 좋은 아이는 대체로 영어에서 어려움을 겪고, 영어에서 앞서가는 아이는 중국어에서 두려움을 느낀다는 것이에요.

어제 치얼을 데리러 학교에 갔을 때, 몇몇 엄마들과 이야기를 나누었는데. 모두 자신만의 고충이 있었습니다.

한 엄마는 아이가 중국어 실력은 형편없고 영어만 좋아해서 매일 집에서 영어책만 본다고 했습니다. 한자를 쓰게 하려면 답답해서 피를 토하는 수준이라면서. 이제 2학년인데 수업에 이렇게 편차가 있으면 어쩌란 말이냐고 답답해했어요.

그런데 저는 그 말에 그다지 동의하지 않아요. 갓 2학년이 된 아이에게 과목에 편차가 있다는 잣대를 들이댄다는 것은 너무 시기상조라고 생각하거든요. 2학년은 아이의 지식이 쌓이고 과목에 대한 이해가 이루어지는 기초단계일 뿐이잖아요. 아이들은 해당 과목이 무엇에 관련된 것인지, 어떤 이치를 품고 있는지 전혀 알지 못합니다. 심지어 어떤 아이는 기초단계마저도 제대로 따라오지 못하기 때문에 과목별 편차를 논할 수준조차 되지 못할 것이고, 선생님과 부모가 이끄는 대로 잘 따라가다 보면 지금과는 정반대로 바뀔 수도 있어요.

예상하시겠지만, 치얼 역시 언어나 문학에는 그다지 관심이 없습니다. 중국어로 된 책을 싫어하고 한자 쓰기도 싫어해서 중국어 작문 숙제에서 실수 연발로 웃음거리가 되는 학생이죠. 영어 실력은 반에서 어느 정도 괜찮은 편이지만요. 아마 치얼에게 중국어책 한 권과 영어책 다섯 권 중에서 고르라고 한다면 분명히 후자를 골라 읽을 거예요. 반면에 수학은 초등학교 4~5학년 수준으로 곱셈과 나눗셈, 분수 덧셈을 할 수 있어요. 요 며칠은 저한테 최대공약수와 최소공배수가 뭐냐고 묻기도 했고요. 과목 편식 논리를 적용한다면, 치얼은 대단히 편향된 쪽이지 않을까요. 하지만 저와 한 선생은 마음이 조금도 급하지 않아요.

제 과목 편식에 관해 이야기하자면, 저는 고등학교 1학년 때 인문사회 과목은 끝내주게 잘했지만, 자연과학 과목 성적은 눈 뜨고 못 볼 지경이었어요. 사실 그때 제가 과목 편식을 하게 된 데는 부모님과 선생님의 영향이 있었습니다. 집에서 엄마가 항상 이런 말을 하셨거든요.

'우선 최선을 다해라, 그런데 초중교 시기에는 사람마다 기초 수준이 다르다. 그러니 자기 자신과 비교해 발전하고 나아가면 된다. 다른 사람들이 어떤지는 비교하지 마라.'

지금 생각해보면 아주 지혜로운 이야기였어요. 저를 고민에서 벗어나게 해주셨으니까요. 엄마는 어떤 과목의 성적이 우수하지 못한 이유가 사람마다 기초가 다르고 출발점이 다르기 때문이라고 이야기해주셨습니다. 그래서 저는 '나는 열심히 해도 안 돼. 나는 다른 사람들보다 못한 사람이야.' 하는 소극적인 생각에서 탈출할 수 있었어요. 그리고 '너희들이 나보다 나은 것은 나보다 일찍 배웠고 그래서 더 오랫동안 깊이 배웠기 때문이야. 그러니까 내가 이를 악물고 열심히 하면 따라잡을 수 있어.'라는 생각을 하게 되었답니다.

그리고 저희 엄마는 마음으로 소통하는 것을 매우 중요하게 생각하셨지만, 행동으로 옮기는 것 또한 소홀히 하지 않으셨어요. 한때 제가 선생님 중 한 분을 극도로 싫어하게 된 적이 있었거든요. 성적이 안 좋은 학생들에게 너무 못되게 대하는 선생님이었어요. 선생님을 싫어하다 보니 저는 그 선생님이 가르치는 과목에까지 부정적인 감정을 품게 되었습니다. 그러자 엄마는 저를 타일렀어요.

'영어 선생님과 국어 선생님이 너와 같은 학생들에게 특별히 관심을 주는 것처럼, 모든 선생님이 절대적으로 공평할 수는 없다. 조금 손해 보는 부분이 있다면 다른 곳에서 보상이 돌아올 것이다. 모든 것은 네가 열심히 하는 것에 달려있으니 열심히 노력해 쟁취해라.'

그리고 엄마는 제가 틀린 문제를 직접 분석하고 잘못된 공부 방법을 손봐주셨습니다. 그렇게 제 성적은 갈수록 나아졌지요.

인생은 참 신기해요. 잘 안된다고 생각했던 일도 열심히 노력하면 조금씩 나아지고, 또 금세 술술 풀려나간다니까요. 나중에는 제가 좋아하지 않았던 선생님이 연달아 다른 분으로 바뀌었고, 새 선생님의 의욕과 자신감에 큰 힘을 얻었습니다. 저 역시 이과 과목에 재미를 붙이게 되었지요. 그래서 수능시험을 보았을 때, 수학이 평소 자신 있는 과목이 아니었음에도 전체 점수를 올리는 데 꽤 도움이 되었어요.

사실 요즘 세대 아이들에게는 문과와 이과의 차이가 어렵게 느껴지지는 않을 겁니다. 그보다는 모국어 문화와 서양어권 문화 사이에서의 선택이 더 힘들겠죠. 그들의 선택에 대해 우리는 간섭할 수도 없고 간섭해서도 안 됩니다. 하지만 어린 시절의 기초지식 학습 단계에서는 다양한 경험이 균형적으로 발전해나가도록 돕는 것이 꼭 필요하죠.

그러니 아이가 각 과목에서 고루고루 발전하지 못한다고 해서 교과목 편식이라는 굴레를 성급하게 씌우지는 않았으면 해요. 그런 경향이 확연하게 드러났다고 해도 지나친 반응을 보이기보다는 대화를 통해서 아이에게 용기를 북돋우고 적당한 해결방안을 함께 찾아 나가야 합니다. 일단 아이가 첫걸음을 디디고 조금씩 성취를 맛보게 된다면, 다음 그리고 그다음 발걸음은 더욱더 대담하고 자신감 넘치게 될 테니까요.

CHAPTER 7

영어 맛보기

: 부모는 가장 좋은 영어 조기교육 선생님

아이의 영어학습은 부모와 아이가 함께 헤쳐나가야 할 길입니다. 이때 가장 중요한 것은 부모님들이 학습에 참여함으로써 아이가 가장 믿을만한 파트너와 함께 학습하고 발전해나갈 수 있다는 점이죠. 이런 시간이 우리 아이들에게는 영원히 잊지 못할 자랑스러운 순간으로 기억될 테니까요.

영어 조기교육 궁금증 9문 9답

제가 〈옥스포드 리딩트리〉에 관해서 방송을 시작하고 지금까지, 매일 수많은 학부모님이 갖가지 질문을 주시는데, 내용은 대동소이합니다. 저에게 연락해오는 엄마, 아빠들의 글은 주로 이 두 가지 방식으로 시작되죠.

 1 제가 영어를 못해요. 그래서….
 2 애한테 언제부터 영어공부를 시켜야 할지 모르겠어요….

저 역시 부모님들의 고충을 이해합니다. 자기도 잘 모르는 분야를 아이에게 가르치고 아이가 잘하기를 바랄 때는 고려하고 고민해야 할 지점이 아주 많기 때문이죠. 늦게 시작하는 것도 걱정이고, 잘못해서 아이를 잘못된 길로 이끌까 걱정이 듭니다. 하지만 우리가 잘 못 하는 일이라고 해서 아이도 꼭 못하라는 법은 없지요. 언제 시작해야 할지 모르는 일이라도 우선 뚜껑을 열어보면 자연스럽게 적절한 시기를 타게 됩니다. 그러니 모든 것의 관건은 바로 지금 당장 움직이는 것입니다!

질문1

Q 몇 살부터 영어공부를 시작하는 것이 좋을까요?

A 영어를 깨우치게 하는 것은 태어나면서부터도 시작할 수 있습니다.

　0~3세 시기에는 귀가 틔우는 것이 주가 되겠습니다. 〈마더구스 Mother Goose(영국의 전래동요 모음_역주)〉, 〈위싱 Wee Sing(영어 동요 모음_역주)〉과 같은 어린이 동요를 선택할 수 있어요.

　2세 이전의 아이에게는 자주 들려주라는 말씀을 드리고 싶고, 2세 이후에 점차 애니메이션과 읽기를 시도해볼 수 있습니다. 너무 일찍부터 눈을 이용한다면 아이의 시력에 영향을 미칠 수도 있으니까요. 게다가 너무 어린아이들은 집중력에 한계가 있고, 시각적인 내용을 너무 일찍 접해도 그다지 효과가 없습니다.

　3세 이상이 되면 나이에 맞는 읽기 시리즈와 난이도가 적절한 그림책을 이용할 수 있습니다.

질문2

Q 아이가 영어를 하나도 몰라요. 무작정 들려주거나 애니메이션을 보여줘도 못 알아듣지 않나요?

A 처음에는 당연히 못 알아듣고 못 알아보지요. 그래서 더 재미있고 간단한 내용을 골라야 합니다. 귀를 틔우는 단계에서는 영어라는 언어에 대해 기본적으로 인지하게 만드는 것이 중요합니다. 모국어 외에 다른 언어에 익숙하게 하는 것이죠. 뜻을 이해했는지에 너무 얽매일 필요는 없습니다. 읽고 애니메이션을 보는 수준이 되면 그

림이나 영상을 보여주는 게 좋겠죠. 아이들도 그 정도면 무슨 내용인지 파악할 수가 있으니까요.

질문3

Q 영국 억양이 좋은가요, 미국 억양이 좋은가요?

A 이 문제는 정답이 없습니다. 영국식 영어를 좋아하는 사람도 많고 미국식 영어를 좋아하는 사람도 많으니까요.

◆ 학습의 용이성을 이야기하자면, 미국식 영어가 조금 더 나은 편입니다. 미국식 영어는 영국식 영어를 간소화한 것이라는 의견도 있죠. 미국식 영어의 기본 발음은 44개지만, 영국식 영어의 발음은 48개이기 때문입니다. 철자법에서도 미국식 영어의 몇몇 단어들은 영국식 영어를 줄여서 만든 모습이에요. 예를 들어 color$_{colour}$가 그렇죠. 그 외에도 영국식 발음을 할 때는 미국식처럼 입을 크게 벌리지 않아요. 미국인들은 이야기할 때 조금 과장된 느낌이 있는데, 영국인들은 소극적으로 보인다는 점을 생각한다면 쉽게 이해가 될 겁니다. 그래서 발음을 듣고 따라 하기는 아무래도 미국식 발음이 상대적으로 용이합니다.

◆ 학습 관련 자료의 풍부함을 기준으로 이야기하자면, 미국식 영어로 된 자료가 더 다양하고 풍부한 편입니다. 전체적으로 영국식 영어학습 자료는 두 가지를 참고하시면 좋아요. 유치원에서 초등저학년 시기에는 BBC에 좋은 자료가 많고, 10대 중반이 넘은 아이들에게는 영국식 영어로 된 팟캐스트와 오디오북에서 자료를 골라주는 것이 좋겠습니다. 초등저학년과 청소년 사이의

아이들은 미국식 영어 자료를 이용하는 것이 아무래도 보편적입니다.

◆ 사회적 인식을 기준으로 이야기하자면, 영국식 영어는 더 우아하고 귀족적인 분위기로, 영국식 영어는 더 편안하고 친밀한 느낌으로 인식되고 있죠. 부모님들이 영국 영어와 미국 영어에 대한 확실한 이해와 분별능력이 있고 호불호가 갈려서 아이에게 직접 선택해주지 않는 이상, 어떤 자료든 어떤 영어든 기호에 맞게 편하게 고르시면 됩니다.

질문4

Q 영국식 억양과 미국식 억양을 섞어서 들려줘도 될까요?

A 동요 등을 듣는 단계에서라면 상관없습니다. 애니메이션을 보거나 직접 책을 읽는 수준이라면 섞어서 듣는 것을 추천하지 않습니다.

첫째, 어떤 단어는 철자가 똑같음에도 영국과 미국에서 읽는 법이 다릅니다. 예를 들어 토마토tomato 같은 단어는 아이들이 구분하기 곤란해합니다. 둘째, 처음 귀를 틔우는 단계에서 아이가 발음을 섞어 들으면 어떨 때는 영국 발음으로 어떨 때는 미국 발음으로 기억하게 됩니다. 결과적으로 아이의 발음도 뒤섞이게 되겠죠.

만약 영국식 영어 자료와 미국식 영어 자료를 모두 좋아하고 아이에게 보여주고 싶다면 병행해도 괜찮습니다. 다만, 집중적으로 아이의 귀를 틔우는 시기에는 둘 중 한 가지만 들려주세요. 어느 정도 시간이 지나서 아이가 기본적인 감을 잡게 되면 그때 다른 발음을 들려주는 겁니다. 그러면 섞어서 들려주는 것보다는 영향이 적을 거예요.

치얼도 예전에 이것저것을 섞어서 들었습니다. 영국 발음으로 된 〈옥스포드 리딩트리〉, 미국 발음으로 된 애니메이션 등을 다양하게 들어서 발음이 제가 말씀드린 것처럼 섞여버렸어요. 다행히 취학 전 아동반 수업이 시작된 후에는 선생님이 줄곧 미국인이었기 때문에 단어, 문장, 동요, 시 등등을 전부 미국식으로 배웠어요. 그렇게 1년 반이 지나고 나니까 발음이 완전히 미국식으로 굳어졌고요. 매일 〈옥스포드 리딩트리〉를 읽는 오디오 방송은 영국식 억양으로 진행돼요. 미국식 억양으로 바꾸어서 읽어줄 수도 있지만, 치얼이 얼마나 영향을 받는지 알고 싶어 그렇게 해보았습니다. 결과를 보니, 치얼은 어떤 영향도 받지 않았어요. 책을 보고 평소처럼 미국 억양으로 읽더군요. 만약 제가 영국식 억양을 따라 하라고 했다면 마지못해 모방해낼 수는 있었을 겁니다. 하지만 책을 내려놓고 대화를 할 때는 다시 미국식 영어를 썼겠죠.

여기서도 보이듯, 안정적인 발음 습관을 기르면 다른 발음을 새롭게 배운다 해도 큰 문제는 생기지 않을 겁니다. 단, 초창기에 섞어서 듣는 것은 발음을 뒤섞이게 만들기 쉽다는 점에 유의하세요.

질문5

Q 읽기 방면에서는 그림책이 좋을까요, 아니면 단계별 시리즈물이 좋을까요?

A 그림책 고르는 데 자신이 없는 학부모라면 단계별로 나오는 시리즈물을 추천해요. 그림 동화책은 난이도가 들쭉날쭉하기 때문이에

요. 저도 지금까지 치얼에게 안 맞는 수준의 책을 사곤 하거든요. 단계별 교재는 안정적이고 합리적인 선에서 난이도가 조정됩니다. 게다가 시리즈마다 제공되는 교재가 다양하죠. 끈기만 있다면 오랫동안 한 가지 교재를 이용해 학습할 수가 있어요. 그림책처럼 매번 수준에 맞는 책을 직접 고르는 번거로움이 없습니다.

질문6

Q 귀를 틔우는 교재를 영국식, 미국식 억양으로 나누어 추천 바랍니다.

A 예전에는 선택지를 다양하게 드리려고 노력했습니다만, 그랬더니 여러분들이 어느 것을 골라야 할지 더 어려워하시더라고요. 이번에는 최소한으로 간단하게, 하지만 가장 폭넓은 인기를 끈 것만 쏙쏙 골라 알려드립니다. 직접 고르기 어려운 부모님들은 이 목록을 참고해서 시작해보시면 좋을 거예요.

◆ 영국식 억양

  애니메이션 : Big Muzzy, Maisy, Peppa Pig

  시리즈 교재 : Oxford Reading Tree

◆ 미국식 억양

  애니메이션 : Leap Frog, Caliou, Little Bear

  시리즈 교재 : Heinemann

사실 고를 수 있는 교재는 너무나 많습니다. 아이가 흥미 있는 걸 중점적으로 고려한다면 좋아할 만한 교재를 금세 찾을 수 있을 거예요.

질문7

Q 어떤 애니메이션이나 그림책은 언어도 두 가지 버전이 있습니다. 우선 중문 버전을 보여주고 영문 버전을 나중에 보여주는 것이 더 좋을까요?

A 절대 아닙니다. 중문판을 보여준다고 해서 내용을 더 잘 이해할 수 있는 것은 아니거든요. 오히려 한 번에 못 알아듣는 영문판에 대해 거부감만 생길 거예요. 두 가지 버전이 있더라도 저는 보통 최대한 중문판을 보지 않게 합니다. 중국어 공부는 다른 교재로 얼마든지 할 수 있으니까요.

질문8

Q 아이가 집에서 혼자 공부하도록 하는 게 좋을까요, 수업을 듣게 하는 게 좋을까요? 수업을 듣는다면 학원이 좋을까요, 아니면 일대일 원어민 과외 수업이 좋을까요?

A 아이가 영어에 귀와 입이 트이는 시기에는 교재를 정하지 말고 그냥 애니메이션 영상 등을 많이 보게 두는 것이 좋아요. 대신에 학부모들은 시간과 노력을 더 많이 들여서 진도 계획을 짜야겠지요. 아이의 진도와 수준을 이해하고 적절한 시기에 조절할 수 있도록 말이죠. 부모님들이 그럴만한 시간과 정신적 여유가 없거나 자신의 능력으로는 부담스럽다고 느낀다면 비교적 괜찮은 교육이념과 체계를 갖춘 정식 교육 기관에 아이를 보내세요. 아이와 함께 공부해나갈 꾸준한 자세와 결심만 선다면 집에서 공부를 시작하는 것도 얼마든지 가능한 일이랍니다.

학원이 좋은지 아니면 원어민 과외가 좋은지에 대해 제 생각을 말씀드리자면, 학원은 다양한 수준의 아이들에게 잘 맞는 곳입니다. 과학적인 교재와 다양한 학습 진도가 준비되어 있으니까요. 특히 기초가 아예 없거나 왕초급 단계라면 어느 것이 자기에게 맞고 안 맞고를 말하기가 어려운 단계이니 학원이 어느 정도 어울린다고 봅니다. 기본적인 어휘조차 입력되지 않았다면 방법이 아무리 좋아도 진전이 있기가 어렵죠.

원어민 일대일 수업은 어느 정도 기초가 있어서 회화 능력을 더 끌어올리고 싶은 아이에게 맞는 방법입니다. 그리고 일대일 수업은 학부모님들이 신경 써야 할 것이 좀 많은 편이에요. 부모님들에게 교재를 고르게 하는 선생님도 있거든요. 또 한 명만 가르치는 방식이기 때문에 진도를 스스로 결정하는 선생님도 아이에 맞추어 융통성을 발휘하긴 하지만, 그게 꼭 아이에게 맞지 않을 수도 있어요.

제 친구 한 명이 영어 기초가 전혀 없는 자기 아이에게 처음부터 원어민 과외 선생님을 붙여 주었어요. 매주 두 번씩, 한 번에 한 시간 반씩 수업을 진행했죠. 1년이 지났어요. 아이가 영어 수업을 너무 좋아하고 선생님도 아이를 잘 이끌어요. 아이도 이제 "안녕", "잘 가", "밥 먹어요", "물 마셔요" 하는 기본적인 단어와 문장은 어느 정도 익혔고요. 그런데 실력이 느는 게 느려도 너무 느린 겁니다. 같은 기간 동안 학원에 다니거나 다른 프로그램에 참여한 아이들은 실력이 일취월장했는데 말이죠.

또 다른 친구는요, 부모들이 아이를 3년 동안 직접 가르쳤어요. 그러고 나서 원어민 선생님을 구해서 매주 한 번, 한 시간씩, 한 가지 주제로 수업을 시켰거든요. 예를 들어 환경보호, 성탄절, 만화영화처럼 아이가 좋아하고 궁금해하는 주제에 대해서요. 선생님은 사전에 그 주제에 관한 준비를 하고 아이와 토론을 해요. 아이는 이미 그 전에 부모들과 어느 정도 실력을 쌓았기 때문에 수업이 진행되는 동안에 그간 배운 단어, 문장구조를 실제로 사용해요. 진도가 팍팍 나가니 배우는 것도 그만큼 많아졌죠.

그래서 저는 아이가 영어에 갓 입문한 단계에서 다른 사람에게 교육을 맡겨야 한다면 우선 학원에 등록하기를 추천합니다. 그리고 어느 정도 수준에 이르렀을 때 과외 수업이나 요즘 유행하는 인터넷수업으로 갈아타라고 말씀드리고 싶네요.

질문9

Q 저희 아이가 영어를 너무 싫어하고 영어로 된 오디오북이나 애니메이션, 동화책을 모조리 다 싫어해요. 제가 어떻게 해야 할까요? 방법을 좀 알려주세요. 아니면 이유가 뭔지 분석을 좀 부탁드립니다.

A 제가 가장 많이 받은 질문이기도 하고, 어떻게 보면 제일 쉬운 문제이기 때문에 맨 마지막에 두었습니다.

꼭 들어맞는다고 하기는 어렵지만 들으면 누구나 딱 알만한 예를 들어드릴게요. 아이가 편식하고 밥을 먹지 않는다고 해서 엄마가 아이를 굶어 죽게 두겠습니까? 몇몇 원칙적인 엄마들은 한 끼쯤 굶는다고 큰일 안 난다고 하겠지만, 아이가 세 끼를 내리 굶어도 안 먹으려 한다면 어떡할까요? 그러면 다른 엄마들과 마찬가지로 무슨 수를 써서라도 아이가 밥을 먹게 만들겠죠. 반찬 가짓수를 늘리거나 애 입맛에 맞는 음식을 준비하기도 하고, 윽박지르기도 하고 또 밥을 먹으면 용돈을 주겠다고 살살 달래기도 하겠죠. 그저 아이가 굶지만 않는다면 뭐든 다 할 겁니다. 밥 한 끼 먹는 일에 왜 이렇게 신경을 쓰나요? 가장 중요한 일이니까 그래요. 건강이 밑천입니다. 세상에 아이 건강에 신경 쓰지 않는 부모는 하나도 없을 거예요.

영어공부도 똑같습니다. 사실 모든 공부가 다 마찬가지지요. 부모님들은 중요한 일에 어떤 문제가 생기면 모든 수단을 동원해 맞닥뜨린 난제를 해결하려 하지요. 내 아이입니다. 우리 부모님들은 내 아이와 어떻게 소통하고 의견을 주고받아야 하는지, 내 아이를 어떻게 타일러야 하는지 누구보다 더 잘 알고 있습니다. 모든 아이에게 적용할 수 있는 교육이념이나 방법은 없어요. 내 아이에게 가장 적합한 방식이 무엇인지는 나만이 알 수 있는 겁니다. 영어 원본 애니메이션을 무작정 들이대면 아이가 싫어합니다. 그건 너무 당연한 일이지 않을까요? 중국어 혹은 영어만 할 줄 아는 성인에게 아랍어로 된 영화를 보여주면서 재밌으니 보라고 한다면, 똑같이 재미가 없을 거예요. 무슨 소리를 하는지 전혀 못 알아들으니까요. 그래서 각자에게 맞는 방법을 찾아야만 하는 겁니다.

처음에는 치얼도 영어 듣기, 보기, 읽기를 전부 싫어했습니다. 그래서 저와 한 선생이 돌아가면서 같이 봐주었어요. 재미있는 내용이 나오면 일부러 더 크게 웃고, 어떤 부분에서는 일부러 모른 척을 했어요. 치얼에게 무슨 내용인지를 알아들었으면 저희에게 알려달라고 했죠. 사실 치얼도 화면을 보고 대충만 알지 진짜 알아듣지는 못했지만요. 한 선생은 아예 치얼에게 〈옥스포드 리딩트리〉를 직접 읽어주는 오디오 앨범을 만들기도 했고, 영어 애니메이션 동영상을 몇 번 보면 선물을 사주겠다고 약속하는 유치한 방법까지 동원했답니다. 이런 방법들이 저희 아이에게는 효과가 있었지만, 모두가 그렇다고 할 수는 없어요. 그래도 아빠, 엄마가 머리를 맞대고 궁리하면 더 좋은 방법을 찾을 수 있지 않을까요.

무슨 공부든 처음에는 재미없고 고생스러운 법이죠. 그런 단계를 넘어 즐겁게 공부하고 실제 성공을 쟁취하는 사람은 소수 중에서도 소수입니다. 첫 입문단계에서 아이가 거부반응을 보인다고 해서 쉽게 포기하는 부모님들을 보면 너무나 안타깝습니다. 특히 지금과 같은 국제정세 속에서 영어공부는 피할 방도가 전혀 없잖아요. 영어는 특기 적성과는 달라서 싫다고 다른 것으로 대체할 수가 없으니까요.

이 문제에 대해 제 답변은 이렇습니다. 영어공부는 열이 나는 아이에게 약을 먹이고 배고픈 아이에게 밥을 먹이고 새벽 두 시까지 안자는 아이를 자게 하는 것과 같습니다. 수단과 방법을 가리지 않고 무조건 꼭 해야만 하는 것입니다. 그렇게 마음을 먹으면 어떻게 해야 하는지는 저절로 알게 될 겁니다.

영어를 깨치고 공부하는 데는 보편적인 방법도 지름길도 없습니다. 우리 집 아이도 얼마든지 다른 집 아이처럼 될 수 있습니다. 우리 부모님들은 이것 세 가지만 지키면 됩니다.

◆ 스스로 방향 정하기

◆ 끝까지 끈질기고 꾸준하게
◆ 소위 전문가라는 사람들 믿지 말기(저 포함)

이제 주변을 두리번거리며 눈치 보고 다른 사람들에게 묻지 마세요. 우리 아이를 다른 사람들의 경험에 기대게 하지 마세요. 직접 행동하시기 바랍니다. 바로 오늘부터요. 첫발을 디뎌 앞으로 나아가세요. 그래야 주변의 풍경이 보입니다. 이 길에서 얻는 것은 아이의 실력향상만이 아니에요. 부모님 스스로가 성장하고 아이와의 관계가 돈독해질뿐더러, 서로 의기투합할 수 있는 든든한 동반자를 얻을 수 있을 거예요.

영어교육, 어릴 때부터 가랑비에 옷 젖듯이 재미있고 흥미롭게

아이가 몇 살부터 영어공부를 시작하면 좋을까요? 혹은 질문을 바꾸어, 언제부터 영어공부를 시작하면 늦지 않을까요? 사실 정해진 답이 없는 주제입니다. 어떤 사람들은 태교 때부터 이미 영어공부를 시킨다고 하고, 어떤 사람은 학교 갈 때가 되면 그때부터 시킨다고 하니 말이죠.

사람의 인생은 곳곳이 시작점이고 출발선이며, 이르고 늦고는 잘하고 못하고를 가르는 절대적인 기준이 아닙니다. 그렇지만 저는 책 읽기와 아이와 함께하기, 이 두 가지는 아이가 아주 어릴 때부터 조금씩 병행해야 한다고 믿습니다. 책하고는 담을 쌓은 가정에서 자라 책을 안 읽는 아이라면 언제 영어공부를 시작한들 쉬울 리가 없으니까요.

가끔 엄마들이 저에게 물어봅니다. "저는 애한테 열심히 이야기를 들려주는데 애는 왜 하나도 관심이 없을까요? 책을 붙잡거나 다른 곳으로 도망만 다녀요. 방법이 잘못됐나요, 아니면 아직 때가 안된 걸까요?"

그러면 저는 보통 아이가 몇 살인지 물어봐요. 네다섯 살짜리 아이가 그런 행동을 한다면 부모님들은 우리 아이의 생활 속에서 책을 읽는 광경이 아주 드문 일은 아닌지 반드시 돌이켜봐야 합니다. 물론 아이가 몇 개월, 혹은 만 한 살 전후 밖에 안 된 아기라면 그런 행동을 하는 것이 당연하고도 남지요. 아기에게 얌전히 앉아서 울지도 말고 떠들지도 말고 움직이지도 말고 이야기를 들으라고 하는 게 과연 가능할까요? 우리에게 가장 훌륭한 선택은 끈기를 가지고 계속 이야기를 들려주는 겁니다. 그러면서 점점 아이 나이에 맞게 필요한 사항들을 추가할 수가 있겠죠. 언제까지? '어, 우리 애가 언제부터 저렇게 책 읽기를 좋아하게 됐지?' 하고 문득 깨닫는 날까지요.

안타까운 것은 적지 않은 부모들이 처음에 몇 번은 시도를 해보다가 잘 안 된다 싶으면 기다렸다는 듯이 포기한다는 겁니다. 본인이 요령을 잘 모르기도 하고 아이도 따라오지 못하니 '영어공부는 시기상조인 것 같아. 나중에 다시 해보자' 하고 생각해버리는 거죠. 하지만 이렇게 한 번 미루면 다음 시도는 깜깜무소식이 될 겁니다.

저는 둘째가 태어나고 나서 인생의 여유를 많이 찾았어요. 제가 무엇을 해야 하는지, 어떻게 해야 하는지가 확실히 보이기 시작했고, 이런 일들을 제 생활의 일부분으로 받아들였습니다. 조급하지 않게 여유를 즐긴다는 건 아이가 하나일 때는 상상도 하지 못했던 일이에요. 그래서 둘째의 공부에 관해서는 새롭게 생각하고 느긋한 계획을 세울 수 있었지요.

치얼의 영어 조기교육에 관해 되짚어보면, 후회는 없지만 아쉬움이 남습니다.

후회가 없는 이유는 치얼이 공부를 쭉 해오면서 적지 않은 발전이 있었기 때문입니다. 특히 1학년을 마치고 방학 기간에 자기가 좋아하는 책을 읽었는데, 그 속에는 제가 모르는 단어들도 심심찮게 등장하더라고요. 게다가 모르는 단어를 찾을 때도 굳이 저의 도움을 구하지 않았습니다. 꼭 찾아야 하는 단어를 혼자 처리하는 내공쯤은 이미 쌓인 것이죠. 심지어 어떨 때는 사전을 옆에 끼고 오래된 책을 들여다보기를 은근히 즐기기도 합니다.

아쉬운 부분은요, 제가 몇 년을 공들여 발굴해낸 그 수많은 양서를 치얼이 제 때 보지 못한 것입니다. 제가 사 온 책은 순전히 제 취향에서 비롯한 것이잖아요. 치얼의 마음에 드는 책도 있고 가끔 읽기도 했지만, 자기의 기호와 취향이 생기고 나서는 제 취향을 따르지 않더라고요.

진쯔는 사정이 조금 달랐어요. 진쯔는 치얼에게서 느낀 아쉬움을 깨끗이 씻어줄 종결자였죠. 오빠가 읽지 못한 이 책들을 진쯔가 모조리 다 읽는다고 생각하니, 괜히 만족감이 밀려왔습니다. 원래 진쯔가 한 살이 되기 전까지는 책을 보게 할 계획이 전혀 없었습니다. 아가들의 특성과 습관에 기초해 헝겊 책이나 목욕 놀이 책을 사주고 마음대로 갖고 놀고 찢고 뜯게 했죠. 그런데 진쯔는 그런 책에는 관심도 없었어요. 헝겊 책은 한사코 밀어내고 오빠와 똑같은 종이 책을 손에 넣고 싶어 하는 겁니다. 그래서 저는 숨겨두었던 종이 책들을 꺼내다 주었어요.

진쯔 생후 6개월까지는 매일 같이 동요를 듣고 자기 전에 오빠와 함께 잠자리에 눕혀 이야기를 들려주었어요. 딱히 따로 이야기를 들려주지는 않았고요. 물론 대부분은 가만히 있지를 못하고 침대 위에 누워서 팔다리만 버둥거렸지만요. 몸 상태가 좋을 때는 제 품에 안겨서 책을 그러쥐고 저나 아빠가 오빠에게 이야기 들려주는 것을 함께 들었습니다.

이런 방식으로 딱히 어떤 효과를 볼 수 있을 거라고 기대하지는 않았어요. 듣는다고 해도 진쯔가 알아들을 수 없고, 오빠의 책이 진쯔에게는 너무 어렵기만 할 테니까요. 그런데 생후 6개월이 지나면서부터 진쯔는 오빠가 책을 읽기만 하면 끙끙 용을 쓰면서 다가갔습니다. 딱히 성가시게 굴지는 않고 가만히 한쪽에서 오빠를 지켜보는 겁니다.

그때쯤 재미있는 사실을 하나 발견했어요.

어느 날, 침대 위에 치열의 책 두 권, 휴대전화 하나, 진쯔의 장난감 토끼, 딸랑이, 갖고 노는 병, 그리고 갈기갈기 뜯기 좋아하는 휴지 한 통 등등이 놓여있었거든요.

제가 잠시 기저귀를 가지러 갔다 온 사이, 아직 잘 기지도 못하는 진쯔가 몸을 이리저리 뒤집더니 휴대전화에 가까이 다가갔습니다. 휴대전화를 붙잡아 두어 번 빨더니 다시 몸을 뒤집어 물건들을 뛰어넘었습니다. 그리고 침대 반대쪽 끝까지 가서는 오빠의 책을 끌어안고 책장을 펄럭펄럭 넘기는 시늉을 하는 거예요.

저는 침대 위에 가득한 물건 중에서 진쯔가 왜 이 두 가지를 골랐는지 궁금증이 일었어요. '우연히 아무렇게나 붙잡은 것일까?' 그래서 물건을 바꾸어 흩어 놓았습니다. 그중에 휴대전화와 책은 똑같이 집어넣었고요. 순서 상관없이 어지럽게 바닥에 흩어 놓고 진쯔를 정중앙에 내려놓았습니다. 어떻게 반응하는지 보려고요. 진쯔는 엎드려서 잠시 망설이더니 이번에도 몸을 뒤집고 뒤집어 우선 책을 붙잡고 이어서 휴대전화를 집었습니다.

나중에 몇 번이나 다시 똑같은 실험을 해보았어요. 그런데 물건을 몇 개나 놓든, 휴대전화와 책만 있으면 진쯔는 틀림없이 그 두 가지 물건으로 돌격하는 겁니다. 다른 물건을 치우고 책과 휴대전화를 남겨두었을 때는 조금 망설이긴 했지만, 결국 책을 먼저 선택했고요.

육아 과정에서는 시도 때도 없이 불안감이 엄습해요. 제가 정한 순서와 규칙대로 되지 않는 일들, 그리고 다른 아이들이 뛰어난 역량을 발휘할 때 생기는 부러움과 자책 때문에요. 우리는 자신에 대한 불만과 책임을 아이에게 전가하고, 아이의 변변치 못한 모습에 화를 내는 건 아닐까요. 충분한 시간 여유를 갖고 일찍 집에서 나서면 지각하지 않는 법이죠. 일을 사전에 철저히 계획하고 잘 준비하면 과정 또한 여유 있고 넉넉할 겁니다. 그러면 물이 흘러 도랑이 생기는 것처럼, 이상적인 결과 역시 자연스럽게 얻을 수 있을 거예요.

학습이념을 익히되, 과유불급을 경계하라

 한 엄마가 댓글로 이런 말을 했습니다.

"아이가 영어공부를 시작한 지 2년이에요. 매일 오디오를 들려주는데 당최 듣지를 않아요. 집에서 계속해서 귀에 못이 박이도록 들려주는데 성과가 없네요. 읽기나 쓰기는 말할 것도 없고요. 알아듣지를 못하니 뭘 할 수조차 없습니다. 너무 초조하고요, 곧 학교에 들어가는데 그동안 시간 낭비만 한 게 아닐까요? 영어전문가들의 책에 나오는 대로 중국어로 설명해주지 않는 방식을 고집하고 있는데도 왜 아무 소용이 없을까요?"

제 웨이신 공식계정과 개인계정에는 비슷한 댓글이 넘쳐납니다. 영어교육에서 나타날 수 있는 역효과에 관해 아무래도 짚고 넘어가야 할 것 같아요.

엄마, 아빠가 영어를 못하면 아이를 가르치기 어렵다?

수많은 사람이 저에게 어렸을 때 영어를 어떻게 공부했냐고 묻습니다. 기억을 더듬어보면 제 영어 실력이 갑자기 향상된 데는 몇 가지 터닝포인트가 있었습니다.

제 외할아버지와 외할머니는 모두 신화사新華社(중국 관영 통신사_역주)에서 근무하셨어요. 중국에서 거의 최초로 해외로 파견을 나가서 북유럽에서 5년, 아랍에서 7년을 계셨습니다. 여기까지 이야기하면 분명 이렇게 생각하시겠죠.

'아, 집안 배경이 그래서 잘했구나.'

그런데 사실 그렇지는 않아요. 외조부모님이 오랫동안 국내에 계시지 않았기 때문에 저의 영어공부에는 전혀 영향을 주지 못하셨답니다. 대학생 때였어요. 외할머니가 평소에는 손도 못 대게 하는 큰 책 상자를 뒤져 책 한 권을 꺼내와서 말씀하셨습니다.

"이 책 너한테 줄게. 읽고 이해할 수 있으면 영어 실력이 그럭저럭 괜찮다는 뜻이니까 나중에 다른 책도 보게 해주고."

받아들고 보니 〈리틀톰Little Tom〉이라는 책이었어요. 한 흑인 꼬마 아이의 이야기였습니다. 요즘 같으면 초등학생만 되어도 읽을 수 있는 책이지만, 그때 당시의 영어교육 수준으로는 중학생 정도 아이들이 읽을 만한 책이었지요. 대학생이던 저는 어려움 없이 금세 읽었고요.

외할머니는 놀라시더라고요. 요즘 대학에서 배우는 수준이 꽤 높은 모양인데 이제야 이런 책을 읽었냐면서요.

나중에 엄마와 그런 이야기를 했어요. 외할머니가 영어 실력이 뛰어난 기자이고 해외에서 다년간 거주한 경력이 있어서 집에 이런 자료가 있을 수 있었던 것은 저의 교육에 아주 중요한 역할을 할 수 있었다고요. 하지만 제 영어공부에서 가장 큰 작용을 한 것은 바로 저희 엄마예요.

엄마는 굉장히 학구적이고 의지가 강한 분이에요. 제가 아주 어렸을 때도 엄마는 저 혼자 이야기 테이프를 듣고 혼자 자게 하셨어요. 그리고 당신은 야학에서 학업을 계속해 방송통신대학 졸업장을 따셨죠.

제가 초등학교 때는 옆 동에 영어를 엄청 잘하는 아저씨가 있었는데, 영어를 가르쳤거든요. 엄마는 한 주에 며칠 저녁은 집안일을 마무리해 놓고 그때 유행하던 영어 학습서를 끼고 아저씨네 집으로 달려갔습니다. 그리고 젊은이들과 어울려서 아저씨의 수업을 들었죠. 집에 돌아와서도 짬을 내어 열심히 읽고 쓰고 하셨고요.

엄마는 그때 ABC부터 공부를 시작했었어요. 지금도 영어 실력이 그렇게 좋은 건 아니고요. 간단한 일상 회화에는 큰 문제가 없는 수준이지만, 요즘 대학생들 수준하고는 비교가 되지 못하죠. 그래도 저처럼 영어로 먹고사는 아이를 길러내셨지요.

그런 저희 엄마가 저에게 미친 가장 큰 영향이 무엇이냐고 묻는다면, 한 가지를 꼭 집어내긴 어려워요. 그래도 제 기억 속에 띄엄띄엄 남은 장면들이 있답니다. 숨 막히게 답답한 여름밤, 어두침침한 등 밑에서 책을 읽고 단어를 외우는 엄마, 땀이 비 오듯 쏟아지는데도 집안일을 완벽하게 해놓고 두꺼운 책을 들고 집을 나서는 엄마, 공원에서 도움을 구하는 외국인 앞에 용감하게 나서서 짧은 단어로 열심히 대화하는 엄마예요.

그런 장면들이 어린 저에게는 큰 인상을 남겼습니다.

"우리 엄마, 진짜 멋지다!"

부모라고 해서 모든 면에서 만능일 수는 없습니다. 부모의 단점이 아이의 강점이 되지 말라는 법도 없고요. 중요한 것은 여러분이 끊임없이 배우고 자신의 식견을 넓혀야 한다는 거예요. 그래야 아이들이 적극적으로 노력하고 성장하는 과정에서 본보기를 보일 수 있겠죠.

단어를 외우지 않더라도 그냥 뭐라?

많은 부모님이 저에게 이야기합니다. 요즘 영어교육이론에서는 단어를 억지로 외우게 하기보다는 많이 보여주고 많이 들려주면 자연스럽게 익힐 수 있다고 한다는 겁니다. 그리고 또 이렇게 이야기하는 부모님들도 있어요. 그렇게 많이 듣고 보았는데 아이가 왜 단어를 못 외우냐고요.

저는 이렇게 답하고 싶네요. 언어를 배우면서 의식적으로 단어를 외우지 않는 사람은 소수 중에도 극소수일 거라고요. 중국어를 공부하면서 글자를 익히고 쓰는 법을 익히는 과정은 외우는 게 아닌가요? 당연히 외우는 거지요. 여러 번 반복해서 쓰는 과정이 없다면 어떻게 외울 수 있을까요?

얼마 전, 미국에 있는 친구가 잠시 놀러 온 적이 있었어요. 그때 미국 초등학교에서 공부하는 방식에 관해서 이야기했었는데, 친구는 왜 다들 미국에서는 단어를 안 외운다고 생각하는지 모르겠다고 오히려 의아해하더라고요. 아이들이 학교에서 매일 단어 학습을 하고 매주 받아쓰기를 하는데 어떻게 단어 공부를 안 하냐면서요.

그러니까 국외에서든 국내에서든 영어공부에 단어 외우기가 빠질 수는 없다는 말입니다. 물론 무식하고 지루하게 영어 단어와 그 뜻만 달달 외우는 방식은 지양해야겠지요. 예를 들어 apple-사과, abandon-버리다/포기하다, abide by-따르다' 이런 식이요.

들어서 배운 단어는 말하기에 큰 도움이 되지만, 읽고 쓰기에는 제약이 따릅니다. 계속해서 읽고 쓰고 단련해 단어의 뜻과 스펠링을 착실하게 쌓아야 읽기와 쓰기에서 제대로 실력을 발휘할 수가 있게 돼요.

아이에게 본문을 통째로 외우게 하지 마라?

별의별 다양한 영어교육 이념을 다 꿰고 있는 부모님들이 이런 이야기를 합니다. '언어환경이 제대로 갖추어져 있지 않고, 들려주는 조기교육이 효과가 없어 계속하기 어려운 상황에서 하는 수 없이 영어공부를 시작해야 하는 아이라면 문장을 통째로 외우게 하는 방법이 어떤가?'

이 말을 듣고 반대로 '선진적인 교육이념을 아느냐, 모르느냐? 아이에게 억지로 외우게 하자? 그 방법은 영어에 대한 흥미를 완전히 없애고 다시는 공부하고 싶지 않게 만들 것이다. 아직 시작도 안 한 공부에 대한 흥미를 깡그리 없앤다면 누가 책임질 것인가?' 하고 반박하는 사람도 있을 겁니다.

사람은 누구나 마찬가지예요. 자기가 잘하는 일은 더 좋아하게 되고, 더 좋아하는 일은 당연히 더 잘하게 됩니다. 이런 선순환 속에서 겪는 고통은 잠시 스쳐 지나갈 뿐입니다. 궤도에 오르게 되면 점점 더 능숙해질 거고요.

아이의 흥미와 관심을 유지하기 위해서 통째로 외우게 하는 방법에 반대하는 사람들이 많습니다. 사실 저는 이렇게 말하고 싶어요. 외우기에도 수만 가지 방법이 있다고요. 책을 외우게 하는 것도 외우기의 일종입니다. 아주 지루하고 재미없는 외우기요. 만화영화를 무수히 반복해서 보고 대사를 줄줄 외우게 하는 것도 외우기입니다. 재미있고 즐거운 외우기요. 어떤 아이들은 책을 읽고 애니메이션을 보면서 영어를 깨우칩니다. 하지만 어떤 아이들은 애니메이션을 보고 내용을 알고 나면 똑같은 것을 다시 안 보려고 해요. 아니면 시끌벅적한 화면만 보고 못 알아듣는 영어에는 아예 귀도 기울이지 않거나요. 그래도 효과가 없다고 할 수는 없습니다. 발전이 아주 더디겠지만요.

또 한 가지, 듣기도 그럭저럭, 어휘량도 무난한데 말을 해야 하는 상황에서 입을 꾹 닫는 아이들이 있습니다. 어떤 전문가들은 그게 학습한 양이 부족해서라고 하지만, 저는 그게 단순히 양의 문제가 아니라 학습의 질도 떨어지기 때문이라고 봅니다.

완전한 중국어 환경에서 자란 아이가 영어로 된 이야기 오디오북을 듣고 책을 보는 학습만으로 실제 영어 문장을 말하게 될 때까지는 아마 엄청나게 긴 시간이 필요할 거예요.

그래서 다시 원래 이야기로 돌아갑시다. 여러분의 아이가 완전히 영어만 사용하는 국제학교에 다니거나 엄마, 아빠 본인이 해외유학파이거나 아니면 혼혈가정이라면 아이에게 문장을 외우게 할 필요가 없을 거예요. 하지만 평소 영어 사용 환경이 좋지 못하고 부모들이 아이에게 영어 관련해서 많은 도움을 주지 못하는 경우라면, 짧고 재미있으면서 평소 말하기에 유용한 표현들이 수록된 영어 이야기책 등을 외우게 시켜보세요. 즉각적인 실력향상과 함께 언어 감각을 키우는 효과도 볼 수 있을 겁니다.

장기적인 효과 면에서 비유를 들게요. 파닉스 수업 아이들은 고기를 잡는 기술을 배웠지만, 정작 고기를 잡아야 하는 때가 오면 이미 싫증을 느낄지도 모릅니다. 연습은 계속해왔지만 고기를 손에 넣어 본 적이 없고, 앞으로도 어떻게 될지 모르니까요. 하지만 스토리텔링 수업 아이들은 바로 고기를 맛보았습니다. 앞으로 고기를 잡을 수 있을지 없을지 알 수 없지만, 바다와 끝까지 싸워 고기를 잡아야겠다는 의지와 원동력은 충분할 겁니다.

육아 이념이든 학습이념이든, 전문가나 다른 사람의 말을 맹목적으로 믿어서는 안 됩니다. '맹신'과 '믿음'을 동일시하면서 전문가와 교육가들을 멀리하고 아이를 제멋대로 크게 내버려 두는 사람들도 있지만요.

저는 그저 모든 사람에게 맞는 이론은 이 세상에 없다는 이야기를 하고 싶습니다. 며칠 전에 치얼이 묻더군요. 여자아이들은 서서 쉬를 하면 안 되냐고요. 저는 그렇게 대답했어요. "왜 안 되겠어. 오줌으로 바지가 젖는 게 괜찮으면 서서 할 수도 있어."

이 세상에 '절대'가 어디 있던가요? 모든 사람한테 꼭 맞는 방법이 어디 있던가요? 아이들을 위해서 계속 연구하고 각종 교육이념을 이해하려는 자세는 우리 부모들에게 필수입니다. 하지만 구부러진 소뿔을 바로잡겠다고 소를 죽이는 것과 그걸 그대로 두는 것, 두 가지 방법 모두 결과적으로는 큰 차이가 없다는 점을 유념하길 바랍니다.

어떻게 좋은 영어 선생님이 될까?

영어 도서목록, 혹은 영어공부에 제일 좋은 책, 연령대에 맞는 필독서를 추천해달라는 분들이 많습니다. 저는 보통 이렇게 대답하죠.

"그런 책은 없어요. 정말 없어요."

그러면 상대방은 이렇게 대꾸해요.

"그런데 누구누구 전문가는 얘기하던데요, 이런, 이런 책이 있다고요."

그럼 저는 다시 이야기해요.

"그러면 그 전문가 말대로 하세요."

저는 괜찮아요. 불안하지도 화가 나지도 않습니다. 제가 드리는 말씀은 정말로 솔직한 사실 그대로이니까요. 생각해보세요. 우리가 중국어를 배울 때, 가장 적합하다거나 꼭 읽어야 하는 책이 있었나요? 아마 없었을 거예요. 국어 교과서야 학교 공부할 때 일률적으로 보는 것이지만, 모든 사람의 학습 과정은 각자 다릅니다. 영어도 마찬가지이고요. 결국, 학습자료는 두 가지 방법을 택하는 것이 가장 좋은 것 같아요. 부모님이 신경 써서 아이가 좋아하는 책으로 골라주든가, 아니면 아예 구하기 쉬운 것으로 편하게 고르든가요. 이 두 가지 방법은 아주 잘 결합해볼 수도 있어요. 아이의 구미를 당기는 것으로 일부를 구입하고, 소위 고전이라고 광고하는 책으로 일부를 소장하는 겁니다. 그러고 나서 섞어서 다양하게 활용하는 거죠.

아이마다 영어를 접하고 난 후의 반응은 다릅니다. 시작부터 끝까지 순탄하게, 부모들이 방향 제시만 잘 해주면 그만인 아이들도 있고, 처음부터 거부반응으로 시작해 시간이 지나도 못 받아들이고 반항하는 아이들도 있죠. 이때 부모님들은 아이가 말을 안 듣는다, 본인이 책을 잘 못 고르겠다고 하면서 제가 어떤 처방을 해주기를 바랍니다.

제가 대학에서 공부할 때 외국인이 설립한 학교에서 강의를 진행했어요. 그때 보니 학생마다 특징이 다 다르더라고요. 일대일 수업의 장점이 바로 고유한 능력이나 성격에 따라 적절하게 수업을 진행할 수 있다는 점이죠. 비교적 똑똑한 초등학교 5학년 모범생 남자아이가 있었어요. 그 전까지는 영어공부를 완전히 학교수업에만 의지했죠. 과외 수업을 받아보긴 했지만, 거의 효과가 없었다고 했어요. 수업 때마다 아주 열심히 하긴 하는데, 수업시간에 배운 것 외에는 아무것도 대답을 못 하고 성적도 오르지 않았다고요.

첫 수업에서 저는 기본적인 테스트를 진행했고, 그럭저럭 잘 따라온다고 생각했습니다. 어휘량도 꽤 괜찮은 편이었는데, 가만 보니 알고 있는 것들이 중구난방이어서 제대로 된 체계가 잡혀있지 않은 모양이었어요. 저는 속으로 계획을 세웠죠. 케임브리지출판사의 교재를 골라서 조그만 힘이나마 도움이 되도록 노력하겠다고요.

그런데 두 번째 수업부터 그 계획이 어긋날 줄 누가 알았을까요. 제가 그 아이네 집에 도착했을 때, 마침 아이가 엄마와 대치 중이더라고요.

"영어 배우기 싫어요. 지금 게임 할래요. 왜 못하게 해요? 왜 못하게 하냐고요?"

저는 무슨 일이냐고 물었어요. 저를 한쪽으로 데리고 간 어머니는 화가 나서 달아오른 얼굴로 그러더라고요.

"애가 온종일 게임만 하려고 하고 공부를 안 하잖아요. 그래서 게임기를 아예 숨겨버리려고요. 어디 한 번만 더 했단 봐라!"

사실 저는 그 모습이 참 재미있었어요. 그 엄마에 그 아들이라고, 두 사람 다 고집이 막상막하였거든요. 어쨌든 엄마 말씀을 거역할 수가 없는 아이가 고개를 푹 숙이고 도살장 끌려가듯 저와 함께 공부방으로 들어가 수업 준비를 시작했습니다. 저는 교재를 꺼내지 않고 책상 위에 가지런히 꽂힌 게임 잡지를 보면서 무심한 듯 물었습니다.

"이 잡지는 나올 때마다 계속 사는 거야?"

아이는 게임 책자들을 보더니 생기가 돌았어요.

"네. 엄마는 못 사게 하는데, 할머니가 있거든요. 할머니가 용돈 주시면 사요. 한 번도 안 놓쳤어요. 〈울트라콘솔게임ULTRA CONSOLE GAME〉하고 〈게임소프트웨어GAME SOFTWARE〉는 다 모았어요."

저는 책을 집어 들어 한두 장 넘겨보았죠. 그랬더니 아이가 대번에 저한테 그러더라고요.

"조심하세요. 찢어지면 안 돼요. 게임 책자는 접은 자국 하나도 생기면 안 돼요. 만지기 전에는 손도 씻어야 해요."

"별나다고 할지는 모르겠지만, 나도 벌써 다 봤어. 너 되게 촌스럽다. 1년 치 한꺼번에 구독하면 집까지 보내주는데… 나올 때마다 사다니."

"에이 거짓말. 이거 보는 여자가 어딨어요?"

저는 가방에서 게임기를 꺼내 들고 말했어요.

"이거 봐. 이것도 있는데."

아이는 아직도 의심스러운 눈빛으로 저를 보았어요.

"의심하지 마. 게임하는 것도 능력이야. 너 게임 잡지에 있는 영어 단어 얼마나 알아? 여기 뭐라고 쓰여 있는 건지 알기는 해?"

저는 책에 있는 글씨를 가리키며 얘기했죠.

"ACT, RPG, RAC, FTG… 이런 게 무슨 게임 말하는 건지 알아? 그것도 모르면서 게임 잡지를 본다고 할 수 있을까. 쯧쯧."

아이는 얼굴이 빨개졌습니다.

"얘기해줘요."

그래서 저는 ACT는 액션 게임Action Game, RPG는 롤플레잉게임Role-playing Game이라고 이야기해주었습니다. 저는 '심SIM'이라는 게임을 좋아하고, 그건 시뮬레이션Simulation 게임이라고도 이야기해주었죠. 아이는 시뮬레이션 게임은 너무 진행이 느려서 못 참겠다고 했고요. 우리는 어느덧 이런저런 게임 유형에 대해서 한번 훑게 되었고, 아이는 모르는 단어가 나오면 저한테 하나하나 알려달라고 했습니다. 이야기가 끝나고 나서 다시 처음부터 한 번 더 이야기해달라고 했고요. 30분 동안 그렇게 예열을 하고 나니 아이는 아주 열정적으로 본 수업에 임하게 되었어요.

그 이후 수업을 하러 가면 매번 수업 전에 게임에 관한 화제로 같이 이야기 나누었습니다. 관련 영어 단어일 때도 있고 잡지 이야기일 때도 있고요. 아이는 그런 정보를 대단히 빠르게 받아들였어요. 그리고 이런 방식을 통해 수업에 집중하기도 훨씬 쉬워졌지요. 그래서 가끔은 수업 내용과 게임에 관한 내용을 접목하기도 했어요. 아이는 수업에 굉장히 집중했고, 반복해서 묻고 답하면서 한 시간이 지나고 나면, 제가 이야기한 내용을 이해하고 스스로 이야기할 수 있는 수준이 되었죠. 단어나 어법 같은 것은 굳이 외우라고 강조하지 않아도 될 정도로요.

그렇게 몇 개월이 지나고 나자, 이제 게임에 관한 이야기는 불필요해졌습니다. 아이의 성적이 크게 향상되어서 이미 영어를 잘하는 것의 즐거움을 깨우치게 되었거든요. 한번은 시험 볼 때 실수를 해서 학년에서 2등을 했는데, 선생님들이 왜 그랬냐고 하도 물어봐서 민망했다고 하더라고요. 그러면서 한 주에 세 번씩 수업할 수 없냐고 조르기까지 했습니다. 저는 제가 그 정도로는 시간이 없다고 했어요. 그랬더니 그럼 영어 실력이 더 빨리 좋아지기는 어렵겠다고 우울해하더라고요.

그때 저는 알았습니다. 이 아이가 이제 학습에 대한 흥미와 의욕이 길러지고 공부 방법에 대해서도 어느 정도 요령도 생겼고 학습의 동기부여도 충분하다는 것을요. 이렇게 아이의 상황을 이해한 저는 도움이 될 만한 도서목록을 만들었습니다. 그리고 그중에 관심 가는 것을 뽑아서 방과 후 독서시간에 활용하도록 했습니다. 좀 어려운 것은 저와 수업할 때 물어보라고 일러두었고요. 아이는 제가 내준 독서 미션을 혼자서도 아주 훌륭하게 수행했고, 거의 도움을 청하지 않았어요.

요즘은 이런 식의 책이 아닌 학습 소재들이 정말 발에 차일 정도로 많습니다. 집에 게임기가 있는데 왜 그건 내버려 두고 전문가의 추천도서목록에만 매달려서 아이들을 힘들게 하는 걸까요? 조금만 관심을 가지고 우리 주변을 살펴보면 학습 소재는 무궁무진하거든요.

제 친구 하나가 약 1년 전쯤에 미국으로 이민했습니다. 그 친구가 저한테 그러더군요. 자기 딸이 영어에 어떻게 적응했는지 들어도 믿지 못할 거라고요. 제 친구 딸은 네 살 때 미국으로 가게 된 건데요, 첫 1년 동안 책도 안 보고 현지 아이들하고 어울리지도 않고 학교도 안 다녔대요. 그냥 집에서 텔레비전 홈쇼핑 프로그램만 주야장천 봤다고 하네요. 그리고 집에 홈쇼핑에서 파는 것과 비슷한 물건이 있으면 꺼내 들고 비교를 해가면서 봤답니다. 몇 달 후에 제 친구가 아이를 가만 보니까, 혼자 인형 놀이를 하면서 홈쇼핑 물건 팔 듯이 이야기를 하는데 말 한마디 한마디가 막힘이 없이 술술 나오더래요. 그렇게 1년이 지나니까, 학교도 재미있게 다니고 영어에도 부담을 가지지 않았답니다. 아주 활달하고 명랑한 아이가 되었다네요.

이건 한 예에 지나지 않아요. 아이들에게 맞는 학습방식과 교재 선택에는 수없이 많은 가능성이 존재합니다. 제 친구는 이민으로 환경이 바뀐 것 때문에 아이가 의기소침할까 걱정해 전적으로 아이가 하자는 대로 한 것입니다. 그런데 제 친구가 그렇게 아이를 가만히 두지 않았다면 아이가 스스로 공부할 기회는 없었겠죠. 그리고 직접 해보니 효과가 좋았다는 것을 알게 되었죠. 해보지 않았다면 어떻게 알았을까요.

어떤 부모님들은 자신이 영어를 못해서, 아이에게 다양한 도움을 주기가 어렵다고 하십니다. 그러면 우선 영어책을 세트로 구매하셔서 간단하게만 설명을 해주시고, 음성 녹음은 아이가 스스로 듣게 하면 좋아요.

부모가 영어를 못한다고 해서 아이가 영어를 못하는 게 아니라고 말씀드리고 싶어요. 그렇다고 부모는 두 손 놓고 편하게 있으면서 공부는 아이가 스스로 하는 것이라고 치부해버린다면 아이가 힘들어할 수 있다는 것을 알아야 합니다.

교재며 정보가 넘쳐나는 시대입니다. 인터넷 클라우드에 저장된 자료 수백 개 정도로는 아이 있는 엄마라고 말하기도 민망하죠. 그런데 이런 자료도 전부 유행에 따른 것일 뿐이에요. 내가 진짜 잘 알고 있고 아이에게 꼭 필요한 것은 그중 얼마나 될까요? 누가 아이한테 들려준다 하니 나도 우리 아이한테 똑같은 음성자료를 들려줬다고 칩시다. 그 집 아이는 네이티브처럼 이야기하는데 우리 아이는 아직도 알파벳 26자를 손으로 꼽고 있다면, 아이를 원망해야 할까요, 자료를 추천한 전문가를 원망해야 할까요?

여러분이 저에게서, 혹은 다른 믿을만한 사람에게서 아이의 영어학습 진도에 관한 의견을 듣고 싶다면, 아이가 무엇을 좋아하는지, 어떤 책을 읽었는지, 어휘량은 대략 어느 정도인지, 어떤 방식으로 영어공부를 했었는지, 지금 어떤 슬럼프에 빠졌는지를 알려주고 의견을 구하시기를 부탁드려요. 예를 들어 아이에게 그림책을 읽어줄 때 잘 안 되는 부분이 있었다고 알려주신다거나, 아이와 함께 바다에 관한 책을 읽었는데 아직 성에 차지 않아 더 많은 것을 추천받고 싶다고 말씀해주세요. 그러면 저는 기꺼이 도움을 드릴 수가 있을 거예요.

그런데 말이죠, 만약 여러분이 아이에 대해서 정말 잘 이해하고 함께 노력하는 부모님이 된다면 말이죠, 전문가라는 사람들이 늘어놓는 이야기만 눈 빠지게 기다리고 있지 않을 거예요. 그때쯤이면 아이가 나아갈 길을 찾을 판단력이나 학습능력 정도는 이미 충분히 갖추게 되었을 테니까요.

듣기 : 그냥 '들려주기'만 하면 된다

매일 저에게 오는 영어학습에 관한 여러 질문 중에서 가장 많은 질문은 구체적인 단계의 어려움이 아니라 어디서부터 어떻게 손을 대야 할지 모르겠다는 것입니다. 한 엄마가 저에게 남긴 댓글은 이렇게 시작하더라고요.

"제가 이런 질문을 하면 분명 우습다고 생각하시겠죠?"

사실 저는 학부모님들의 말을 우습게 생각한 적이 전혀 없습니다. 영어와 관련된 일을 하지 않는 분들은 물론이거니와 외국어를 잘 하는 분들, 예컨대 저처럼 외국 유학을 한 분들, 혹은 외국계 기업에서 오랫동안 근무 중인 분들, 혹은 영문학을 전공한 분들, 더 나아가 대학 영어 강사인 분들까지도 저에게 아이의 영어공부를 어떻게 시작해야 할지 모르겠다는 댓글이나 쪽지를 보내시거든요. 저도 똑같이 경험하고 많이 고민했던 부분이에요.

책도 적지 않게 샀고, 자료는 훨씬 더 많이 검색해보았습니다. 이게 아니다 싶으면 바로 다른 걸 찾아 시도했고, 그것도 아니다 싶으면 더 새롭고 더 유행하는 걸 찾아 헤맸죠. 그러다가 결국 깨달았어요. 제일 어렵게 보이는 일이 사실은 제일 간단한 방법으로 해결 가능하다는 것을요. 무엇을 해야 할지 모르겠다면, 그냥 '들려주기'만 하면 됩니다.

206

어떻게 들려줄까?

여기서 말하는 '들려주기'는 대충 들려주라거나 아무거나 들려주라는 것이 아니라, 자신만의 방법과 형식을 갖추거나 각기 다른 아이들의 상황에 맞게 잘 조절해서 들려주라는 말이에요. 일단 아이가 영어학습을 시작하기만 한다면 방법도 금세 다양하게 확장되고 그다음으로 연결되는 학습도 빠르게 진척된다는 것을 알게 될 겁니다.

들려주기는 두 가지 부분으로 나눌 수 있습니다. 한 가지는 엄마, 아빠가 아이와 함께 영문 동화책을 읽는 것이에요. 이 부분은 이미 만들어져있는 음성, 영상물로 대체할 수도 있고요. 그리고 다른 한 가지는 원본 음성 파일 등을 그대로 들려주는 것이죠.

발음이 안 좋아서 아이에게 영어로 말하기가 그렇다면?

많은 엄마, 아빠들이 아이에게 영어로 책을 읽어주거나 말을 걸기가 두렵다고 합니다. 이유는 발음이 안 좋아서 아이에게 오히려 혼란을 줄까 걱정이 되어서래요. 사실 치얼이 영어책을 읽는 영상을 본 학생들도 치얼의 발음이 제 영향을 거의 받지 않았다는 사실을 알아채지 못합니다. 물론 최초에 언어나 어휘의 기초를 제가 쌓아준 것이 맞지만, 그건 그야말로 도움을 주는 지팡이 같은 존재일 뿐이었지요. 충분히 실력을 쌓고 나서는 치얼이 지팡이를 버리고 혼자 걷게 되었어요. 치얼은 원음 녹음본을 많이 들었어요. 그래서 최초 3년간 저에게서 받았던 발음의 영향을 금세 털어버릴 수 있었답니다.

예전부터 그런 말씀을 많이 드렸습니다. 자신의 발음이 좋지 않다고 아이에게 직접 영어 교육하는 것을 망설이지 말라고요. 그러면 아이의 학습 기회를 쉽게 놓쳐버릴 수 있는 동시에 부모와 아이가 함께 공부하는 즐거움을 잃게 됩니다. 아이들은 저마다 호불호와 취향이 있고 예술가적 기질을 타고나기 때문에, 무엇이 좋고 무엇이 아름다운지 그리고 자기가 좋아하고 싫어하는 것이 무엇인지 대단히 정확하게 판단합니다. 그런 아이들이 발음을 선택하는데 가장 중요한 요인은 바로 노출량이에요. 좋은 발음을 일정 이상 듣게 되면 아이들은 자연히 그 발음을 자신의 발음으로 받아들이게 되고, 갈수록 안정적이고 완성도 있는 발음을 구사하게 될 거예요.

그래서 아이가 영어에 입문할 때는 부모가 발음이 좋든 안 좋든 최선을 다해서 아이의 조력자가 되어야 한다는 생각입니다. 설명에 문제가 있지 않다면 그걸로 된 거죠. 부모의 역할은 아이와 감정적 동반자가 되어 아이의 흥미를 개발하고 모국어의 기반을 쌓는 동시에 영어에 대한 거부감을 줄이는 것이니까요. 얼마나 전문적인 지식과 훌륭한 발음을 아이에게 제공할 수 있을지는 그다음 문제라고 생각됩니다.

큰 애들이 빨리 배울까요, 어린 애들이 빨리 배울까요?

어떤 사람들은 조금 더 주체적이기도 하고 상대적으로 성숙한 사고 능력을 가진 큰 애들이 낫다고 하기도 합니다. 너무 어린아이들에게는 학습 효과가 없다는 것이죠. 하지만 저는 그 반대의견입니다. 듣기 변별력은 어린아이들이 더 좋거든요. 큰 애들은 발음을 고치기도 더 어렵고 원음을 받아들이는 수용 능력도 더 낮습니다.

치얼이 네 살 때, 방송 코너로 십 분이 넘는 분량을 녹음한 적이 있는데, 한 번 한 말을 처음부터 끝까지 한 글자도 안 틀리고 똑같이 외워서 말하더군요. 그게 어떻게 가능했을까요? 아이는 자기가 무슨 말을 하고 있는지 알고 있었을까요? 매일 얼마나 시간을 들였고, 얼마나 힘들었을까요?

사실 그 영상을 한 번만 보면 바로 알 수 있습니다. 치얼은 방송 내내 너무 즐거워하고 전혀 힘들어하지 않습니다. 본인이 무슨 말을 하는지 분명히 알고 있고요. 들인 시간은 별 것 없어요. 꼼짝 않고 앉아서 테이프를 들려준 것이 아닙니다. 매일 유치원 등원, 하원 시간에 차 안에서 한 번씩 들려준 게 다입니다. 기분이 좋을 때는 장난감을 갖고 놀면서 듣기도 하고요. 안 들을 때도 있지만, 매일 하루 두 번, 1~2주 동안 계속하다 보면 열에 여덟, 아홉 번은 듣는 셈이겠죠. 부모들도 전혀 어려울 것 없고, 아이도 즐거운 방식입니다.

영어 동화책을 읽어줄 때, 모국어로 설명을 해도 되나요?

제 주변 아이들이나 웹상에서 저에게 피드백을 해오시는 엄마들의 정보를 보았을 때, 중국의 가정과 학교에서 교육받는 아이들은 영어학습 초창기에 순수 영어만 사용하는 방식을 접하기가 참 어려운 것 같습니다. 부모님들이 아주 철저하게 만반의 준비를 하거나 아이가 영어 천재이거나 하는 특별한 경우를 제외하고는요.

아이들도 어른들과 똑같습니다. 중국어를 모국어로 기초를 닦으면, 읽지 못하고 듣지 못하는 새로운 것에 대해서는 배척하는 심리가 자연스럽게 형성되겠죠. 영어로 된 애니메이션이 어느 정도 그런 거부감을 줄여줄 수는 있지만, 봐도 무슨 소리를 하는지 모른다면 지식 축적이나 학습능력 증진에는 큰 도움이 되지 못하겠죠. 기껏해야 오락 거리 정도

랄까요.

그나마 중국어와 영어를 병용한다면, 최소한 아이가 새로운 언어를 받아들이게 만들고 계속 학습해나갈 가능성은 열리게 될 거예요. 글자 하나하나, 문장 하나하나를 낱낱이 해석해주라는 말은 아닙니다. 그건 너무 지루하고 너무 공부잖아요. 이야기는 이야기대로 들려주고, 대략적인 뜻을 알려주면서 가끔 중요한 단어만 강조해 주는 것으로도 충분할 거예요.

발음 : 어떻게 해야 우리 아이가 네이티브처럼 말할까?

어제 친구들 사이에서 한 영상물이 화제였습니다. 화이브라더 스 왕중레이王中磊 사장의 어린 아들이 시장에서 만난 외국인과 유창하 게 대화하고 통역까지 하는 내용이었죠. 영어 수준은 분명 전문적인 수 준이나 다름없었고요. 영상 속의 꼬마는 자신감 넘치고 유창한 영어를 구사했어요. 얼핏 듣기에는 거의 모국어와 비슷한 수준이었는데, 그렇 게 되기까지 2년밖에 걸리지 않았다고 하더라고요. 아마 수많은 엄마, 아빠가 그 영상을 보면서 남의 집 아이를 부러워했을 것 같네요.

사실 우리 주변에도 영어를 잘 하는 아이들이 적지 않습니다. 제가 본 한 가정은 부모님이 아이들의 영어공부를 아주 중시해서 아이가 집에 서 항상 원음 교재를 보고 듣는 동시에 각종 영어 학원에서 영어 교과 서를 공부하고 이런저런 테스트와 등급시험에 쉴새 없이 응시하더라고 요. 그렇게 해서 아이가 영어를 그럭저럭 사용할 정도는 도달했지만, 말을 할 때마다 뭔가 한 가지가 아쉽다고 했습니다. 그게 뭘까요?

혹시 왕중레이의 아들이 나온 영상을 보게 된다면, 알 수 있을 거예 요. 아이가 하는 말 자체는 비교적 간단합니다. 사용하는 단어도 딱히 고난도는 아니고요. 그 전부터 부모가 영어를 중요시한 걸 생각하면, 몇 년 배운 것으로 그 정도 대화를 하는 것 역시 그리 어려운 일이라고

할 수는 없습니다. 그런데 그 아이가 하는 영어가 유독 사람들을 깜짝 놀라게 한 이유는 무엇일까요? 우리 주변의 아이들이 하는 영어가 듣자마자 중국식이라고 느껴지는 이유는요?

그 차이는 바로 억양에 있습니다. 많은 부모님이 아이의 영어 실력을 판단할 때, 어휘를 얼마나 많이 배웠는지, 문장을 얼마나 많이 외우고 있는지, 책을 몇 권이나 읽었는지, 얼마나 숙독했는지 등을 따집니다. 그런데 중요한 한 가지를 간과하기가 쉬워요. 바로 억양과 발음입니다.

그럼 오늘은 이에 관해 얘기해봅시다.

억양이란?

간단히 우리가 '발음'이라고 말하는 억양은 '억양Accent=발음Pronunciation, 소리내기+어조Intonation'라고 할 수 있습니다. 영어만 놓고 봤을 때, 이해가 잘 안 된다면 각 지역의 방언을 떠올려보세요. 발음과 억양에 대해 어느 정도 이해가 가실 거예요.

아이의 발음이 왜 중요한가?

영어 발음에도 다양한 분류가 있습니다. 영어의 주류는 영국식 발음 (억양)과 미국식 발음(억양)이죠. 이 둘의 가장 큰 차이는 모음 뒤의 r을 굴리느냐 아니냐에 있습니다.

제가 좋아하는 영국 억양만 해도 종류가 다양해요. 우리가 가장 익숙하게 알고 있는 BBC 등에서 사용하는 것은 정통 발음이죠. 영어 발음의 가장 표준이 되기 때문에 RPReceived pronunciation, 또는 King's/ Queen's English(현재 통치하는 사람의 성별을 따름_역주)라고 칭하는데, 들기에 아주 우아하고 신사적이며 귀족적인 분위기가 납니다. 한 사람의 발음은 그 사람의 교육이나 출신 배경을 드러내기도 하고 계급이나 계층의 동질감을 형성하는 중요한 요인이 되곤 하죠. 그래서 영국의 지식인들이나 중산층, 정계인사들은 보통 RP를 사용한답니다.

우리 아이가 네이티브 발음을 하게 만들려면?

어떤 부모님들은 이렇게 말하기도 합니다. "아이에게 좋은 교재 사서 보여주고 들려주고 하는데, 발음 정도는 자연스럽게 훈련이 되어야 하는 것 아니냐?" 그럼 이미 일정 기간 그렇게 하셨으니, 자가로 평가를 한 번 해보시죠. 아이의 발음이 많이 나아졌나요? 제 생각에 많은 아이가 아직도 전형적인 중국식 영어 억양을 유지하고 있을 것 같네요. 어휘나 문장 구사는 자연스럽다고 하더라도요. 그럼 이런 문제의 원인은 도대체 어디에 있을까요?

저는 이렇게 생각해요. 첫째, 많은 부모님이 억양의 중요성에 대해서 깨닫지 못하고 계세요. 억양을 영어학습의 주요한 고려 사항에 넣지 않으니까요. 둘째, 그 중요성을 깨달았다고 해도 발음을 강조하는 학습이나 훈련을 일관되게 하지 못해요. 발음에 충분한 시간을 쏟지 않았으니 별로 효과를 보지 못하는 건 어찌 보면 당연한 결과겠죠.

아이가 영어 발음을 잘 하게 되는 것은 사실 그리 어려운 일도 아닙니다. 아이들의 모방 능력은 최고니까요. 아이들에게는 이렇게 소리 나는 이유, 음성, 어조, 연음, 발음 사이의 쉬는 것에 대한 이해가 필요하지 않습니다. 그저 들려주고 따라 하라고 시키면 됩니다. 언어학 수업에서 제가 배웠던 바로는, 아이들은 최대 열 몇 살이면 말소리와 소리의 변화에 대한 습득능력에 한계를 느낀다고 합니다. 그래서 그전에 발음을 습득해야 더 빠르고 효과적으로 수준을 업그레이드할 수 있겠죠. 여기에는 중요한 점이 두 가지 있는데요, 그중 하나가 바로 '들려주기' 입니다.

무엇을 들려줄까? | 애니메이션 혹은 영어로 된 동화, 동요 등의 원문 책을 보여주거나 원음 자료를 들려줄 수 있겠죠. 굳이 비교하면, 노래나 동요의 효과는 이야기와 애니메이션보다는 적은 것 같습니다. 아이가 관심 있는 주제를 고릅니다. 너무 어렵지 않은 것으로, 아이가 가볍고 재미있게 즐길 수 있는 것이면 계속 들려주기가 쉬울 겁니다.

영어공부를 갓 시작하는 단계의 아이들에게는 치얼이 아주 좋아했던 애니메이션을 추천해드릴게요. 하나는 〈빅 머지Big Muzzy〉인데, 남자아이나 여자아이나 다 괜찮지만, 남자아이에게 조금 더 적합할 것 같아요. 다른 하나는 〈페파 피그Peppa Pig〉인데, 여자아이들이 더 좋아하더라고요.

빅 머지는 BBC 작품이고 말하는 속도가 아주 느려요. 페파 피그보다 더요. 평소 자주 쓰는 상용 어휘, 일상 용어와 구절을 중심으로 여러 번 반복하는 식이고요. 어떤 표현은 동요나 잰말놀이(발음 공부, 입술과 발음 근육을 단련, 표준 옥스퍼드 잉글리시를 연습함) 형식으로 진행됩니다.

이런 애니메이션들은 제작된 지 몇 년씩 지나서 영상이 요즘 것처럼 선명하지도 않고 조금 구닥다리처럼 보이기도 해요. 하지만 치얼은 계속 재미있게 봐왔습니다. 애니메이션 속에 '코르박스Corvax'라는 과학자가 등장하는데요, 자기 이름이나 '프린세스 실비아Princess Sylvia'라고 이야기할 때는 아주 과장된 억양으로 말해요. 그걸 보고 치얼은 영어에도 다양한 억양이 있다는 걸 이해하게 되었답니다. 그리고 일부러 그걸 따라 하면서 배꼽을 잡고 웃어대기도 하고요. 그렇다고 해서 아이 발음에 시행착오가 생길 거라는 걱정은 할 필요가 없습니다. 아이들도 무엇이 옳은지 그른지 완전히 구분해낼 수 있으니까요.

페파 피그는 아주 유명한 편이죠. 여자아이들이 더 좋아하더라고 말씀드렸습니다만, 사실 페파 피그를 좋아하는 남자아이들도 아주 많아요. 페파는 여자아이지만 남동생이 있어요. 이 애니메이션은 따뜻한 가족애와 아이들의 천진난만함으로 가득하답니다. 치얼이 이걸 볼 때마다 옆에서 다른 일을 하면서 함께 들었는데, 언제나 웃음소리가 끊이질 않는 행복한 돼지 가족의 즐거운 이야기예요.

제일 처음 치얼이 좋아했던 시리즈는 〈폴리 패럿Polly Parrot〉이에요. 아마 거짓말 하나도 안 보태고 수백 번은 봤을 텐데, 생각보다 아주 빠르게 토씨 하나도 안 틀리고 발음까지 완벽하게 복제해내더군요. 제 주변에 다른 친구들의 아이들도 이 애니메이션을 금세 따라 했답니다.

어떻게 들려줄까? | 우선 자료를 잘 골랐다면 책 한 권이든 애니메이션 영상 한 편이든 반복해서 귀에 익을 때까지 들려주세요. 하나만 많이 듣는 것보다는 각 편에 대한 가벼운 인상만 남길 정도면 좋습니다. 애니메이션 시리즈라면 각 편당 한두 번 정도, 최다 세 번을 넘기지 않게 합니다. 그리고 나서 음성만 계속 반복해서 들려줍니다. 화면은 이미 보았기 때문에 익숙할 테니 소리를 들으면 머릿속에 화면이 그려질 것이고 거기에 음향효과를 더하면 지루하게 느끼지는 않을 거예요. 이

야기책은 우선 책을 한두 번 읽어주고, 소리만 들려주거나 책을 보면서 음원을 듣게 합니다.

그리고 다른 중요한 점 한가지는 바로 '의식적으로 따라 하기'입니다.

이 방법은 단순히 들려주고 귀를 틔우는 방법과는 큰 차이가 있어요. 귀를 틔우는 반복적인 듣기는 오리지널 문장구조로 말하는 법을 터득하게 하고, 반복을 통해서 단어를 쉽게 기억하게 합니다. 하지만 표준 발음을 구사하게 하려면 소리와 어조를 의식적으로 모방하게 시켜야 하죠.

만약 여러분이 발음, 억양의 중요성을 의식하지 못하고, 그래서 아이에게 따라 읽기를 요구하지 않는다면, 아이는 단어와 문장구조를 익히는 데만 주의를 집중하게 될 거예요. 그건 발음이 쏙 빠진 반쪽짜리 네이티브 잉글리쉬가 되겠죠.

그럼 모방은 어떻게 해야 할까? | 적절한 교재를 고를 때가 특히 중요합니다. 〈옥스퍼드 리딩트리〉, 〈하이네만Heinemann〉처럼 원서 교재와 음성 부교재가 세트로 이루어진 단계별 읽을거리라면 아주 좋은 선택이라고 할 수 있어요. 그 외에도 음원이 딸려 있거나 꼼꼼하게 제작되고 말의 빠르기가 비교적 느린 짧은 이야기 원서도 괜찮은 선택지이고요. 교재를 고르고 책을 보면서 소리를 들을 때는 한 문장씩 듣고 따라 하게 합니다. 말투, 어조 등을 음원과 최대한 비슷하게 흉내 내서 소리 내게 합니다. 길이가 긴 이야기책은 모방하며 연습하기에 그다지 적절하지 않아요. 여러 챕터로 나뉘는 책은 보통 내용이 더 어렵기도 하고, 아이가 줄거리에 집중하느라 발음에 신경 쓸 겨를이 없을 테니까요. 그

외에도 이런 책은 보통 말의 속도도 빠른 편이고 문장도 길어서 읽기가 여간 어려운 게 아니죠. 꼭 선택해야만 한다면, 책을 읽어주는 기능이 있는 펜을 곁들인다면 좀 나을 것 같아요.

의식적으로 발음에 공을 들이는 학습법으로 일정 기간 따라 읽기를 하다 보면 아이에게 이런 현상이 나타나는 것을 발견할 수 있을 겁니다. 반복적으로 읽었던 내용은 네이티브 발음이 가능하지만 새로운 내용을 접하면 다시 원래의 중국식 발음으로 돌아가는 거죠. 이는 시간과 듣기 양의 문제이긴 합니다. 치얼의 경험을 살려 이야기하자면, 많이 들으면 들을수록 기초는 점점 튼튼해지고 영어로 발음하는 것 자체가 무의식적인 행위로 변합니다. 그러면 아이는 새로운 글을 만나도 저절로 자연스러운 발음을 해서 여러분을 놀라게 하겠죠.

발음 연습 꿀팁

먼저, 최대한 권위 있고 믿을만한 내용과 음원을 바탕으로 한 교재를 고르세요. 다만, 너무 인기가 없는 것은 피하셔야 합니다. 발음이 좋고 나쁨을 판별해내지 못하는 부모님들이라면 아무래도 고전적인 교재를 고르는 것이 실수를 피할 수 있는 팁입니다.

그리고 음원을 고르게 될 겁니다. 한 가지를 선택했다면, 단기간에 빈번하게 음원 교재를 교체하지 마세요. 예를 들어 아이에게 영국식 억양의 교재를 들려주었다면, 일정 기간 계속해서 들려주고 발음이 안정되었을 때 미국식 교재로 바꾸는 식입니다. 영국식과 미국식을 섞어서 들려주면 아이는 혼란스럽게 되고 제대로 된 발음 형성 또한 더디게 됩니다. 억양도 뒤섞여 굳어질 수도 있고요.

마지막으로, 절대로 아이 혼자 감당하게 두지 마세요. 부모가 관리 감독하고 함께 공부하는 것은 지극히 중요합니다. 어떤 부모님들은 혀만 굴리면 네이티브 발음인 줄 알아요. 그런 분들은 아이하고 함께 음원을 듣고 애니메이션을 보다 보면 아이의 발음과 원음 발음이 어떤 차이가 있는지 깔끔하게 구분해낼 분별력이 생기겠죠. 그리고 더 나아가 아이의 발음이 유창해지도록 돕기도 하고 시행착오를 줄일 수도 있을 겁니다.

읽기 : 더 잘 읽도록 계속 주문하라

아이들의 영어 읽기와 관련해 우리가 쉽게 빠지는 오류가 있는데요, 바로 특정한 순서에 따라야만 한다는 인식입니다. 예를 들자면, 무슨 책을 읽은 다음에는 무슨 책을 읽어라, 혹은 어떤 방법을 필수적으로 따르지 않으면 발전이 없다고 생각하는 것 등이죠. 그런데 제가 만나는 아이들과 가정이 많아질수록 깨닫는 것이 있습니다. 방식과 방법은 제각각이어도 아이들은 비슷한 수준에 도달한다는 것이죠.

예컨대 한 친구의 아이가 페파 피그를 아주 제 손바닥 꿰듯이 줄줄 꿰고 있어요. 완벽하게 외우지는 못하지만 수십 권이나 되는 동화책, 수백 편의 애니메이션을 익숙하게 알고 있고 내용도 이야기할 수 있죠. 그 과정에서는 부모님의 노력이 빠질 수 없었죠. 결정적인 팁을 주거나 이야기를 해석해주고 함께 읽고, 또 역할놀이, 지식전달을 하는 등등이죠. 듣고 말하고 읽는 식의 학습이 다방면으로 누적되면 앞으로 아이들의 읽기는 아주 순조롭게 발전해나갈 수 있을 거예요.

치얼의 한 과외 친구는 엄마가 〈찰리야 부탁해Good Luck Charlie〉라는 드라마를 보여줬대요. 저는 그다지 눈여겨보지 않았던 드라마인데요, '디즈니채널'에서 2010년부터 방영한 가족시트콤드라마입니다. 그 집에서는 엄마와 아이가 시즌1부터 시즌4까지 반복해서 돌려보았다고 해요. 처음에는 무슨 말인지 못 알아들었지만, 인터넷에서 대사 한 마디 한 마디를 찾아서 아이와 함께 씹고 뜯고 맛보고 즐겼다고 하는데, 아이 영어 실력이 눈에 띄게 쑥쑥 성장했어요. 예전에는 아무리 보아도 떼지 못했던 짧은 동화책을 뛰어넘어 이제 긴 줄거리로 된 책을 읽는다고 하네요.

저는 이렇게 성공적으로 아이를 이끄는 부모들에게 공통점이 있다는 걸 발견했어요. 첫째, 주관이 뚜렷하다. 둘째, 끈기가 대단히 강하다.

무엇을 두고 주관이 뚜렷하다고 하는지는 사람마다 보는 견해는 다릅니다. 저는 이렇게 생각합니다. '한 가지 길을 굳게 믿고, 다른 어떤 요인으로도 방해받지 않고 계속 나아가는 것.' 제가 위에서 언급한 부모님들은 딱 한 가지를 골라 한 길만 쭉 팝니다. 온갖 현란한 선택지에 한눈을 팔지 않습니다.

저는 아이에게 〈찰리야 부탁해〉를 보여준 엄마가 참 신기했어요. 다른 사람들 대부분이 아이 영어교육을 애니메이션부터 시작하는데 이 엄마는 왜 이 드라마를 골랐을까요. 그 엄마 말로는 아이가 애니메이션을 틀어놓으면 가만있지를 못한대요. 그런 허구의 형상에 흥미를 느끼지 못한다나요. 그런데 진짜 사람이 등장하는 드라마는 이해하지도 못하면서 오랫동안 보고 있었다고 해요. 그래서 엄마는 자기 아이에게 드라마가 더 어울린다고 생각한 거죠. 다른 사람들이 무엇을 보여주든 그건 중요하지 않았던 겁니다.

끈기에 대해서는 사실 두말할 필요도 없죠. 아이들의 영어학습 여정에서 부모의 인내심과 끈기가 없다면 길을 걷는 것 자체가 어려울 테니까요.

그나마 아이가 스스로 책을 읽는 단계로 들어가면, 부모의 수고가 훨씬 덜하겠죠. 치얼은 몇 년 동안 함께 읽기를 한 결과, 지금은 매일 저녁 영어책 읽기를 할 때 제가 굳이 신경 쓰지 않아도 되는 정도가 되었어요. 치얼도 이제 책 속에 빠져들었을 때, 저에게 방해받고 싶지 않은 것이죠. 자기가 보다가 너무 웃긴 부분만 와서 저한테 보여주거든요.

그렇다고 해서 방임하고 제멋대로 두는 것은 아닙니다. 며칠마다 한 번씩은 제가 치얼표 공연의 청중이 되거든요. 제가 치얼에게 최근에 읽은 책 중에서 아무 책이나 골라 내용을 직접 이야기해달라고 부탁할 때가 있습니다. 단순히 줄거리를 이야기하는 일이라고 해서 우습다고 생각해서는 안 돼요. 적극적인 책 읽기에 동기를 부여하고, 읽은 내용을 과연 얼마나 이해하고 흡수했는지 테스트할 수 있는 계기가 되거든요. 잘만 이용한다면 아이의 부족한 점을 찾아서 보완할 수 있고 부모와 자녀 간의 정을 도탑게 할 수도 있답니다. 물론 테스트이긴 하지만, 글자 하나하나를 그대로 외우게 하는 것은 아닙니다. 그건 너무 고압적이고 아이에게 스트레스를 주잖아요. 재미있게 하는 것이 가장 좋습니다. 아이의 능력에 따라 간단하게 시작하는 거죠.

처음에는 아이가 책을 다 읽고 나서 대략의 줄거리만을 이야기할 수 있겠죠. 그러면 칭찬하고 격려해주세요. 제일 재미있었던 사건이나 부분만 이야기한다 해도 좋습니다. 나중에는 점점 책 안에 나오는 간단한 구절이나 문장으로 이야기를 하기 시작할 겁니다. 그렇게 점차 영어로 이야기하는 비중이 높아질 것이고, 결국에는 처음부터 끝까지 영어로 이야기해낼 수 있을 거예요. 책을 보면서 이야기하는 걸 좋아한다면 가끔 넘겨보게 해도 좋아요. 책 속의 문장 몇 개를 따와서 읽어보라고 해도 좋고요. 책 속의 원래 내용을 보지 않고 자신만의 말로 이야기하도록 계속 응원해주세요. 이 과정은 평소 책 읽기를 통한 정보 습득과 말하기 연습이 수반되어야 합니다. 조급해하지 마세요.

과학 도서와 비교해 줄거리가 있는 이야기들은 기억하기가 수월해서 '말해보기Retell' 연습을 하기가 좋습니다.

'아기 돼지 삼 형제'는 누구에게나 익숙한 이야기지요. 다양한 버전으로 출간되어 있는데요, 치얼이 읽은 것은 '라즈키즈Raz-Kids' 버전이었습니다.

치얼은 이 이야기를 한 번만 읽고도 저에게 이야기할 수 있었어요. 중국어로 이야기를 들어본 적이 있어서 아주 간단하게 해냈죠. 그렇게 말해보기를 끝낸 후, 우리는 두 가지 일을 해보았습니다.

첫째, 이야기 속에 등장한, 알아야 할 표현 방식에 관해 이야기했습니다.

이 이야기는 수많은 판본에서 이미 다양하게 수정되었습니다. 지금껏 늑대와 아기 돼지의 대화는 읽고 지나치기만 했지, 그렇게 눈여겨보지 않았는데 저만 보기 너무 아까운 거 있죠! 둘의 대화는 이렇습니다.

- Little pig, little pig, let me come in.
아기 돼지야, 아기 돼지야, 날 들어가게 해주렴.
- Not by the hair of my chinny chin chin.
어림없는 소리, 절대 안 돼!

아기 돼지의 이 대답이 어떤 뜻인지는 다들 아실 겁니다. 그런데 왜 굳이 저렇게 표현하는 걸까요?

19세기 영국에서는 수염이 남자의 존엄을 대표하는 아주 신성한 것이었어요. 그래서 '수염에 맹세코Swear by someone's beard'라는 표현이 아주 엄숙한 선언을 의미하게 되었죠. 셰익스피어의 〈베로나의 두 신사〉에는 이런 대사가 나옵니다.

- By, by my beard, will we, for he's a proper man.
맹세코, 그는 올바른 사람입니다.

그런데 돼지는 턱수염이 없잖아요. 아래턱에 드문드문 털이 있을 수는 있죠. 그래서 아기 돼지는 'by the beard'가 아니라 'by the hair'라고 자기 의지를 표현한 거예요.

그리고 뚱뚱하게 살이 쪄서 목과 한 덩어리가 된 자신의 턱을 강조하고, 운율을 맞추기 위해서 'chinny chin chin'이라는 조합을 만들어냈고요. 읽을수록 귀여운 표현이에요.

아기 돼지가 문을 열지 않겠다고 하니까 늑대가 이렇게 위협해요.

- Then I'll huff, and I'll puff, and I'll blow your house in.

huff는 바람을 내뱉는 것이고 puff는 들이마시는 거예요. huff and puff는 숨을 씩씩 몰아쉰다는 고정적인 표현이고요. 이 단어를 찾아보다가 '허세를 부리다'라는 뜻이 있다는 것도 발견했어요. 아이에게 이런 사항들을 하나하나 짚어주면, 나중에는 어떻게 표현해야 하는지 스스로 알게 되죠.

그리고 두 번째로 저희는 관련 애니메이션을 두 편 보았어요.

하나는 '디즈니'에서 제작했고 1933년 오스카상 '단편 애니메이션상'을 수상한 '아기 돼지 삼 형제'였어요. 이 판본은 노래와 춤이 흥겨웠어요. 초기 작품이어서 그런지, 부모님들에게도 향수를 불러일으킬 작품이었고요.

다른 하나는 '옥스브리지 베이비Oxbridge Baby'에서 제작한 '아기'돼지 삼'형제'였어요(유튜브에서 '옥스브리지 베이비'의 애니메이션 작품들을 다양하게 보실 수 있답니다. 너서리 라임Nursery Rhymes, 페어리 테일Fairy Tales, 키드 송Kids Songs, 룰라비즈Lullabies 등등으로 검색해요). 이 판본은 내용이 꼼꼼한 편이어서 최초 나왔던 버전에 충실하죠.

늑대와 아기 돼지의 대화에 관해 앞서 이야기 나누었기 때문에, 아이는 애니메이션을 볼 때도 그 부분에 특히 집중하게 됩니다. 그래서 그 표현을 따라 말하는 데 어려움이 없죠.

아이 교육 문제는 기본적으로 사정이 허락하는 한, 최대한 전문가에게 전문적으로 맡기기를 추천합니다. 모든 가정의 상황이 천차만별이고, 아이들 개개인의 차이는 그보다 더하죠. 여러 교육 콘텐츠와 자료가 난무하는 오늘날, 얼마나 좋은 교육이념과 철학을 가지고 아이를 이끄느냐는 아주 중요하고 결정적인 문제예요. 전문가들은 부모님들이 해온 오랜 방황과 무질서한 선택을 말끔히 해결하고 우리 아이들의 영어공부에 아주 명쾌하고 명확한 방향을 제시해줄 겁니다.

글쓰기 : 체계를 잡는 과정

작년 11월 말, 치얼은 영어로 〈올 어바웃 웨일All About Whale〉이라는 과학책을 썼어요. 고래를 소개하는 책이었죠. 한동안 해양생물, 특히 고래와 상어에 푹 빠져 지낸 시간을 총결산하는 책이었습니다. 제가 읽어보니, 몇 달 전보다 영어 실력이 훨씬 좋아졌더라고요.

무엇보다, 책으로써 격식을 제대로 갖추고 있었습니다. 시작 부분에는 목록도 있고, 마지막에는 새로운 단어목록까지 덧붙였고요. 그리고 내용도 아주 논리적이고 충실했습니다. 2학년짜리 꼬마의 작품치고는 아주 만족스러웠습니다. 물론 디자인 면에서는 말이 아니었지만요.

몇 달 전에 치얼 담임 선생님과 치얼의 글쓰기에 관해 상담한 적이 있습니다. 선생님은 치얼이 자기 생각도 있고 글 쓰는 재주도 좋다고 하더라고요. 이 선생님은 평소 엄하고 빈말을 안 하기로 유명하신 분이거든요. 아이들에 대한 평가도 객관적이고 냉정한 편이시고요. 그래서 선생님의 말씀을 들으니 저도 어깨가 으쓱했습니다.

저는 아이들이 쓴 글을 즐겨 읽습니다. 일기장을 살펴보면 왠지 그 장면이 눈에 선하게 펼쳐질 만큼 생동감이 넘치거든요.

요즘처럼 모든 물자와 필요한 자료가 풍부한 환경에서는 부모님이 제공하는 영어 듣기, 읽기, 말하기 자료로도 기본적인 학습에 문제가 없습니다. 그런데 유독 글쓰기만은 조금 어려움이 있죠. 외국어를 공부하고 외국어와 관련된 일을 하는 저 역시 처음에는 다른 대다수 부모처럼 어디서부터 손을 대야 할지 감이 잡히지 않았으니까요.

그래서 저는 우리 아이들의 영어 글쓰기에 지대한 관심을 쏟고 있답니다. 평이 좋은 교재와 글쓰기 연습 책을 수도 없이 연구했어요. 그런데 이런 책은 보면 볼수록 더 자극을 받게 돼요. 아이에게 이 모든 책을 보게 할 수 없는 게 안타까울 정도로요. 그러다가 결국 깨달았답니다. 시간은 제한되어 있으니 이 책들을 아무리 열심히 보게 한다 해도 영원히 다 볼 수 없고, 그전에 다른 방면의 학습이 제대로 되어있지 않으면 작문을 열심히 공부한다 해도 좋은 글을 쓸 수는 없다는 것을요.

글쓰기는 다른 사람에게 자신의 관점과 감정을 전달하기 위해 하는 것이죠. 때로는 자기 자신만을 위해 쓰기도 하고요. 다른 사람에게 생각을 공유하기 위해서도 하고 무언가를 잊지 않기 위해서도 합니다. 자기 자신을 더 깊이 알기 위해서도 하고 각기 다른 문제를 통해서 즐거움을 느끼기 위해서도 합니다.

이렇게 왜 써야 하는지 알려준 다음, 아이들에게 글쓰기의 대략적인 순서와 절차를 알려줍니다. 첫 단계는 개요를 기획하는 것이고, 두 번째는 초고 작성하기, 세 번째는 대문자나 문장부호, 알파벳 등 수정, 네 번째는 최종 편집, 다섯 번째는 발표입니다.

보통 우리는 제시된 그림을 보며 글을 써내는 방식으로 초급단계를 공부했지요. 화면과 상황을 미리 준비해 아이들이 무엇을 쓸지 한계를 두기도 했고요. 그런데 영어 글쓰기 책은 그보다 아이들을 먼저 독려하는 편입니다. 주제에 맞게 자기가 쓰고 싶은 내용을 쓰고 자신이 그린 그림을 곁들이는 식이죠.

국제학교의 수업이나 해외의 글쓰기 교재는 아이가 글을 완성하고 나서 발표Publish하는 과정을 중시합니다. 학교에서는 매 학기 1~2회씩 발표회를 열어 학생 하나하나가 연단에 나와 자기가 쓴 글을 발표하게 합니다.

글을 쓰고 발표하는 과정을 통해 아이들은 다양한 경험을 접하고 형식을 중시하는 법을 익히게 됩니다. 학교에서는 발표한 작품을 계속 보관하면서 그 속에서 아이가 발전해가는 모습을 확인할 수 있죠. 중국어 글쓰기에도 적용해볼 수 있는 좋은 방법이라는 생각입니다. 학교에서 그런 활동을 진행하지 않는다면, 부모님이 각 가정에서 아이가 쓴 글을 파일링 해두거나 아예 제본해서 책으로 만들 수도 있습니다. 아이에게는 분명히 고무되는 일이겠죠.

글쓰기 절차나 기술을 익히고 난 후에도 연습이 많이 필요합니다. 그리고 연습 때마다 그 절차들을 반복하죠. 아예 몸에 배도록 하기 위해서는 하나도 소홀히 해서는 안 됩니다.

만약 연습을 어떻게 해야 할지 모르겠다면 관련 있는 연습서의 도움을 받을 수 있습니다. 예를 들어 매달마다 이야기 주제를 부여하는 책을 이용할 수 있겠죠. 이런 책의 활용법은 글쓰기뿐만 아니라 말하기 연습에서도 유용합니다. 말을 할 때, 첫 마디의 단서가 되기도 하고 글쓰기 과제의 주제를 던져주기도 하니까요.

주제는 주어졌지만, 글쓰기를 하는 중에 아이가 쓸 말이 없다고 생각할 수도 있어요. 그러면 주제와 관련 있는 단어들을 함께 생각해보면서 힘을 실어줄 수 있습니다. 숲에 대한 글을 써야 한다면 삼림, 수액, 새

둥지, 다람쥐, 연필, 나뭇가지 등 다양한 단어를 연상할 수 있잖아요. 생각은 많이 하면 할수록 좋습니다. 준비된 단어량이 많아지면, 할 이야기도 많아지니까요.

이런 방식들로 하루 몇 분만 할애하면 됩니다. 아이에게 주제 하나를 던져주고 즉흥적이고 간단하게 말하고 쓰게 하면 돼요. 아예 말머리를 열어주어도 됩니다. "오늘 우리가 같이 시장에 갔어. 그런데 거기서 뜻밖에도…." 하고 말이죠. 이야기 주제는 아이 주변에서 자주 일어나는 일이면 가장 좋습니다. 쉽게 말하고 글로 쓸 수 있을 테니까요.

아이는 글을 쓰는 중에도 새로운 문제에 끝도 없이 부딪힙니다. 한두 문장을 쓰고 나니 더 쓸 말이 없거나 어법이 헷갈리거나 시제가 불명확하거나 알파벳 철자를 연거푸 틀리게 쓰거나 제시된 화제에 흥미를 느끼지 못하거나 하는 등이죠. 그럴 때 아이에게 무작정 의욕적인 글쓰기를 강요하는 건 욕심이나 다름없습니다. 그렇게 해서는 실력향상도 어렵고요. 그래서 도움이 될만한 방법 몇 가지를 공유합니다.

첫째, 무슨 수를 써서라도 아이의 글쓰기 의욕과 관심을 유지 시키세요. 말로는 쉽지만, 행동으로는 정말 어려운 일입니다. 아이가 몇 문장 쓰고 말거나, 틀린 부분이 속출하게 되면 "더 열심히 못 하니? 잘 좀 생각해봐." 하고 잔소리를 쏟아내게 되잖아요. 한두 번 실수는 괜찮습니다. 글쓰기란 원래 쉽지 않은 일이에요. 굉장히 싫증 나는 일이고요. 그래서 우리가 보기에는 전혀 좋지 못한 글이라도 일단 써내는 것만으로 칭찬해야 마땅합니다. 그것도 아주 격한 칭찬과 격려를요.

둘째, 글쓰기는 기교를 개발한다고 되는 일이 아닙니다. 그에 맞추어 스펠링, 어법, 어휘학습이 병행되어야 하죠.

가끔 학교 선생님이 연락을 해주세요. 치얼이 단어 테스트를 아주 잘 해내고 있다고요. 2학년 개학하고 얼마 지나지 않아 선생님이 3학년 과정인 〈사이트 워드Sight Words〉를 가르쳐준다고 하셨는데, 그저께도 단어 학습을 잘하고 있다고 문자를 보내주셨어요. "상상 이상으로 잘 해낸다above and beyond."라고요.

물론 실수가 없을 수는 없겠지만, 전체적인 어법과 어휘학습에서 효과를 본 게 아닌가 합니다. 집에서 '스콜라스틱Scholastic'의 〈석세스 위드Success With〉 시리즈를 학습하게 했는데요, 그중에서 어법과 어휘 부분이 아주 괜찮았습니다. 이 시리즈는 챕터 구분이 아주 상세한 편이었는데요, 어법과 어휘 외에도 읽기, 쓰기에 이어 수학까지 포함하더군요. 필요한 부분을 취사선택해 활용할 수 있을 거예요. 매 학습과목이 다양한 레벨로 구분되어 있고, 초급단계는 아주 쉬운 기초부터 시작해요.

셋째, 평소 책을 광범위하게 읽는다면, 아이가 좋아하는 책을 골라서 정독시키세요.

이건 제가 아주 깊이 체득한 방법이에요. 치얼은 평소 좋아하는 동화책과 가볍게 읽을 수 있는 초급수준 챕터북 외에도 〈마이 위어드 스쿨My Weird School〉과 〈신기한 스쿨 버스The Magic School Bus〉 세트를 반복해서 읽었습니다. 완전히 외워서 말해보기는 불가능하지만, 책 속에 나오는 말을 띄엄띄엄 이야기할 수 있는 정도는 돼요. 이 두 교재는 치얼의 글쓰기 기초를 닦아주는 역할을 했답니다.

처음 글쓰기를 하는 단계에서는 책 속에 나오는 문장 구절과 인물들의 대화를 무의식적으로 따라 썼어요. 주제에 안 맞거나 뜻이 통하지 않아도 자기가 생각하고 이야기하고 싶은 것을 표현할 수 있으면 그만이니까요. 그리고 정말 우연히도 이 두 작품은 모두 학교생활을 그리고 있었어요. 전자는 생활밀착형, 후자는 과학지식형이었죠. 그래서 치얼은 두 방면의 어휘와 지식을 다양하게 쌓을 수 있었고, 하고 싶은 말이 있으면 여기서 배운 표현들을 아주 능숙하게 활용했지요.

어떤 책을 정독해야 하는지는 다른 사람을 모방하려고 하지 말고 아이의 의견을 최대한 존중하는 것이 좋습니다. 복잡하고 어려운 책을 읽을 필요는 없어요. 〈페파 피그〉를 너무 많이 봐서 손금 보듯 꿰고 있는 아이를 본 적이 있습니다. 그런 아이가 일단 읽기와 쓰기를 공부하고 글쓰기에 착수하니 단순히 어휘량만 늘린 아이보다 훨씬 수월하게 글을 써내더군요.

넷째, 마지막으로 '바꿔쓰기'를 시도해보세요.

치얼의 선생님이 사용하신 방법인데, 굉장히 효과적이에요. 구체적인 활용법을 소개할게요. 예를 들어 아이가 상어에 대한 글을 쓰려고 한다면, 일단 상어에 관한 책을 한 권 읽게 합니다. 그리고 딱 한 가지 원칙만 지켜 글을 쓰게 해요. 책 속의 견해와 지식을 마음껏 사용하되, 원문을 그대로 쓰지 말고 다른 표현으로 글을 써보라고 하는 거죠. 그러면 아이는 책을 읽으면서 지식 저장고를 채우고, 글을 쓰면서 그에 필요한 내용을 골라냅니다. 그리고 자신만의 언어로 바꾸어 글을 쓰는 거죠. 이런 방법을 사용하면 비슷한 글을 쓸 때 어떤 문체를 사용해야 하는지 감을 잡는 연습도 됩니다.

아이의 어휘량과 독서량이 많아지면, 글 한 편을 쓰기 위해 읽어야 할 책을 두세 권, 혹은 더 많은 수량으로 늘립니다. 글 한 편 쓰는데 책을 한 권 내지는 여러 권 읽는 것이 너무 많다고 생각하지는 마세요. 아이에게 처음부터 너무 어렵고 심오한 책을 골라줄 필요는 없어요. 요즘 책 대부분이 재미있게 꾸며져 있기도 하고, 좋아하는 주제를 고르기만 한다면 아이들은 그림만 보고도 금세 흥미를 느끼고 집중하게 되니까요.

마지막으로 제가 좋아하는 글쓰기 관련 교재들을 말씀드릴게요. 첫 번째는 캘리포니아 교재로 유명한 〈라이트 소스Write Source〉입니다. 영어로 글쓰기 시작할 때 개요와 절차를 잡아준다는 책이에요. 스콜라스틱의 〈석세스 위드Success With〉 시리즈에도 글쓰기에 관련된 전문 가이드가 포함되어 있고, 내용 편성도 좋아요. 그냥 제가 개인적으로 라이트 소스를 조금 더 선호하는 것뿐이고요.

좋은 교재에 관한 이야기는 몇 날 며칠 밤을 새워도 다 못할 것 같아요. 그럴 시간에 좋은 것으로 우선 골라 잘 공부하도록 하세요. 그러면 반은 성공한 셈이죠. 욕심이 과하면 체하는 법이랍니다.

이 글을 맺으면서 그 책의 내용을 모두에게 공유합니다. 모든 아이가 글쓰기의 즐거움을 찾고, 그들의 세상을 글로 펼쳐 보일 수 있길 바라면서요.

> 글쓰기는 우리의 생각으로 종이를 가득 채우는 것입니다. 고민을 무척 많이 해야 하고, 쉽지 않은 일이죠. 글쓰기는 아름다운 외침이 되기도 하고 달콤한 속삭임이 되기도 합니다.
>
> 우리를 글쓰기를 하면서 공주, 혹은 영웅, 동물들의 세계로 갈 수 있고, 다른 생명의 삶을 경험할 수 있어요. 글쓰기는 우리의 삶 어디서든 빠질 수 없습니다. 수많은 독자도 함께하죠.
>
> 글쓰기는 비밀스러운 것입니다. 연애편지를 떠올려보세요. 그리고

선생님이 숙제에 덧붙여주시는 첨삭을 생각해보세요. 글쓰기는 우리의 생각을 글자로 바꾸어 다른 사람에게 전하는 것입니다.

펜을 사용하든 컴퓨터를 사용하든, 중요한 것은 글쓰기를 멈추지 않는 것입니다. 다양한 글쓰기 방식으로 다른 독자들에게 자신의 글을 보여주세요.

글쓰기를 매일 합시다!

CHAPTER 8

둘째 아이

: 둘째를 낳기 전에 준비할 것들

먼 훗날, 세상에 둘만 남았을 때, 진쯔와 오빠가 세상에서 가장 가까운 사이라는 건 중
요하지 않아요. 중요한 건, 그녀가 우리 삶에 들어온 첫날부터 이미 우리 인생이 포근
하고 풍성해졌다는 점이죠. 우리 모두 진쯔 덕분에 성장하는 중이죠. 앞으로도 계속 진
쯔와 정답게 함께하길 바랍니다. '함께 하는' 이 시간이야말로 둘째가 우리 가족에게
선사한 행복이니까요.

왜 둘째를 낳으려 하는가?

예전에 자신에게 무수히도 물었던 질문입니다. '내가 왜 둘째를 낳으려고 하지?'

몇 년 전, 한 선생과 저는 둘째를 낳아야 할지 말아야 할지 토론을 했었습니다. 그때 저를 제일 망설이게 했던 부분은, 아이가 뱃속에서 열 달, 그리고 유치원에 갈 때까지 최소 4년이라는 시간 동안 먹이고 입히고 가르치고 희로애락을 함께 겪으며 노심초사해야 한다는 점이었어요. 사람들은 일생에 이런 4년을 몇 번이나 보낼 수 있을까요? 저는 그 4년을 이제 겨우겨우 끝냈는데, 또다시 4년을 똑같이 보내고 싶지는 않았습니다. 저보다 아이에게 더 신경을 쏟는 부모라면 4년이 아니라 10년도 부족하겠지만요.

애지중지 보배처럼 여긴 아들이 어느 정도 크고 나니 마음이 놓였습니다. 더구나 학교에 입학해 이것저것 배우고 사리 분별도 할 줄 알고, 무엇이든 혼자 척척 해내니 이제 좀 홀가분해진 상태였죠. 하고 싶었던 것들도 더는 그림의 떡이 아니게 되었고요. 그런데 둘째 아이가 태어나자, 모든 게 다시 멀고 먼 꿈이 되어버렸답니다.

둘째를 돌봐야 하기 때문에, 꼭 해야 하는 일이 아니면 아무리 매혹적인 일이라도 포기해야 했어요. 치열의 놀이 활동도 마찬가지였죠. 어떨 때는 혼자 둘을 데리고 놀이방에 갈 수 없어서 진쯔를 아빠에게 맡기거나 아예 안 가거나 그도 아니면 온 가족이 총출동해서 북적거려야만 했어요. 둘째가 생기고 나서 큰 아이를 돌보는 데 아무런 영향이 없었다고 말할 수는 없는 것 같아요. 무의식중에 큰 아이에게 요구하는 것이 많아지고, 그래서 아이도 어느새 더 빨리 성장하게 되었거든요. 어쨌든 한 아이를 씻기던 시간에 둘을 해결해야 하고, 잠자리에서 읽어주던 동화책 다섯 권은 두 권으로 줄게 되고, 큰 아이에게 100% 쏟던 신경을 지금은 50%씩으로 나누거나 그보다 더 많은 부분을 둘째에게 할애해야 했습니다. 똑같이 사랑하고 보살펴주어야 하는데, 그건 육체적으로나 정신적으로나 힘에 부치는 일이고요.

저희의 생활은 진쯔로 인해 많은 변화가 있었습니다. 치얼은 이제 사랑을 독차지하는 외동아들이 아니게 되었고, 저와 한 선생에게는 똥오줌을 받아내는 고통의 나날이 다시 시작되었죠. 하지만 진쯔가 우리 삶에 들어와 함께하는 내내, 저희는 진쯔가 더 일찍 저희 곁에 오지 않은 것을 안타까워했답니다.

TV로 농구경기를 보고 있는 아빠 곁에 한참을 앉아있던 진쯔가 없어집니다. 그러면 아빠는 소파 아래 구석에서 매트와 뒹굴고 있는 진쯔를 찾아서 다시 매트 위에 얌전히 올려놓습니다. 그리고 둘이 이어서 농구를 봐요. 아주 오랫동안, 농구경기장의 현장음 말고는 아무 소리도 나지 않죠.

진쯔는 오빠와 책을 볼 때도 마구 만지거나 붙잡지 않아요. 다리를 오빠의 다리 위에 건방지게 턱 걸쳐놓고 있을 뿐이죠. 수다쟁이 오빠는 쉴 새 없이 재잘거리면서 책을 읽다가 혼자 미친 듯이 웃고는 진쯔에게 또 계속해서 이야기합니다. 진쯔는 사실 책을 읽지도 이야기를 듣지도 않아요. 그냥 오빠만 뚫어지게 쳐다보고 있습니다. 존경의 눈빛인지 이상한 놈을 쳐다보는 눈빛인지 알 수 없어요.

진쯔는 엄마와 함께 애프터눈 티를 마시기도 합니다. 이것저것 더듬거리고 발을 테이블 위에 올려놓으면 숙녀답지 못하다고 핀잔을 주어도 저는 아무 잘못 없다는 듯 순진무구한 눈빛으로 저를 바라보죠. 그 자그맣고 오동통한 몸을 품에 안으면 온 세상을 다 주어도 바꿀 수 없는 행복이 밀려온답니다.

진쯔가 오고 전 알게 되었어요. 핏줄이라는 게 그렇게 신기할 수 없더라고요. 진쯔는 잘 울지 않는 편인데 너무 졸리거나 배가 고프면 불평하듯이 끙끙 앓아요. 그런데 문제는 진쯔가 칭얼거릴 때마다 치얼이 대성통곡을 한다는 거죠. 엉엉 울면서 이렇게 말합니다. "진쯔 울리지 마요, 엄마. 밥 줘요, 아니면 안아주거나, 아니면 뭐가 필요한지 빨리 봐요. 빨리해줘요."

한 번은 친구가 집에 왔다 가면서 문 앞에서 서서 장난으로 이렇게 얘기했죠. "이모가 동생 한 이틀만 데려가도 되지?" 치얼의 눈가가 금세 빨개졌어요. 온순하기 그지없는 애가 처음으로 씩씩대면서 문 앞을 막고 이렇게 말하더군요. "내 동생은 아무도 못 데려가요!"

진쯔는 생긴 게 약간 장군감인 데다 몸집도 큰 편이에요. 생후 6개월에 한 살 반짜리가 입는 옷을 입어야 했거든요. 애 둘을 데리고 외출하면 사람들이 이런 칭찬을 해요. "누나는 예쁘장하고, 남동생은 씩씩하게 생겨서 귀엽네요." 하도 그런 말을 많이 듣다 보니 저와 한 선생은 이제 일일이 해명하기도 지쳤어요. 심지어 한 선생은 딸애를 안고 이런 농담도 하죠. "우리 딸내미, 오빠는 약해서 바람 불면 날아갈 것 같지. 나중에 크면 네가 오빠 보디가드 하면 되겠다."

그때마다 저는 몇 년이 지난 후의 모습을 떠올립니다. 가녀린 미소년 옆에 서 있는 하얗고 통통한 여동생의 모습을요. 그리고 갑자기 둘째 아이가 우리에게 어떤 의미인지 깨닫죠.

먼 훗날, 세상에 둘만 남았을 때, 진쯔와 오빠가 세상에서 가장 가까운 사이라는 건 중요하지 않아요. 중요한 건, 그녀가 우리 삶에 들어온 첫날부터 이미 우리 인생이 포근하고 풍성해졌다는 점이죠. 우리 모두 진쯔 덕분에 성장하는 중이죠. 앞으로도 계속 진쯔와 정답게 함께하길 바랍니다. '함께 하는' 이 시간이야말로 둘째가 우리 가족에게 선사한 행복이니까요.

사이 좋은 두 아이, 최고의 선물

지난주 금요일, 두 아이를 데리고 외출을 했는데 돌아오는 길에 진쯔가 떼를 쓰는 거예요. 샌드위치를 입속에 밀어 넣던 치얼이 비닐봉지 안에 있던 빵을 조금 뜯어 진쯔의 입에 넣어주었더니 진쯔가 칭얼대는 걸 딱 멈추었어요. 그리고 기분 좋게 '꺄르륵' 하는 소리까지 울려 퍼졌어요. 그리고 치얼이 곧바로 아이를 어르더라고요.

"착한 진쯔, 오빠가 하나 더 줄게. 천천히. 울지마, 울지마."

저는 운전을 하느라 둘이서 하는 대로 계속 내버려 두었습니다. 치얼이 예뻐죽겠다는 듯 이렇게 말하더라고요.

"진쯔야, 잠깐만. 입이… 차가 너무 어두워. 오빠가 불 좀 켤게. 입을 못 찾겠어."

그 말에 저는 완전히 빵 터지고 말았죠. 둘이 매번 저러고 나서 차에서 내리면 빵이나 케이크 부스러기, 퍼프 과자가 진쯔의 몸 주변 여기저기에 흩어져있거든요. 그게 다 어둡고 흔들리는 차 안에서 동생 입에 빵 조각을 넣어주려다 실패한 흔적들이었던 거죠. 치얼이 영문을 모르겠다는 듯이 중얼거린 이유도 바로 이것이었습니다.

"분명히 입에다 빵을 넣어줬는데, 어떻게 계속 우는 거지?"

한 번은 치얼이 도저히 못 견디겠다는 듯이 그런 말도 했었거든요.

"엄마, 내가 예를 들어볼게요. 진쯔한테 빵 먹이는 건요, 돌사자 입에 있는 돌이 자꾸 떨어지는데 계속 주워서 올리는 것 같아요. 진쯔가 그렇잖아요. 계속 배고프다고 하고 엄청 많이 먹잖아요. 그래서 너무 바빠서 내 것은 못 먹어요."

속으로는 너무 웃겼지만, 사실대로 말해주진 않았답니다. '네가 빵을 목 안으로 옷 안으로 집어넣었으니까 그랬던 거지. 그러니까 계속 배가 고프다고 더 달라고 보채는 거였어.'

그래도 치얼은 계속해서 끈기를 가지고 동생에게 잘 대해줍니다. 언제나 부드럽고 상냥하게, 심지어 너무 지나치게 어르고 달래는 것 같기도 해요. 진쯔는 오빠 껌딱지예요. 오빠가 있는 곳이라면 산을 넘고 물을 건너서 찾아가죠.

저는 이 오누이가 서로 부대끼며 어울리는 모습을 지켜보길 좋아합니다. 저희 세대처럼 한 자녀 가정에서 외동으로 자란 사람들에게는 없었던 삶을 체험해볼 수 있거든요. 둘을 보고 있으면 형제간의 우애가 얼마나 귀하고 소중한 것인지 부모의 관점에서 깨달을 수가 있어요. 특히나 둘이 함께 책을 읽거나 무언가를 먹는 것이 그렇게 보기 좋을 수가 없어요. 아직은 진쯔가 너무 어려서 함께 먹을 수 있는 음식이 많지는 않지만요. 저는 운전을 할 때마다, 룸미러로 카시트에 앉아있는 아이들을 봐요. 오빠가 동생의 퍼프 과자를 손에 들고 너 하나 나 하나 먹여주면서 수다스럽게 이야기하는 모습을 보면 마음속까지 따뜻해진답니다. 부럽기도 하고요.

치얼과 진쯔가 처음 만났던 때를 아직도 기억합니다. 치얼은 한쪽에서서 흥분을 감추지 못하면서도 감히 손을 뻗어 만질 생각을 못 했죠. 둘이 친해지고 나서는 언제 어느 때고 진쯔가 울기만 하면 치얼이 만사를 제쳐두고 달려가서 달래주었고요. 물론 남자 꼬맹이가 여자 아기를 달래는 게 매번 순조롭지는 않았지만, 치얼이 장난감을 잔뜩 가져다가 안겨주면 진쯔는 신기하게도 울음을 뚝 그쳤습니다.

학교 끝나고 돌아오는 오빠를 발견하면, 진쯔의 입꼬리는 올라갑니다. 반가움의 미소가 얼굴에 환하게 드러나는 거죠. 하루 동안의 그리움과 걱정은 모두 깨끗이 잊은 지 오래입니다. 몸을 앞으로 기울고 두 손은 오빠를 향해 활짝 뻗은 채, 입으로는 왱알왱알 소리를 질러대죠. 그러면 오빠도 실눈을 뜨고 터져 나오는 웃음과 함께 소리를 지릅니다. "진쯔~!" 그리고 동생에게로 돌진해 꼭 안아줘요. 매일 보는 이 행복한 장면을 어떤 말로 표현해야 할지 모르겠어요. 저는 그냥 바보처럼 입을 귀에 걸치고 지켜볼 뿐이랍니다.

여태까지 치얼이 동생에게 화내는 걸 본 적이 없어요. 짜증 섞인 소리한 번 내는 법이 없었답니다. 야단치는 아빠 엄마에게는 기세가 등등하면서도 여동생에게만은 언제나 상냥하게 대해줘요. 자기가 온 정성을 다해서 만든 소중한 보물 레고를 엉망으로 망가트려도 아주 조심스러운 말투로 소심하게 이야기한다니까요. "진쯔, 다음에는 오빠 물건을 이렇게 망가트리지 말아 줄래?" 그러면 진쯔는 레고 조각들 사이에 앉아 영문을 모르겠다는 듯이 순수한 눈빛으로 오빠를 봅니다. 뚫어지게 봐요. 그러면 오빠는 그만 웃음을 터뜨리고 말아요. 그 웃음은 원망도 포기도 아닌 기쁨과 사랑으로 가득합니다.

처음에 흔들의자에 앉아서 오빠의 목소리를 듣기만 하던 진쯔가 나중에는 의자에 얌전히 앉아 오빠가 노는 것을 치켜보더니, 요즘에는 책상 옆에 서서 오빠가 숙제하는 모습을 지켜봅니다. 마치 하룻밤 사이에 다 커버린 것 같아서 감개무량하네요.

아이가 둘 또는 그 이상으로 있는 가정에서는 큰 아이가 많든 적든 상실기를 겪을 수밖에 없죠. 치얼도 갑자기 폭발한 때가 있었어요. 그때 대성통곡을 하면서 이렇게 이야기하더라고요. "너무 싫어. 다들 동생만 보고 아무도 나랑 안 놀아주잖아."

제 기억으로는 그게 아마 치얼이 화를 낼 수 있는 최대 한계치였던 것 같아요. 정말 애가 얼마나 너그러운지. 땅바닥을 데굴데굴 구르고 떼를 써도 저희는 사실 받아들일 준비가 되어있었거든요. 그런데 제자리에 가만히 서서 울기만 하더라고요. 저는 그런 치얼을 품에 안고 등을 토닥이면서 달래주었습니다. "아니면 진쯔를 할머니 집에 며칠 보내자." 그러자 놀랍게도 치얼이 감전이라도 된 것처럼 펄쩍 뛰는 게 아니겠어요. 치얼은 눈물도 채 닦지 못하고 고개를 힘껏 흔들며 이야기했습니다. "그건 안돼요. 동생은 아무 데도 못 보내요!" 눈빛 속에 서린 약간의 분노와 결연함에 저는 울지도 웃지도 못했죠.

그때 이후로 치얼은 동생이 수행원처럼 따라붙는 것도 기꺼이 감수하고 있습니다. 꼬맹이 녀석은 오빠가 숙제할 때 책상 옆에 서서 혀를 날름거리고, 음식을 먹을 때는 입을 벌리고 간절한 눈빛을 보내죠. 책을 읽을 때는 건방진 자세로 허세를 부리고요. 그래도 오빠는 여동생에게 매일 이야기를 들려줍니다. 얼마나 알아듣는지는 알 수 없지만요. 둘은 장난감도 같이 갖고 놀고, 병원에도 함께 가고, 차도 함께 타고, 쇼핑도 함께 하고, 놀이공원도 함께 가요. 함께 책상 밑으로 숨어들어서 엄마, 아빠와 함께 일도 하고요….

언제나 함께인 둘의 그림자를 볼 때마다 제 결정이 얼마나 다행스러운 일이었는지를 떠올립니다. 그리고 이 두 개구쟁이를 돌보는 고생쯤은 얼마든지 할 수 있다고 생각하죠. 두 아이가 있는 가정이 얼마나 행복한지 백번 말로 설명하고 설득하려 해도 직접 겪어보는 것만은 못한 것 같아요.

아이들이 저를 의식하고 있지 않을 때, 둘이 서로를 바라보는 모습을 자주 훔쳐봅니다. 따뜻한 마음으로 동생을 바라보고 존경하는 애틋한 마음으로 오빠를 바라보는 둘을 보고 있으면 아름답고 행복한 미래가 저절로 떠오른답니다.

세상에 편애하지 않는 부모가 정말 있을까?

1년 전쯤, 둘째가 생긴 것을 알고 저는 꽤 고민이 깊었습니다. 사랑스러운 아들에게 저도 모르게 미안한 마음이 든 것이죠. 부모님의 무조건적 사랑을 앗아가는 존재가 이 세상에 태어나면 첫째인 치얼이 이를 어떻게 받아들일까?

외동이었던 저와 한 선생은 궁금하긴 했지만, 형제자매끼리의 감정은 느껴볼 기회가 전혀 없었죠. 그런데 저희 외할아버지는 제가 어릴 때부터 항상 이런 말씀을 하셨어요. "세상 모든 부모는 둘째를 좋아한다!" 외할아버지는 이 말을 방패 삼아, 저희 어머니를 완전히 편애하셨어요. 한 번도 흔들리지 않고 말이죠. 아마도 외삼촌은 불만을 안 가질 수 없었을 거예요. 그래서일까요 저도 어릴 때부터 그런 생각을 해왔습니다. 막내는 부모가 제일 편애할 수밖에 없는 존재라고요.

그런데 저에게 첫아들이 생기니 그런 생각은 완전히 없어지더군요. 어리고 귀여운 아들을 키우는 몇 년 동안, 저는 둘째를 가질 생각이 추호도 없었습니다. 제가 워낙 아들에게 마음을 쏟기도 했고, 아이가 저에게 보여주는 무한한 신뢰와 애착 덕분이었죠. 아무리 귀엽고 완벽한 둘째가 있다고 해도 먼저 키우던 아들은 절대 이길 수 없을 것 같았거든요. 절대로! 그렇게 생각하면 편애가 이미 둘째가 엄마 배 속에 있을 때부터 시작된다는 말인데, '굳이 그렇게 냉대하면서까지 둘째를 가져야 할까? 그건 둘째에게 너무 불공평하다'라는 생각이 들기도 했고요.

사실 제가 진쯔를 가졌을 때, 하필이면 집 안팎의 여러 가지 일 때문에 무척이나 바빴어요. 그래서 첫째 아이 때처럼 매사에 조심하거나 특별히 신경을 쓰는 건 생각도 못 했죠. 이미 출산경험이 한 번 있기도 하고, 너무 진지하게 생각하려고 하지 않은 이유도 있었을 거예요. 사실 끊임없이 저 자신에게 이야기했거든요. '너무 생각하지 말자. 어차피 딸을 갖고 싶었잖아. 그냥 부딪혀봐야지. 너무 푸대접하지 않으면 될 거야.'

한 선생은 아들을 깊이 사랑했지만, 딸도 너무나 원했습니다. 첫째 아이를 낳은 후부터 바로 딸을 바랐으니까요. 그래서 저희 둘째는 남편의 무한한 기대와 저의 무덤덤함 속에 세상으로 나올 힘을 비축했고, 하루가 다르게 쑥쑥 자라 저희 곁으로 오게 되었습니다.

진쯔는 매일 먹고 자고, 자고 먹었죠. 깨어있을 때는 저한테 찰싹 달라붙어만 있었어요. 집에 신생아가 있다고는 믿기지 않을 정도로 조용히요. 누굴 보든 생글생글 웃고 낯을 가리지 않고, 목욕할 때 샤워기가 얼굴로 물을 뿜어도 버둥거리지 않았어요. 심지어 눈도 깜짝하지 않더라니까요. 애교도 많아서 사람들이 장난을 치면 눈물을 흘리면서도 '꺅꺅' 거리며 함께 놉니다. 제가 누워서 책을 보면 얼굴을 제 얼굴에 옆에 들이밀고 알아보지도 못하는 글자에서 눈을 떼지 않습니다. 자그마한 손으로 제 목덜미를 붙잡고요.

그런데 진쯔가 태어났을 때쯤 치얼은 딱 반항기에 접어든 겁니다. 무엇을 시키든 '싫어 싫어' 하고 일단 거부하는 거죠. 잠을 자라고 하면 이야기를 두 번 들려줘야 자겠다고 조건을 걸고, 밥을 먹으라고 하면 몰래 땅에 떨구어 버리고, 숙제하라고 하면 지렁이가 기어가는 글씨를 썼다가 지우느라 종이를 다 찢어버리고, 씻기려고 하면 대충대충 건성건성 하려고 하고 얼굴에 물만 닿아도 대성통곡을 하고 소리를 지르는 겁니다. 외출할 때도 진쯔는 제가 기저귀 가방만 하나 챙기면 됩니다. 그런데 치얼 이 녀석은 장난감, 물병에 여의봉까지 챙기려고 들었고, 옷 입고 신발까지 챙겨 신으면 삼십 분은 족히 걸리죠. 그래놓고 나가려고 하면 인형에 옷을 입힌다고 또 늑장을 부려요. 그렇게 뻔히 보이는 심술을 부리면 제가 언성을 높이게 되고, 그러면 치얼의 울음이 터집니다. 나가서 차를 몰고 출발하면 또 뭘 안 가져왔다고 난리를 치고요. 그러니 저도 모르게 마음속의 저울이 조금씩 조금씩 기울기 시작했죠.

얘기하다 보니 아들이 완전히 제 눈 밖에 났나 싶어 조금 마음이 아프네요. 하지만 실제로 그렇지는 않아요. 요즘 보니까 편애하는 마음이 또 움직이더라고요. 저울도 한쪽으로만 기울어지지는 않잖아요. 언제든 저울추도 바뀔 수 있으니까요.

어제저녁에는 진쯔가 잠을 자지 않고 칭얼대는 겁니다. 안아도 싫다, 내려놓아도 싫다, 눕혀도 싫다, 앉혀도 싫다, 젖을 물려도 싫다, 노래를 불러주고 서성거리는데도 다 싫다는 겁니다. 무슨 일인지 묻고 싶어도 말을 못 하니 저와 한 선생의 고생이 이만저만이 아니었죠. 눈물을 닦아주려는데 진쯔가 제 손가락을 붙잡더니 꽉 물어버리는 겁니다. 바로 상처가 났죠. 그 와중에 다행히 아들 녀석은 아주 얌전하게 숙제를 끝마치고 책가방도 싸놓고 혼자 씻고 옷까지 갈아입고 저한테 뽀뽀까지 한 후에 잠이 들었어요. 얼마나 편한지는 두말할 필요도 없죠. 진쯔 쪽으로 쏠려있던 저울이 삽시간에 아들 쪽으로 기우는 순간이었습니다.

언젠가 저녁을 먹고 나서 한 선생이 진쯔를 데리고 침대 위에서 놀고 있었어요. 그때 제가 사촌 언니가 집을 사서 이사를 했는데 집들이를 한다고 한 선생에게 이야기했죠. 한 선생이 진쯔에게 그러더라고요.

"우리 진쯔, 아빠도 나중에 우리 딸한테 새집 사줄게!"

제가 웃으면서 말을 받았어요.

"그것도 좋지. 새집은 둘째한테 주고 헌 집은 첫째한테 주고. 애들이 각자 집 하나씩 갖고 있으면 우리도 편하게 은퇴할 수 있겠다."

그러자 한 선생이 사뭇 진지하게 대답했어요.

"아니, 아니. 그건 아니야. 두 집 전부 다 둘째한테 주는 거야."

저는 깜짝 놀랐어요.

"그건 아니지 않아?"

"당연히 그건 아니지. 그래도 둘째한테 마음이 더 가는 걸 어떡해."

저는 부모들의 편애가 성별에 따라 나타나는 거라는 생각이 있었거든요. 여자아이들은 아무래도 가녀리고 연약한 편이라 사람들의 측은지심을 건드리잖아요. 우리 집 딸은 그렇게 가녀린 편이라기보다는 건장한 편이긴 하지만, 그래도 남자아이들보다는 약하니까 더 사랑을 받는다고요. 그런데 나중에 보니까, 주변에 동성 형제를 키우는 수많은 집에서도 부모들이 아이들을 편애하더라고요.

저희 사촌오빠에게는 딸이 둘 있어요. 저희 애들보다 각각 한두 살씩 많고요. 처음에는 오빠가 첫째를 어찌나 극진히 아끼는지 일곱 살이 되도록 애를 안고 다닐 정도였어요. 둘째가 태어나고는 모든 사람이 확연히 알 정도로 편애를 했고요. 큰 애가 해달라는 건 다해주면서 둘째한테는 조금 마지못해서 하는 느낌이었거든요. 그런데 1년이 지나고 다 함께

모인 자리에서 저는 오빠가 완전 딴판이 되었다는 걸 발견했습니다. 둘째에게 먹는 것 입는 것부터 시작해 기저귀 가는 것, 이야기 들려주는 것까지 스스럼없이 다 해주고, 오히려 큰애에게는 소홀히 대할 때가 많아진 겁니다.

둘째는 특히 애교가 많거든요. 툭하면 아빠 목을 껴안고 안아달라 하는데, 오빠는 전혀 귀찮아하지 않고 그 애교에 넘어가 줍니다. 얼굴에는 웃음을 활짝 띠고요. 제가 물었어요.

"어떻게 된 거야? 일편단심은 어디 가고? 어떻게 마음이 이렇게 싹 변해?"

오빠가 그러더라고요.

"이런 무식하기는. '황제는 장자를 사랑하지만, 백성들은 막내를 아낀다.'라는 말 몰라? 내가 무슨 황제냐, 우리 막내 예뻐하는 게 어때서!"

요즘에는 둘째가 있는 집이 많아졌죠. 주변에서도 아직 낳지는 않았지만 둘째를 가진 집이 많습니다. 형제자매가 없는 외동아이 세대를 거친 우리에게 두 아이를 어떻게 대해야 하는지는 정말 어려운 문제입니다. 깨물어서 안 아픈 손가락 없다고 하지만, 세상 부모 중에서 모든 아이를 정말 똑같이 대하는 부모는 극소수일 것 같아요.

〈타임〉지에서 이 내용을 전문적으로 다루었던 것이 기억나네요. 자녀가 둘 이상인 부모는 누구나 더 좋아하고 편애하는 자녀가 따로 있다고 해요. 이는 생물학적인 나르시시즘 행위에서 기인하는데요, 자신의 특질을 더 퍼트리기 위해서 자신과 닮은 아이를 더 좋아한다고 하더라고요. 부모의 편애는 규칙이 있지만, 그 원인이 복잡합니다. 유전자뿐만 아니라, 형제자매의 순서, 성별, 성격, 건강, 생김새 등등이 포함됩니다. 그리고 어떤 조사에서는 부모가 자기와 성격이 정반대인 아이를 더 좋아한다는 내용을 발표했어요. 아빠들은 대부분 딸을 더 좋아하고 엄마들은 대부분 첫째아들을 좋아하죠. 하지만 이런 편애가 항상 우리 눈에 보이는 것은 아닙니다. 부모들이 이를 아주 열심히 숨기려 하니까요. 자기가 편애하는 것을 스스로 깨닫지 못하는 부모도 있고요.

자식을 편애하는 마음이 어차피 피할 수 없는 것이라면, 부모들이 스스로 자책하거나 일부러 똑같은 마음을 가지려고 애쓰지 않아도 된다는 생각이 들었습니다. 더 중요한 것은 현실을 똑바로 보고 자기가 아이를 편애한다는 사실을 용감하게 시인하는 것이죠. 동시에 아이들을 대할 때, 공평함을 유지하도록 최선의 노력을 다하는 것이고. 자기 자신을 기만하고 남을 속이는 것은 아무 소용이 없습니다. 한 아이에 대한 사랑이 다른 아이를 향한 그것보다 아주 조금만 더 강하더라도 얼굴에 모두 드러나잖아요. 다른 사람을 속일 수가 없죠. 게다가 이렇게 가까이에 있는 영민하고 똑똑한 아이들이라면요. 차라리 부모가 자신의 내면을 직시할 수 있다면, 부모의 편애 때문에 혹시 받았을지 모르는 아이들의 상처를 더 쉽게 다독여주고 채워줄 수 있을 거예요.

부모들이 둘째, 혹은 셋째를 편애하는 것이 혹시 보편적인 진리는 아닐까요?

세상에 아이들을 편애하지 않는 부모가 정말 있을까요?

둘째를 맞이하는 첫째의 마음가짐

둘째를 가질 준비를 하거나 아이가 둘, 셋씩 있는 집에서 혹시 이렇게 하는지 모르겠어요. 첫째에게 둘째에 대한 의견을 자주 구한다든가, 혹은 여동생을 칭찬할 때 오빠도 함께 칭찬해주고, 오빠를 야단칠 때 여동생을 대동해 함께 야단치는 거예요. 혹시 큰 애가 마음이 상할까 걱정스러운 마음 때문이죠.

최근에 한 친구가 친구들에게 도움을 구하더라고요. 집에 아이가 둘인데, 큰딸은 아홉 살, 작은딸은 3개월이에요. 터울이 너무 커서 둘이 부딪히는 일이 별로 없을 거로 생각했고, 큰딸이 평소 어른들 앞에서 동생에게 잘해줬기 때문에 무심코 여긴 거지요.

그런데 어느 날, 우연히 아이를 봐주는 이모가 둘째를 흔들의자에 눕혀놓고 옷을 빨기 위해 잠시 자리를 비운 거예요. 방으로 돌아올 때도 인기척이 들렸지만, 첫째가 애를 달래고 있다고만 생각했던 겁니다. 그런데 세상에 언니가 동생의 뺨을 때리고 있었던 겁니다. 세게 때린 것은 아니고, 동생도 울지는 않았어요. 그런데 언니가 애를 때리면서 계속 중얼거렸대요. "싫어, 너 진짜 미워!"

친구는 너무 불안해서 주변 친구들한테 도움을 구했는데, 이런 일을 겪은 엄마들이 생각보다 많더라고요. 어떤 엄마는 둘째한테 새 장난감을 사주기만 하면 첫째가 그걸 다시는 가지고 놀지 못하게 그 자리에서 박살을 내놓는다고 했어요. 아무리 뭐라고 하고 벌을 주어도 그 버릇이 절대 고쳐지지 않는답니다. 또 둘째가 한눈파는 사이 첫째가 뒤에서 밀어 넘어트려서 얼굴에 상처가 두 번이나 났대요.

구체적인 상황은 달랐지만, 문제는 모두 비슷했어요. 첫째가 둘째를 너무 밀어낸다는 거죠. 한동안 둘째 갖기에 대한 글과 영상이 인터넷에서 대거 떠돌았죠. 저도 극단적인 기사를 읽은 적이 있습니다. 부모님이 둘째 낳는 것을 반대하는 아이가 죽겠다고 협박을 하는 것 등이었어요. 그런 이야기가 예에 불과할 뿐이라고 생각했었는데, 어느샌가 제 주변에서도 이런 생생한 사례들이 넘쳐나더군요.

그래서 저는 깊은 생각에 잠기게 되었습니다. 첫째들이 정말 그렇게 민감하고 나약해서 이런 일이 일어나는 걸까? 부모인 우리가 잘못해서 문제가 생긴 것은 아닐까?

진쯔가 태어난 후부터 지금까지 치얼에게 소홀한 적이 한 번도 없었다고 하면, 그건 말도 안 될 겁니다. 부모들도 바빠지면 이것저것을 놓칠 수밖에 없죠. 그저 최대한 큰 애의 감정을 살펴 가면서 둘째의 의식주를 챙기는 수밖에요.

가끔은 치얼이 잘 시간이 되었는데도 꾸물거리면서 안 자려고 할 때가 있어요. 몇 번이나 재촉해도 말을 안 들으면 저는 버럭 소리를 지릅니다. "치얼, 빨리 자. 엄마가 몇 번이나 말했잖아. 너 이 자식아." 아주 커다랗고 짜증스러운 소리죠. 그리고 저는 뒤돌아서 깜짝 놀란 진쯔를 토닥이면서 부드럽게 이야기합니다.

"응응, 진쯔, 울 아기 착하지. 괜찮아, 괜찮아."

치얼에게 방금 한 것과는 태도가 180도 다릅니다. 그런데 그렇게 소리를 지르고 진쯔를 달랠 때면, 제가 잘못했다는 생각이 퍼뜩 들어요. 그래서 만회하려고 이렇게 덧붙이죠.

"진쯔야, 오빠 얼마나 잘하는지 좀 봐. 엄마가 자러 가라고 말하니까 한 번에 딱 하잖아. 그치?"

그리고 속으로 '이러면 치얼도 마음에 담아두지 않겠지.' 하고 생각한답니다. 한번은 한 선생이 진쯔를 안고 마구마구 뽀뽀를 퍼붓고 있었어요. 안고 들었다 났다 하면서 진쯔를 즐겁게 해주던 한 선생이 그만 속마음을 그대로 이야기하고 말았죠.

"우리 진쯔, 어쩜 이렇게 귀엽고 예쁘고 깜찍할까. 아빠는 진쯔를 죽도록 사랑해!"

그리고 뜨끔했는지 저처럼 덧붙이더라고요.

"진짜 오빠하고 똑같이 예쁘네. 오빠도 어렸을 때 너무너무 예뻤어요!"

사실 저희 둘 다 아이들을 비교하고 크게 편애하는 편은 아니었어요. 그래도 그냥 그때는 아이가 혹시라도 상처를 받을까 봐 예민했었나 봅니다. 저희 둘이 모두 외동아들, 외동딸이고 참고할만한 실전경험이 전혀 없었으니까요. 그래서 막연히 이렇게 하면 아이들에게 좋을 거로 생각하고 눈 가리고 아웅 한 거죠. 그런데 우리 첫째가 정말 상처를 받았을까요? 제 생각에는 대부분 별생각 없이 넘어간 것 같습니다.

지난주에 아는 언니가 우리 집에 놀러 왔어요. 그 언니한테는 두 아들이 있는데 아주 사이좋은 모범생 형제예요. 그래서 저는 노하우를 물었죠. 둘째를 낳기 전에 첫째에게 어떻게 했었냐, 평소에 두 아이의 관계를 어떻게 관리하느냐고요.

언니가 자기는 언니하고 남동생이 있는데 셋이 아주 한 몸처럼 친하다고 했습니다. 지금은 형제들이 낳은 아이들끼리 또 아주 친하게 지내고요. 부모님이 아주 금실이 좋고 아이들을 무척이나 사랑하셔서, 안정감 있는 환경에서 자라왔다고 했습니다. 서로 친근하고 화목한 가정에서 자란 아이들은 보통 질투가 없습니다. 부모님에게서 긍정적인 영향과 함께 아이들을 향한 사랑을 가득 받으니까요. 가끔 부모님이 골고루 돌보지 못하게 되더라도 아이들 역시 크게 신경 쓰지 않습니다. 다둥이 가정에서 아이들 사이의 관계에서 가장 중요한 것은 바로 부모님이 만든 안정적이고 화목한 분위기라는 거죠.

둘째를 낳기 전에 첫째에게 하는 사전 작업에 관한 언니의 생각은 제가 이전에 들어보았던 관점과는 완전히 달랐습니다. 언니는 첫째에게 의견을 미리 물어볼 필요가 전혀 없다고 했습니다. 왜 첫째의 동의를 얻어야 하냐면서요. 첫째에게 의견을 묻는 것은 양자택일이 될 수밖에 없고, 뭐라고 답하든 가능성은 50%밖에 되지 않겠죠. 게다가 아이에게, 특히 6살 이하의 아이에게 이런 선택은 기분에 따른 즉흥적인 선택일 수 있어요. 깊은 고민 없이 그냥 던지는 거죠. 또 오히려 아이를 고민되게 할 수도 있고요.

그러니까 그 언니의 생각은 둘째를 가지는 것이 집에 냉장고나 텔레비전을 들이는 것처럼 의견을 구할만한 성질의 것이 아니라 무조건 받아들여야 하는 일이라는 인식을 심어주라는 뜻이었어요. 우리 집에 남동생이 혹은 여동생이 하나 더 생긴다는 것을 아이에게 알려주고 기쁘게 받아들이게 하면 그만이라는 겁니다. 두 아이를 평소처럼 아무 일 없이 대하고 사소한 일에 개의치 않고 별 것 아닌 것처럼 한다면 아이들도 별로 부정적인 생각을 갖지 않는다면서요.

물론, 열 살이 넘은 큰 애들은 독립적인 생각이 있을 테니, 사전에 의견을 나누는 것을 추천하더라고요. 큰 애의 마음이 어떤지를 미리 헤아려야지만 그렇게 큰 애가 아니라면 굳이 생각을 미리 물어볼 필요는 없단 말이죠. 친척이나 친구들이 첫째에게 계속 이 문제를 물어보는 가정이 있는데, 그런 질문이 반복되면 처음에는 별생각이 없던 아이들도 무의식중에 둘째를 자신의 라이벌로 생각하는 경우가 생긴다고 합니다.

그 언니의 생각이 보편적으로 활용할만한 이론인지는 잘 모르겠습니다만, 제가 설득당했다는 것만큼은 부인할 수가 없네요.

부모가 아이들을 편애하고, 아이들이 부모의 사랑을 얻으려 노력했던 것은 아마 우리 앞 세대, 부모님 세대에서 비교적 자주 일어난 일인 것 같습니다. 물질적으로 궁핍했던 시기에 모든 아이를 다 하고 싶은 대로 만족스럽게 키울 수는 없었을 겁니다. 그러니 좋은 것이나 좋은 기회가 있으면 제일 마음이 가는 아이에게 주는 일이 다반사였을 것이고요. 또 그런 행동을 다른 사람들이 알더라도 굳이 신경 쓰지 않았고요.

그러나 요즘은 물질적으로 대단히 풍족한 시기입니다. 둘 혹은 더 많은 아이를 둔 가정에서 경제적인 조건은 이미 그다지 큰 문제가 아니겠죠. 부모님들도 아이들의 인생에 시간과 정력을 쏟는데 전력을 다할 거고요. 그러니 물질적으로나 정신적으로 충분히 보장을 받는 첫째가 굳이 둘째를 배척하고 질투할 필요가 없겠죠.

저희가 치얼을 데리고 장난감 가게나 마트에 쇼핑하러 가면, 치얼은 자기가 원하는 것을 고르는 김에 진쯔 것도 같이 골라요. 아무도 그렇게 하라고 일러준 사람이 없지만, 치얼은 스스로 그렇게 고릅니다. 맛있는 것이 있으면 아빠나 엄마와 나누어 먹듯이, 좋은 것을 나눌 사람이 집에 하나 더 있다고 생각하는 거죠. 집에서 놀 때도, 동생이 울고 불면 저한 테 그렇게 얘기해요. 엄마, 동생 울리지 말고 안아주라고요. 제가 동생을 달래고 나서 자기랑 놀아주거나 이야기책을 읽어주어도 굳이 누구에게 신경을 덜 쓰고 더 쓴다고 생각하지 않아요. 그저 평소와 같은 일상적인 일이고 습관이라고 생각하죠.

만약 제가 "미안하다, 애야, 엄마가 동생을 돌봐야 해서 너를 못 봐.' 하고 자세하게 설명하지 않는다면, 아이가 이런 문제들을 심각하게 생각 할까요?

그저께 저녁, 치얼이 숙제를 너무 못했어요. 틀린 문제도 많았고, 글씨도 괴발개발이었고요. 저는 아이를 혼냈습니다. 그리고 돌아서서 흔들 의자에 얌전히 앉아있는 진쯔를 칭찬해주었어요. "역시 착한 우리 진쯔, 엄마가 오빠하고 숙제를 삼십 분이나 했는데 혼자서 조용히 가만가만 있었어요~" 그리고 또 습관처럼 후회하고 말았죠. 그래서 괜히 덧붙였어요. "근데 이게 뭐야. 진쯔야 이게 뭐야. 또 토했네. 이 노옴, 오빠는 어렸을 때 우유 먹고도 한 번도 안 토했는데. 너는 어쩜 이렇게 자꾸 토를 하니. 너무 하잖아!"

제 말이 떨어지기가 무섭게, 치얼이 씩씩거리면서 제 앞을 막아서더니 소리를 질렀습니다. "뭐라 하지 마요. 내 동생이야. 아무도 뭐라고 하면 안 돼!" 제가 물었어요. "엄마 아빠도 안돼?" 치얼이 생각하더니 대답했어요.

"웅. 아빠, 엄마는 괜찮아. 그래도 나중에 뭐라 해요. 아직 아기잖아. 아무것도 모르는데."

저는 그제야 마음이 놓였죠.

사실 내가 부모 노릇을 해야 한다 해서 그렇게 걱정하고 긴장할 필요는 없습니다. 아이 의사와 상관없이 평생 함께할 동료가 생긴 것을 대신 축하하지 않아도 되고, 둘째와 만나는 상황이 어떠할 것이라고 미리 선입견을 품을 필요도 없습니다. 우리의 가설들은 애당초 첫째와 둘째를 대립하는 대상으로 놓고 있어요. 우리가 그렇게 관계를 설정해놓고는 첫째의 마음을 달래주려 하고, 미처 생각해보지 못한 문제가 생기면 우리가 희망하는 답에 아이들을 맞추려고 하죠.

첫째들은 우리가 생각하는 것처럼 허약하거나 민감하고 까탈스럽지 않습니다. 그런데도 생기는 갈등은, 그들을 가장 사랑하고 그들이 상처 받을까 봐 가장 두려워하는 우리가 강제로 주입한, 우리의 생각입니다. 아이들은 많은 일에 선택권이 있습니다. 하지만 동생이 생기는 일에 관해서는 부모인 우리가 결정권을 갖게 되죠. 첫째들은 그 소식을 통보받고, 이를 기꺼이 받아들이기만 하면 됩니다. 그런 난감한 문제를 아이에게 내지 마세요. 그냥 사실을 알려주세요. 둘째가 생겨서 첫째들이 빨리 철이 드는 문제에 관해서도 저는 마음 아파할 필요가 없다고 봅니다. 그냥 아무렇지 않게 대하면 돼요.

모든 삶은 사회적인 속성을 지니고, 이 사회 속에서 자신의 위치를 갖게 됩니다. 어차피 이 가정에서 먼저 태어나 오빠, 누나가 되었다면, 동생이 태어날 현실을 받아들이고 그에 상응하는 책임을 져야만 합니다. 동생들이 어렸을 때는 부모가 돌보게 되겠지만, 오빠와 누나는 책임감 있게 동생들을 보살피고 이끌어야 하죠. 사람의 일생에 선택할 수 없는 일은 너무나 많죠. 하지만 그럼 또 어떤가요? 일단 부딪혀봐야 하는 것 아닌가요?

우리 주변의 친구들 사이에서는 집마다 아이를 둘씩 낳는 것이 기준이 되었습니다. 더 넓게는 아이가 둘, 셋씩 있어도 사이좋게 지내는 가정이 대부분이죠. 동생이 생기는 것을 싫어하는 아이는 소수 중의 소수이고요. 아이들은 잘 놀다가도 금세 싸움박질을 합니다. 하지만 금세 화해하고 언제 그랬냐는 듯 친하게 지내잖아요. 어른들이 첫째들에게 충분한 신임과 사랑을 주면서 둘째를 맡긴다면, 아이들이 동생들을 받아들이는 과정이 훨씬 순탄해질 겁니다.

우리 마음이 아무 숨김 없이 떳떳하다면, 그리고 아이들을 편애하지 않는다면, 당당하게 아이들을 대하세요. 그리고 아이와 친구처럼 대화하세요.

"이따가 마트에 쇼핑하러 갈 거야. 스테이크하고 과일을 사자. 네가 먹고 싶은 것도 고르고. 아, 그리고 엄마가 네 동생을 낳을 거잖아. 나중에 아기를 낳으면 병원에서 집으로 데려올 거야. 네가 아기 분유하고 기저귀 고르는 것도 잊지 말고 기억해줘."

내려놓기, 아빠의 능력을 키워요

어제 볼일을 보러 나갔다가 집에 들어온 저는 한 선생이 두 손으로 진쯔의 엉덩이를 받치고 위아래로 팔 운동을 하는 모습을 목격했습니다. 발가락은 하늘로 치솟고 머리는 뒤로 넘어가 아래로 향한 채, 여유롭게 손가락을 빨고 있었어요. 다리를 꼼짝도 하지 않고 즐거운 비명을 지르는 것으로 보아 한두 번 해본 솜씨가 아니더라고요. 아주 그 재미에 푹 빠진 것 같았습니다.

제가 한 선생에게 말했죠. "내 귀한 딸을 어떻게 운동기구로 쓰는 거야? 한 선생이 대답했습니다. "당신이 몰라서 그래. 얘 몸 단단한 것 좀봐. 들어 올리기에 딱 좋아. 그리고 나한테도 아이들 들어 올리기가 제일좋아. 잔 근육에 특히 좋다니까. 애들이 가만히 있지 않고 계속 움직이잖아. 그래서 떨어트리지 않으려고 신경 쓰니까 운동 효과가 좋거든. 진짜좋아…." 하지만 저는 그런 생각밖에 안 들었어요. '불쌍한 우리 딸. 고개를 아래로 하고 있으면 머리로 피 쏠리는 거 아니야?'

치얼은 별일 아니라는 듯 말하더군요.

"괜찮아요, 엄마. 진쯔도 벌써 습관 됐어요. 아빠가 매일 들어올리거든요. 저 업고 팔굽혀펴기도 하는데요. 진짜 재밌어요." 그래서 저는 시범을 한 번 보여달라고 했죠. 한 선생이 진쯔를 매트 위 자기 가슴 앞 위치

258

에 내려놓았어요. 그러자 치얼이 말에 올라타는 것처럼 아빠 다리 위에 엎드렸습니다. 그리고 세 사람은 함께 팔굽혀 펴기를 했죠. 체력단련도 하면서 두 아이까지 돌보다니, 아이들이 너무 재미있어하니 그야말로 일거삼득이었죠.

제가 깜짝 놀라 말했어요. "평소에 셋이 이렇게 노는 걸 난 왜 본 적이 없었을까?" 치얼이 말했습니다. "그럼요. 엄마가 서재에서 컴퓨터로 글 쓰고 책 보고 자기만 하니까 그렇지. 아빠는 우리랑 이렇게 놀고." 어쩐 지, 아이들이 아빠랑 같이 놀 때 흥분해서 소리소리 지르더라니. 도대체 뭘 하길래 저러나 했는데, 이렇게 재미있게 놀고 있었던 겁니다.

가끔 한 선생이 정말 존경스러워요. 한 선생은 언제나 아이들과 노는 방법을 알고 있어요. 자기 아이든 남의 아이든 한 선생과 놀기 싫어하는 아이는 없어요. 한 선생은 아이와 하나가 되는 방법을 아주 신속하게 찾아냅니다. 그리고 어른, 아이 할 것 없이 땀을 뻘뻘 흘릴 때까지 재미있게 놀아요. 사실 곰곰이 생각해보면, 남자들 대부분이 다 큰 아이나 다름 없지 않나 하는 생각이 듭니다.

그러나 남자들이라고 해서 항상 그런 것은 아니죠. 남자들이 그렇게 바뀌기 위해서는 어떤 과정이 필요합니다. 그 과정은 그들뿐만 아니라 우리와도 관련이 있죠.

며칠 전, 집에 있는 오래된 디지털 비디오 영상들을 뒤져보았어요. 전부 치얼이 더 어렸을 때 찍은 것들이었죠. 저와 한 선생은 영상을 보면서 회상에 잠겼습니다. 한 선생이 그러더라고요.

"당신 저 때는 따지고 잔소리하는 게 정말 많았지. 이것도 안 돼, 저것도 안 돼, 어쩌고저쩌고!"

제가 깔깔 웃으며 말했어요.

"나중에는 나도 바뀌었잖아?"

영상 속에서는 한 선생과 치얼이 신나게 노는 장면마다 째진 여자 목소리가 또렷하게 들려왔습니다. 목소리는 시도 때도 없이 잔소리를 늘어놓았죠.

"아이고, 입 좀 닦아줘요."

"어허, 책상에 그림 그리게 두지 말아요. 거기 종이 있잖아요?"

"어머, 똑바로 좀 앉혀요. 머리라도 찧으면 어쩌려고 그래요?"

"아이고, 옷 좀 잘 입혀요. 배가 다 나오네!"

"아니, 왜 옥수수를 먹여요. 바닥에 흘리면 얼마나 더러운데!"

"참, 당신…."

사람들은 생활 속에서 자기 자신에 대해 잘 깨닫지 못하는 경우가 많습니다. 예를 들어 뼛속 깊이 자리 잡은 습관과 행동이 자기가 보기에는 정당하고 합리적일지 몰라도 다른 사람의 시선에서는 정말 견디기 힘들 때도 있거든요. 무엇이든 완벽하게, 혼자 도맡아 하길 좋아하고, 다른 사람이 성에 안 차는 여자는 아무리 책임감 강한 남자라도 견디기가 힘들겠죠. '괜한 일을 벌이기보다는 그냥 가만히 있는 편이 낫다. 잘 못 할 것 같으니 그냥 관두자.'라고 생각할 겁니다. 한 선생 역시 투덜거리고 잔소리하는 저 때문에 치얼이 세 살이 되기 전까지는 잠깐씩만 아이를 보았습니다. 물론 매일 봐주긴 했지만, 함께하는 시간이 요즘과 비교해 새 발의 피였죠.

제가 하도 뭐라고 하는 바람에 육아고 뭐고 다 내려놓은 한 선생이 다시 일을 손에 잡기란 쉽지 않았을 거예요. 한 선생이 그러더라고요. 다행히 치얼이 유치원에 들어가고 나니 제가 이제 그렇게 깐깐하게 굴지는 않았다고요. 제가 남을 어느 정도 받아들이는 수준이 되자 한 선생은 육아에 참여해야겠다는 확신이 들었고, 진쯔가 태어난 후부터는 육아에 완전히 빛을 발하는 아빠가 되었답니다.

저는 육체적, 심리적으로 누가 더 아이를 많이 돌보고 누가 더 고생하는지 상관하지 않습니다. 그저 아이와 부모 사이의 가족애와 유대관계가 잘 형성되지 않을까 봐 그게 걱정이에요. 그건 한 가정의 화목함과도 직결되고, 아이의 성격이나 인생관에도 큰 영향을 미치게 되니까요.

저는 우리 아이의 생활에서 아빠의 역할이 너무 적다고 느낀 순간부터 저 자신을 반성하고 바꾸어나가기 시작했어요. 아이가 아빠에게 웃어주면 일부러 과장해서 이야기했죠.

"아빠만 좋아하는 것 좀 봐. 방금 나는 아무리 얘기해도 안 웃어주더니!"

그러면 한 선생은 아주 기뻐하면서 아이와 오랫동안 놀아주었어요. 한참을 박장대소를 하던 아이가 제 품으로 파고들며 이제 못 놀겠다고 할 정도로요. 어떨 때는 둘이 방바닥에 웅크리고 앉아서 바닥을 아예 만들기 테이블로 만들어버렸어요. 펜이나 예리한 물건으로 바닥에 마구 선을 긋는 걸 본 저는 허벅지를 꼬집고 어금니를 깨물면서 저 자신을 타일렀습니다. '그냥 못 본 척하자. 잘 했다고 칭찬해주는 거야.' 비슷한 사례는 많아요. 사실 아빠의 육아 참여를 독려하는 건 저 스스로가 편해지는 지름길이죠. 그 과정에서 아버지를 향한 아이의 태도가 달라지고, 저에게만 매달리지 않게 되니까요.

과학 연구에서도 드러나듯이, 아버지가 아들에게 모범을 보이면 남자아이는 더 강건하고 책임감 있는 남자로 자라납니다. 딸에게 너그럽고 세심하게 배려하는 모습을 보인다면 배우자를 고르는 관점이나 행복감에서 큰 영향을 주게 되고요. 너무 먼 미래의 일은 아직 어떻게 될지 알수 없지만, 한 선생의 육아 참여가 늘어날수록 치열이 갈수록 의젓하고 남자다워지는 것을 확인할 수 있었습니다. 우는 것도 많이 줄고 떼도 덜쓰고요, 여자들처럼 상냥하고 나긋나긋하기보다는 터프한 구석도 생겼죠. 남자아이들은 좀 그래야 하잖아요.

딸애는 뭐 말할 것도 없죠. 진쯔를 낳고 나서 제가 깊이 깨달은 일이 있어요. 남자는 정말 적당한 나이에 딸을 가져야 한다고요. 남자들이 너무 젊었을 때는 사실 아이를 소중히 여길 줄을 모릅니다. 그런데 나이가 중년 가까이 접어들어 일이나 경제적으로 안정되고 경험이 축적되면, 딸과의 조합은 정말 환상 그 자체입니다. 한 선생뿐만 아니라 주변에 비슷한 또래들이 다 그래요. 요즘 딸을 새로 가진 남자 사람 친구들은 하나같이 다 똑같이 변했습니다. 딸이 있으면 엄마가 아무리 모질게 굴어도 알아서 아이 양육에 참여한다니까요.

그때 저도 점점 이해하게 되었어요. 한 선생이 아이를 잘 돌보지 못한다는 생각이 저 혼자만의 착각이라는 걸요. 엄마들이 아빠를 더 여유 있게 기다려준다면, 아빠들도 잘 해낼 수 있습니다. 기껏해야 완벽하지 않은 정도겠죠. 그리고 인생이라는 게 꼭 완벽할 필요는 없잖아요! 예를 들어 한 선생은 진쯔를 데리고 나가서 두세 시간씩 재미있게 놀아요. 그런데 문제는 애가 배고플 때까지 논다는 겁니다. 기저귀 가는 것도 문제 없이 해요. 그런데 왠지 좀 삐뚤삐뚤하고 허술하긴 합니다. 새어 나오진 않고요. 진쯔에게 물도 먹이고 밥도 먹입니다. 물론 턱받이를 연달아 몇 개쯤은 버려야 배불리 먹고 마실 수 있지만요. 진쯔를 안아서 재우기도 해요. 자장가 가사와 멜로디가 다 바뀌어서 완전히 새로운 노래를 부르면서요. 그래도 진쯔는 그 어느 때보다 달콤한 잠에 빠집니다. 아빠 품에 폭 안긴 솜사탕 같아요.

그 전에는 혹시라도 남편이 밖에서 애들을 보다가 실수할까 걱정되고, 밥 먹이다가 애 옷이라도 더럽힐까 봐 너무 싫었어요. 심지어 노래를 왜 그렇게 부르냐고, 이렇게 불러야지 하고 핀잔을 주기도 했답니다. 저 정말 재수 없는 사람이었죠….

아빠들이 꼭 마지못해 집안일을 하거나 아이들을 돌보는 것만은 아닙니다. 바깥일을 주로 하다 보니 집안일을 해본 적이 많지 않아서 어디서부터 손을 대야 할지 모르는 것뿐이죠. 아니면 본래 장난기가 많고 덤벙대다 보니 일을 돕는다고 도운 게 되려 방해가 되거나요. 그럼 엄마들은 어떻게 하나요. 특히 아이가 하나인 초보 엄마는 자기 아이를 너무 특별하게 생각하고 매사에 긴장해요. 그래서 아빠가 뭔가를 조금이라도 잘 못할라치면 그날로 아무것도 손대지 못하게 하고, 모든 걸 자기가 도맡아 하려고 하죠. 하지만 이는 올바른 부모 자식 관계의 형성에도 바람직하지 못하고 부부 관계에도 좋을 것이 없습니다. 저도 둘째를 낳고 나서야 이런 이치를 깨달았어요.

치얼이 어렸을 때, 대부분의 일이 모두 제 손을 거쳤고, 저는 혼자 갖은 고생을 해야 했죠. 진쯔가 태어나고 나서는 치얼 아빠가 육아에 갈수록 재미를 붙였어요. 저도 마음에 여유가 생겼고요. 그랬더니 오히려 손발이 척척 맞더라고요. 몸이 피곤한 건 마찬가지지만, 마음만은 천하태평이었고, 행복함까지 밀물처럼 밀려왔습니다.

치얼 아빠는 사람을 볼 때 그 사람의 동기를 보아야 한다고 이야기해왔습니다. 저는 집안이나 아이를 돌보는 일에서도 동일한 기준을 적용해야 한다고 생각해요. 아내를 향한 관심과 아이를 사랑하는 마음으로 아내의 부담을 덜고자 한 일이라면, 남자가 여자처럼 잘하지는 못하더라도 굳이 핀잔을 주고 구박할 필요는 없겠죠. 더 중요한 건, 아빠가 아이를 돌보면서 아이들과 감정적으로 가까워진다는 것이니까요. 치얼이 아빠와 노는 걸 좋아하기 시작한 때는 거의 한 살 무렵이었습니다. 서너 살이 되어서야 아빠 껌딱지가 되었고요. 임신 말기에는 스케이트장에 데려가질 못해서 매번 아빠가 치얼을 데려갔는데, 그때부터 점점 남자답게 행동하기 시작했어요. 반면에 진쯔는 태어나면서부터 아빠의 품이 따뜻하고 엄마 품보다 더 편하다는 걸 알았죠. 그래서 안아서 재우려고 할 때도 아빠가 해주길 더 바라고, 도중에 엄마 품으로 자리를 바꾸면 한참을 칭얼거립니다. 그럼 아빠는 아주 득의양양하죠.

지난주에 치얼을 데리고 친구 집에 놀러 갔거든요. 친구네 남편은 그래픽 디자이너인데, 어릴 때부터 그림과 만들기에 재주가 남달랐다고 하더라고요. 치얼과 다른 아이들을 데리고 직접 찰흙으로 히어로 만들기 놀이를 해주었습니다. 바닥과 몸이 찰흙 범벅이 된 모습을 보고서도 화난 기색 한번 없더라고요. 그리고 큰 종이상자를 잘라 이것저것 만들어주기도 했어요. 물론 바닥은 종잇조각으로 더 너저분해졌고요.

아이들이 신나게 놀고 나서 저녁때쯤 각자 집으로 돌아가게 되었어요. 아이들이 정말 아쉬워하더라고요. 저는 친구에게 이야기했어요.

"남편하고 애들이 집을 엉망으로 해놔서 좀 그렇지. 치우느라 힘들겠다."

친구가 웃으며 그러더라고요.

"맨날 그래. 벌써 습관 됐지. 애가 재밌어하면 그게 최고지. 아빠랑도 친해지고."

친구의 말에 저는 눈앞이 확 트이는 것 같았어요. 우리는 흔히 이렇게 얘기하잖아요. 아이에게 거는 기대를 내려놓겠다고요. 그런데 정작 대부분이 무시하고 내려놓는 것은 아이가 아니라 아빠의 능력에 대한 믿음인 것 같아요. 우리가 태어날 때부터 훌륭한 엄마가 아니듯이, 믿음직한 아빠 역시 우리의 응원을 통해서 태어나는 것이잖아요.

아빠가 아이를 돌보고자 하는 의지가 있다면, 마음 푹 놓고 아이를 한 번 맡겨보세요. 아직 그런 적이 없다면 의지가 생기도록 만들어보시고요.

그럼 앞으로 함께 헤쳐나가야 할 아득한 육아의 길이 즐겁고 신나지 않을까요?

터울이 큰 아이들, 부모에겐 이득

'어떤 사람은 '둘째는 사랑받으려고 태어난다.'라고 말합니다. 재미있는 표현이지만 저는 그렇게 생각하지 않아요. 둘째들은 오히려 부모들이 자기 자신을 잘 파악하고 첫째를 잘 이해하게 하려고 태어난 것 같아요.

진쯔가 이상하게 굴 때마다 저와 한 선생은 자신을 돌아봅니다. 최근 치얼에게 무언가를 잘 못 알려준 건 없는지, 혹시라도 실망하게 한 일을 한 적이 없는지 말이죠. 한 살짜리 진쯔도 매사에 모르는 게 없어요. 아직 어려서 아무것도 모를 거로 생각할 수 있지만, 사실 뭐든 다 알고 있죠. 그런데 어른이나 다름없는 여덟 살짜리는 오죽할까요.

둘째와의 나이 터울에 관해서는 한 선생이 이런 글을 쓴 적이 있습니다.

치얼과 진쯔는 약 7살 터울입니다. 그 전에는 저희도 걱정이 많았지요. 이 정도 나이 차이는 함께 놀기도 어렵고 나중에는 자칫 세대 차이까지 나타날 수 있으니까요. 게다가 부모인 저희도 이렇게 어린 아기를 돌보는 것이 다시 어색해진 후였으니, 많은 일을 처음부터 다시 배워야 했습니다. 그런데 2년이 지나고 보니, 이런 바쁜 시간과 처음부터 다시 시작해야 하는 모든 것들이 즐거워졌습니다. 헤어나올 수가 없을 정도예요.

두 아이의 나이 차가 적으면 아무래도 사이좋게 지내는 데 도움이 될 것 같습니다. 날 때부터 이미 훌륭한 놀이 친구니까요. 부모님이 둘째를 돌보는 것 또한 아주 순조롭겠지요. 이미 겪은 상황에서 축적된 다양한 경험을 짧은 시간 내에 다시 활용할 수 있으니까요.

하지만 저는 두 아이의 나이 차가 조금 많은 경우가 부모에게는 일종의 기회라고 강조하고 싶습니다. 생명을 다시 알아가고 경험할 기회요. 첫째와 비교해도 완전히 색다를 테고요, 아이들의 나이 차가 크기 때문에 인생의 깨달음이 더 풍부해질 수도 있습니다.

첫째가 갓 태어났을 때, 저는 갓 서른이었습니다. 혈기왕성했던 저에게 아이의 탄생은 아주 신선함 그 자체였죠. 아이를 처음 보았을 때 저의 반응은 "드디어 나도 아이가 생겼구나. 내 인생은 이제 새로운 단계로 접어들었어!"였습니다. 성취감과 함께 자부심이 저절로 생겼고, 이 세상 모두가 제 아이의 탄생을 알기라도 해야 하는 것처럼 웨이보, 웨이신으로 소식을 전하고 전화를 걸었습니다.

그런데 정작 육아 참여도와 이해도는 너무나 미천했던 거죠. 객관적으로나 주관적으로나 제가 나설 수 있는 부분은 많지 않았습니다. 이유야 그럴듯합니다. 돈을 벌어 가족을 부양해야 하니까요! 그때는 사업을 시작해 조금씩 자리를 잡아가는 시기였습니다. 그래서 일에 집중하는 시간이 많았고, 집안일은 전부 아내와 아주머니에게 맡겼습니다. 양가 부모님도 도움을 주셨고요. 제가 아들과 함께 하는 시간은 매일 집에 돌아와 상으로 아들의 뽀뽀를 받고 함께 놀다가 씻겨주고, 기저귀 갈고 잠깐 나가 산책하는 정도였습니다. 밤중에 아이가 울면 마음속으로는 짜증이나 원망도 생겼죠. 다음날 일에 지장이 생길 수 있으니까요.

그때, 제 마음속에서 아이는 상징과도 같은 것이었습니다. 제 삶이 새로운 단계로 접어들었고, 그로써 저의 역할이 변화했다는 상징이요. 저는 아이가 어서 빨리 건강하게 자라기만을 바랐습니다. 유아기를 벗어나 저와 소통하고 교류하기를 바랐으니까요. 그래야 새로운 지식을 가르쳐줄 수 있고 데리고 재미있게 놀아줄 수 있으니까요.

그리고 6년 후, 먼저와 똑같은 병원, 똑같은 층, 똑같은 방에서 또 다른 새 생명이 제 눈앞에 나타났습니다. 그렇지만 저의 마음가짐은 먼저와 완전히 달랐어요. 사람들에게 문자, 웨이신으로 소식을 전했지만, 말투도 분위기도 완전히 달랐고요.

저는 그때 무려 두 시간 동안 침대 밑에 서서 이 새 생명을 곰곰이 들여다보았습니다. 머리부터 발끝까지 하나도 놓치는 부분 없이 자세하게 관찰했어요. 움직임 하나하나에 따라 제 마음도 자꾸만 설레었습니다. 생명의 신비로움을 실감했죠. 생각해보세요. 가만히 누워있는 아이의 온몸에서 눈 부신 빛과 힘찬 에너지가 사방으로 흩어지는 모습을요. 진쯔는 세상에서 가장 위대한 기적과도 같았어요!

그때, 저는 생명과 저 자신에 대해 완전히 새로운 경험을 했습니다. 그리고 다짐했죠. 이번에는 절대 그냥 놓쳐버리지 않겠다고요. 제가 무엇을 해야 할지 분명했습니다. 이 새로운 생명과 함께 조금씩 자라는 것. 그 외에 더 무엇을 해야 할지 알 수 없더군요.

저는 그때부터 아주 열정적으로 최선을 다하기 시작했습니다. 아이와 함께하는 모든 경험이 저에게는 그렇게 소중할 수가 없었어요. 어떻게 안아주어야 아이가 편하고 저도 불안하지 않을지, 어떻게 해야 빠르고 편안하게 옷을 갈아입히고 기저귀를 갈지, 트림은 어떻게 시켜야 하는지, 목욕은 어떻게 시켜야 하는지 등등이었죠. 아이를 안고 왔다 갔다 하면서 잠이 들 때까지 수도 없이 동요를 불러주었습니다. 아이가 시끄럽게 우는 소리에 밤잠을 설쳐도 기분 좋게 노래를 불러주었지요. 그렇게 몇 시간을 안고 서성거리면, 아이가 제 품 안에서 잠이 들었습니다.

예전에는 이런 상황을 전부 다 고생스럽게 여겼습니다. 고통스럽지만 그게 행복이라고 스스로 자위했죠. 하지만 지금은 이 모든 과정이 행복이라고 느낍니다. 아주 달콤한 행복이라고요. 하루하루 아이가 변화하는 모습을 보고 있으니까요. 이제는 아주 조그만 변화와 성장도 모두 제 눈에 담고, 단 하나도 놓치지 않아요. 가령 아이 눈빛이 변하는 모습도 다 느낄 수 있습니다. 아무것도 모르던 신생아 아기의 눈빛이 달라지는 거예요. 당신을 보는 눈빛도 예전과 다르고요. 그건 당신이 누군지 아이가 안다는 겁니다. 알아보는 거죠. 아이에게 웃긴 표정을 열심히 지어 보이던 어느 날, 갑자기 아이가 입꼬리를 올리고 처음으로 웃어주는 겁니다. 아이가 처음으로 아빠라고 부르는 걸 들었을 때, 그때 느낀 벅찬 감동과 기쁨은 아마 평생 잊지 못하겠죠.

이 모든 것들이 이야기하고 있어요. 이 작은 생명이 당신의 눈앞에서, 그리고 당신의 마음속에서 조금씩 조금씩 커가고 있다는 걸요. 당신은 아이 인생 최초의 증인입니다. 그리고 아이를 보고 있으면 내 생명의 시작이 어떠했는지, 내가 어떻게 커왔는지도 알 수 있죠. 그러면 당신은 둘이 함께 커가는 모습을 지켜보는 증인이 되는 것입니다.

그래서 말입니다. 두 아이의 터울이 클 때, 가장 좋은 것은 부모라고 생각합니다. 자신의 마음가짐과 태도가 어떻게 변화되었는지를 보면서 자기 자신을 깊이 알 수 있고, 생명의 의미와 가치를 깨닫게 되니까요.

그리고 아이와 함께 하는 시간을 더 소중히 여기게 됩니다. 두서없이 방황하고 고민하고 초조해하지 않게 돼요. 아이의 의미에 대해서 새로운 정의를 내리게 되었으니까요. 무슨 일이 있어도 우린 함께, 그것만이 최선이라는 생각이 바로 그것입니다.

2016년 12월 16일, 더빙실에서 일을 시작하기 전에 이 글을 씁니다. 녹음 기사님이 커다란 유리창 너머에서 저를 보고 있네요. 헤드셋에서 그의 말소리가 들립니다. "한 선생님, 무슨 일로 그렇게 기분 좋게 웃고 계세요?"

CHAPTER 9

자아 성장

: 아이를 위해 더 나은 내가 되기

저 자신에게 묻습니다. "너는 가장 나은 자신을 위해 착실하게 노력하고 있는가? 매사에 모든 힘을 다 쏟아내 최선을 다하는가? 아이에게 모범을 보이려는 마음 때문이 아니라 내면에서 우러난 나 자신의 마음으로 최고의 내가 된 적이 있는가?"

아이들은 부모 행동의 복제판

지난주에 웨이신에서 장문의 댓글을 보았습니다. 몇 번이나 반복해서 읽으면서 가슴이 너무 아팠어요. 이 글은 한 엄마가 쓴 것입니다.

한 선생님께서 아이에게 보여주는 사랑과 인내심에 항상 부러움을 느낍니다. 저희 애 아빠는 성격이 너무 급해요. 저에게도 그렇고 아이에게도 마찬가지죠. 평소 생활이나 일에서 뭔가 마음대로 되지 않으면 감정을 주체하지 못해요. 걸핏하면 화를 내고 심지어 욕까지 쏟아놓는답니다. 아이는 그런 아빠를 볼 때마다 무서워해요. 저와 아이는 아빠의 이런 행동이 너무 싫지만 당할 수밖에 없어요. 누구에게 말려달라고 해도 소용이 없고, 불같이 화를 내야만 직성이 풀립니다.

아이가 몰래 이런 이야기를 하더군요. 엄마, 나는 크면 아빠 같은 사람은 되기 싫어요. 루루 아빠 같은 사람이 될 거예요. 루루는 아들의 친한 학교 친구예요. 그 애 아빠는 성격도 너무 좋으시고 아이를 많이 사랑해주세요. 저는 어린 나이에 이런 걱정을 하는 아이 때문에 마음이 찢어질 듯 아프면서도 그런 어른스러운 생각을 하나 싶어 다행스럽기도 했답니다. 아이가 커서 아빠처럼 될까 두려

웠거든요.

그런데 어제 아이를 데리고 공원에 놀러 갔을 때였어요. 다른 아이하고 장난감 자동차를 두고 옥신각신하던 아이가 말이 안 통하자 자제력을 잃고 상대 아이에게 미친 듯이 소리를 지르는 거예요. 저는 깜짝 놀랐습니다. 아이가 화를 내는 모습이 아빠의 축소판인 것처럼 아주 쏙 빼닮아있었거든요. 그 손동작이며 화가 났을 때의 말투, 심지어 얼떨결에 튀어나오는 욕까지, 정말 그 모습 그대로였습니다. 여덟 살 밖에 안 된 아이가요……

화풀이한 아이는 본인도 아주 낙담한 모습이었어요. 자기가 뭘 어떻게 했는지, 무슨 말을 했는지 생각이 나지 않는다고 하더라고요. 그런데 그 순간에 참을 수가 없었대요. 저는 아이를 달랬습니다. 너무 개의치 말라고, 일부러 그런 건 아니니 괜찮다고요. 하지만 이번 일로 저는 크게 충격을 받았습니다. 이런 일이 생긴 이유가 유전자의 문제인지, 아니면 자기도 모르게 환경의 영향을 받은 것인지 모르겠어요. 아이가 스스로 그런 사람이 되기 싫다고 했는데, 또래들보다 더 철든 생각을 하는 아이인데, 왜 아빠와 똑같은 행동을 하게 된 걸까요?

언행, 세계관, 가치관, 대인관계, 일에 대처하는 태도 등 아이가 성장하는 과정에서 부모의 영향은 빼놓고 생각할 수가 없지요. 사람은 자신의 이익을 좇는 본능을 갖고 있고 반성할 줄도 알지만, 기본적으로 감정적인 동물입니다. 감정 없이 움직이는 기계가 아니므로 누구라도 마음이 어수선해지거나 자제력을 잃을 수 있지요. 이성을 잃는 순간, 자신을 포함한 다른 사람들이 모두 깜짝 놀라 그 모습을 보게 될 겁니다. 그 모습이 부모님과 닮아서 슬플 수 있죠. 자신이 오랫동안 수련해왔던 것들이 하루아침에 무너지는 것 같을 테니까요.

아이들은 보는 대로 배웁니다. 아마 어려서 옳고 그름을 판단하지 못해 나쁜 습관을 그대로 모방하는 것일 수도 있고요. 성인이 되어 옳고 그름을 판단할 능력이 생기면, 본인이 처한 사회적 상황에 맞게 혹은 본인 마음의 소리에 따라 자신을 바꿀 수 있을 겁니다. 그런데 어릴 때부터 집에서 자기도 모르게 습득한 정서적 영향은 시비곡직을 따지는 것처럼 그리 간단한 문제가 아닙니다. 아이는 부모와 매일 함께하기 때문에 부모가 끼치는 영향은 아이의 잠재의식 속에 씨앗을 뿌리게 되죠. 아이는 이를 깨닫지 못하고, 성인인 우리도 깨닫지 못하기는 마찬가지입니다.

평소 자신을 엄격히 통제하고 자신을 돌아보는 사람은 집에서 받은 부정적인 영향을 최대한 피하려고 하지만, 잠재의식은 통제하기가 어려운 법이지요. 극단적으로 특수한 상황에서는 말 한마디, 동작 하나도 아이나 여러분의 잠재의식 속에 있던 나약한 방어선을 무너트리게 됩니다. 그러면 부모로부터 받았던 영향이 홍수처럼 발현되는 것이죠.

아이들은 하얀 백지상태로 태어나 세상사를 배우게 되고, 사회에서 생존해나가는 방식을 배우게 되고, 사회의 가치관이라 통용되는 이념을 배우게 됩니다. 우리가 흔히 도리라고 하는 것들, 예를 들자면 예의범절, 질서, 규칙, 법률 등이죠. 이는 책이나 방송 매체 외에도 자신이 접하는 모든 환경에서 영향을 받지만, 가장 중요한 경로는 바로 부모의 일상적인 행동방식입니다. 아이는 부모의 행동을 기반으로 얻는 부모의 세계관과 가치관을 자기도 모르는 사이에 자신의 것으로 내재화시킵니다. 간단히 말해서, 아이들은 자기가 가장 익숙한 광경을 계속해서 흡수, 복제하고 자기 내면에 저장해두는데, 어느 날 갑자기 의식이 통제력을 상실하면 그런 행동이 자동으로 이루어진다는 것입니다.

요약하자면, 우리는 아이들의 부모로서 자신의 정신세계와 언행에 각별한 주의를 기울여야 합니다. 아이의 정신세계가 성장하는 과정에서 부모가 미치는 영향은 아주 깊으니까요.

우리 아이들의 잠재의식 속에 부정적인 씨앗을 심어주지 않기를 바랍니다. 긍정적이고, 밝고, 적극적인 인생관과 세계관으로 좋은 영향을 미쳐야지요. 언젠가 아이들의 마음이 성숙했을 때, 밝고 희망찬 마음가짐이 있다면 건전한 생각과 자신감을 가지고 사회로 나아갈 수 있을 거예요. 언제 폭발할지 모르는 부정적인 감정을 억제하려 노력하지 않아도 되고, "나는 아빠, 엄마 같은 사람 되기 싫어."라는 말과 싸울 필요도 없겠죠.

남다르고 유난스러운 아이, 해명할 기회를 주세요

휴가 때, 치얼을 데리고 친척, 친구들을 방문했습니다. 제가 이야기하느라 바쁜 와중에 한 성격 좋은 선배가 치얼과 재미있게 놀아주었어요.

치얼이 요즘 오목에 푹 빠져있거든요. 어딜 가든 종이를 얻어서 가로 세로줄을 삐뚤삐뚤하게 그려서는 자기랑 오목 한 번만 두어달라고 부탁을 합니다. 선배는 치얼이 엉망으로 그린 선을 보고는 종이를 반으로 여러 번 접어 선 똑바로 긋는 법을 알려주었어요. 가로로 여러 번 접은 뒤에 다시 세로로 여러 번 접은 다음, 펼치면 간격이 일정한 장기판이 만들어지는 거죠. 치얼은 종이를 접는 선배를 보면서 갑자기 이렇게 말했습니다.

"이게 뭐야?"

옆에 앉아있던 저는 제 두 귀를 의심했습니다. 평소 아이들이 버릇없이 구는 것을 제일 싫어해서 예절만큼은 아주 엄격하게 가르쳤었거든요. 제가 어렸을 때부터 어머니에게 자주 듣던 말이 있습니다. '아이가 못생겼다고, 멍청하다고 하는 말을 두려워하지 말고, 아이가 버릇없다고 하는 말을 두려워하라. 그것이야말로 부모의 낯짝을 때리는 짓이다.'

어머니의 이런 생각은 저에게도 큰 영향을 미쳤습니다. 그래서 어릴 때부터 저희 곁을 한시도 떠난 적이 없는 치얼은 줄곧 예절 바르고 점잖은 아이였고요. 누군가를 만나면 먼저 반갑게 인사하고, 물건을 받을 때도 항상 '고맙습니다' 하고, 어른들께 높임말도 잘 쓰고요. 최근에 말 안 듣고 미운 시기에 접어들어 어느 정도 반항기가 늘긴 했지만, 받아 줄 수 있는 정도라고 생각했어요. 그런데 선배에게 감히 이런 말버릇을 보이다니, 저로서는 도저히 용납할 수가 없었죠.

그래서 저는 그 자리에서 아이를 나무라고, 사과를 드리게 했습니다. 치얼이 당황한 얼굴로 선배에게 이야기하더군요.

"죄송해요. 제가 잘못했어요."

선배는 됐다고, 괜찮다며 치얼을 감싸주었고, 두 사람은 계속해서 오목을 두기 시작했습니다. 그리고 꾹 참았던 저의 분노는 선배 집을 떠나는 순간, 터져 나왔습니다. 차에 타자마자 곧바로 치얼에게 잔소리폭탄을 퍼부었죠. 지켜야 할 규칙이며 예의범절에 대해 일장연설을 늘어놓고, 이런 말을 했을 때의 좋지 못한 결과, 예를 들어 사람들에게서 환영받지 못하고 미움을 받는다는 등의 이야기를 했습니다.

치얼은 제 이야기를 가만히 듣고 있다가 울음을 터뜨리고 말았습니다. 줄곧 입을 꾹 닫고 운전만 하고 있던 한 선생도 저를 말리더라고요. 너무 그렇게 몰아세우지 말고 무슨 생각으로 그런 말을 했는지 물어보자고요. 그러더니 치얼에게 어디서 그런 말을 배웠냐고 물었습니다. 치얼이 또박또박 이야기했어요.

"포가 그랬어요. 쿵푸팬더3에서요."

한 선생이 뭔가 생각난 듯, 다급하게 이야기했습니다.

"내 생각에는 우리가 오해한 것 같아. 쿵푸팬더 애니메이션에서 포가 원래 악당들하고 맞설 거로 생각했는데, 갑자기 힘을 뺏긴 옥으로 된 좀비들이 튀어나왔잖아. 그 장면에서 자기가 생각지도 못한 걸 보니까 포가 그렇게 말했거든. '이게 뭐야?' 그건 깜짝 놀라서 '이건 무슨 물건이야?'라고 하는 뜻이었다고."

치얼은 아빠의 해석을 듣더니 힘차게 고개를 끄덕였습니다. "엄마, 내 말이요. 내가 한 말이 포가 한 말하고 같은 거예요." 그리고 포가 했던 대사를 두 번이나 읊었습니다.

한 선생은 계속 이야기했어요. "치얼이 이 말을 한 어조와 어감을 잘 생각해봐. 똑같은 말이라도 어감에 따라서 다른 뜻으로 해석될 수 있잖아. 그걸 알면서."

저는 그제야 마음이 풀렸어요. 아이를 오해했다는 걸 알았으니까요. 곧바로 치얼에게 사과하는 동시에 그런 말은 어감을 어떻게 하든 예의 바르지 못하게 들릴 수 있으니 앞으로는 정확하게 말하는 게 좋겠다고 일러주었습니다.

생각보다 우리가 아이들의 생각을 오해하는 경우는 꽤 많습니다. 그런데 아이들은 그 오해를 풀 기회나 능력을 갖추고 있지 못하지요. 예를 들어 오목 사건만 해도 그래요. 한 선생이 그때 일부러 물어보지 않았다면, 치얼은 제가 잔소리하는 틈에 끼어들 수도 없었을 것이고, 그저 시키는 대로 고분고분하게 잘못했다고 사과하고 다시는 그러지 않겠노라고 이야기했겠죠. 아이가 마음속에 품을 원망이나 상처에 관해 저희는 전혀 알지 못했을 겁니다.

생각보다 우리는 누구나 깨어있는 부모가 되기 위해 노력합니다. 아이에게 실수했을 때, 체면을 내려놓고 사과하고 싶어 하고요. 그런데 우리가 발견하지 못한 잘못이나 오해는 어쩌죠? 아이가 제대로 설명하지 못한 일이 가슴 속에 계속 상처로 남아있다면요?

생활 속에서 많은 부모님이 비슷한 상황에 직면하게 될 겁니다. 제가 이런 글을 쓰는 것 또한 저 자신을 일깨우고, 다른 부모님을 일깨우기 위함이고요. 부모들은 시시각각 자기 자신을 돌아봐야 합니다. 아이가 평소 행동이나 성격과 어울리지 않는 언행을 한다면, 특히 어른들이 생각하기에 넘지 말아야 할 선을 넘는다면 우선 아이에게 해명할 기회를 주세요. 그리고 스스로 자신을 반성할 여지를 준다면 더 따뜻하고 감동적이지 않을까요?

조심! 아이의 생각을 대신하지 마세요

최근 한 친구가 육아에 파묻힌 생활에서 벗어나, 새로운 생활을 시작했습니다. 다이어트를 하면서 정기적으로 네일아트를 받고 헤어스타일을 바꾸더니, 옷 입는 스타일도 많이 세련돼졌어요. 그 친구말로는 자기가 결혼하고 애 낳고 키우는 몇 년 동안 갈수록 소극적으로 되어갔대요. 일 욕심도 없어지는 데다 요즘에는 얼굴까지 누렇게 떠서 영 말이 아니었다나요. 다시 분발해서 자기관리를 시작한다고 했습니다. 친구들도 걔 말에 적극적으로 찬성해주었습니다. 특히 어딜 가든 애를 둘이나 달고 다니며 혼자만의 여유라고는 꿈도 꿀 수 없는 저는 더욱 쌍수를 들어 환영했죠.

그런데 얼마가 지난 후, 친구들은 뭔가 잘못되었다는 것을 알았어요. 그 친구가 그러더라고요. 자기가 말끔해질수록 착하고 훌륭했던 아이들이 점점 눈에 거슬리더라고요. 전체적인 분위기도 마음에 안 들고, 차림새도 못마땅하게 느껴졌답니다. 아이가 건들건들하는 것 같고 부정적인 것 같아서 바꾸어야겠다고 마음을 먹었대요. 그래서 딸을 데리고 미용실에 가서 펌을 시키고, 공주풍 원피스를 입혔대요. 3년 동안 배우던 특기 수업을 끊고 발레를 시키기 시작하고요.

그 친구 딸은 제가 아는 아이 중에서 가장 독특한 아이예요. 완전히 톰보이 스타일이거든요. 3년 동안 축구를 했고 성격도 아주 씩씩합니다. 제 친구가 딸한테 축구를 시킨다는 말에 모두가 그랬었죠. 여자애가 축구를 하면 다치기도 쉽고, 여성스럽지도 못한데 그건 어쩌냐고요. 그때 친구는 '애가 축구를 좋아하고 성격이나 신체조건에도 잘 맞는 것 같다, 뭘 배우는 어쨌든 배우는 거 아니냐, 잘 맞으면 그만이지'라고 했었습니다. 그리고 아이는 지금까지 축구를 너무너무 잘해왔어요. 코치가 눈여겨보는 선수가 되었고, 본인도 실력에 만족하면서요. 그렇게 재능도 있고 앞날도 창창한 아이가 더는 달리지 못하고 얌전하게 서서 발레를 하고 있을 생각을 하니 마치 제가 죄를 짓는 것만 같았어요.

아이가 즐거워하지 않을뿐더러, 발레는 그 애와 정말 안 맞았어요. 공주 같은 발레복을 입고 웨이브 진 머리를 한 아이는 예전처럼 거침없이 웃지 않게 되었어요. 친구는 딸의 태도가 성격 개조의 첫 성과라고 생각했지만, 주변 친구들은 아이가 발레를 좋아하지 않는 걸 알뿐더러 그런 분위기의 운동이 아이에게 어울리지도 않는다고 생각했어요.

결국, 다른 친구 하나가 그 친구에게 메시지를 보냈어요.

"너 그러는 거, 우리 어릴 때 너희 엄마가 너한테 춥다고 내복 입으라고 강요한 것하고 똑같아. 그때 너 엄마한테 얼마나 대들었었는지 기억 안 나?"

저는 그 말이 아주 적절한 비유라고 생각했습니다. 그러나 친구는 그렇게 생각하지 않았나 봐요. 모녀 개조 작업을 지치지 않고 계속해나갔어요. 요새는 남편이 하고 다니는 것도 성에 안 찬다네요. 중국 공무원 스타일인 남편을 한국 '오빠' 스타일로 바꿔야겠다나요….

왕멍(王蒙)이라는 작가가 쓴 글이 불현듯 떠올랐습니다.

추운 북방으로 출장을 갔다 온 엄마는 아이에게 옷을 더 껴입으라고 합니다.

땀을 삘삘 흘리며 자전거를 타고 집으로 온 아빠는 아이에게 옷 좀 벗으라고 합니다.

자기가 배고픈 부모는 아이에게 더 먹으라고 권하고, 고생을 이겨낸 부모는 아이가 식탐이 많다며 탓합니다.

외로운 부모는 아이가 너무 조용하고 명랑하지 못하다며 탓하고, 낮잠이 자고 싶은 부모는 애가 내는 소리가 너무 시끄럽다 합니다. 책 읽고 싶은 부모 눈에는 공부를 싫어하는 아이가 보이고, 공을 차고 싶은 부모 눈에는 운동을 싫어하는 아이가 보입니다….

이 글은 저에게 깊은 인상을 남겼습니다. 읽을 때마다 재미있어요. 자녀들이 읽는다면 이건 내 부모님과 주변 어른들의 모습이라 할 것이고, 부모들이 읽는다면 이건 딱 내 모습이거나 친구들의 실사판이라고 하겠죠. 그래서 볼 때마다 더 미소를 짓게 됩니다. 위 내용과 비슷하게 제가 가장 많이 하는 실수는 목이 마를 때인데요, 제가 목이 마르면 아이도 물을 안 마셨다고 생각해서 빨리 물을 마시라고 재촉을 하죠.

외부 세계에 대한 변화무쌍한 느낌과 인상은 그 순간 우리가 세상을 보는 방식을 결정합니다. 그건 일시적인 생각일 수도 있고 지속적인 마음가짐일 수도 있죠. 평소와는 다른 갑작스러운 행동으로 반영되어 나타날 수도 있고요. 예를 들어볼까요. 평소에는 친구와 만나 수다 떨기를 좋아하는 저지만, 내가 바쁠 때는 끝없는 대화가 지루하고 초조하게 느껴질 수 있죠. 하지만 실제 인간관계에서는 다른 사람의 태도에 따라서 행동을 조심하게 됩니다. 동등한 지위, 또래의 사람들로부터 아무런 제약을 받지 않는다 해도 굳이 미움을 사고 싶지는 않으니까요.

그러나 그게 우리 집 아이일 때는 이야기가 다릅니다. 우리는 그 순간 세상을 보는 시각에 따라 아주 쉽게 아이의 생각을 넘겨짚고 판단하고 요구하죠. 그리고 본인의 좋고 싫은 감정을 아무 가감 없이 아이에게 그대로 보여줍니다. 아이를 통제하는 것은 아주 손쉽고 간단하니까요. 하지만 아이들은 아이들입니다. 부모의 요구사항에 어느 정도 부합은 하겠지만, 우리의 갑작스러운 변화에서 당황하고 혼란스러워하고 말 못 할 고통을 느끼기도 합니다. 우리가 어렸을 때의 경험을 떠올려보세요. 어떤 느낌인지 확실히 알 수 있을 겁니다.

저는 항상 나 자신의 기준을 아이들에게 강요하지 말자고 다짐합니다. 내가 좋고 싫다 해서 다른 사람의 삶을 재단하지 말자고도 다짐합니다. 호불호를 느끼는 감정이 자꾸만 바뀌고 생각이 바뀜으로 인해 아이에 대한 요구사항도 자꾸 변화하고, 처음 예상과는 완전히 달라지기도 하지만요.

기억하세요, 모든 아이는 독립적인 존재입니다

진쯔가 태어난 후로, 한 선생의 육아 참여도는 갈수록 높아졌죠. 아무리 바빠도 매일 집에 돌아오면 제일 먼저 하는 일이 손을 씻고 아이들과 놀아주는 것이 되었고요. 큰 애 뒤를 쫓고 작은 애를 안고 게임도 하고 숙제도 도와주고 책을 읽어주고 이야기를 들려주고… 남편이 집에 있으면 저도 편안하게 휴식을 즐길 수 있답니다. 얼굴에 드러나는 피곤함은 숨길 수가 없지만, 그 웃음만은 진심이니까요.

진쯔가 태어나기 전에는 매일 치얼을 등하교시키는 것이 제 일이었습니다. 그런데 진쯔가 태어나고 나서는 한 선생이 출장을 가지 않는 한, 한 선생이 치얼을 데리러 다니게 되었죠. 아들은 한 선생이 데리러 오는 것을 좋아합니다. 먹고 싶은 것, 마시고 싶은 건 다 먹고 마시게 해주고 가끔 샛길로 빠져서 장난감도 사주고 이야기도 듣고 싶은 만큼 들려주니까요. 결국, 아빠는 '원하는 건 다 들어줌'의 대명사가 되었습니다.

저는 한 선생이 아이에게 잘해주는 것에 한계가 없다는 생각을 할 때가 있어요. 가족, 친구들도 모두 입을 모읍니다. 한 선생이 저보다 훨씬 더 세심하게 애들을 잘 돌본다고요. 외출할 때는 별의별 걸 다 챙깁니다. 아이 마실 물, 비상시 갈아입힐 옷, 간식, 모자, 선글라스, 담요, 장난감, 선크림… 안팎의 온도 차가 큰 건물에 들고날 때는 꼭 아이 이마에 손을 짚어보고 춥거나 더울까 걱정하고요.

아들은 숙제를 잘못했거나 책을 열심히 읽지 않아서 저에게 야단맞은 후, 아빠 얼굴만 보면 눈물을 흘립니다. 자기의 억울함을 아빠에게 모두 쏟아내고 불쌍하게 이야기하죠.

"아빠, 아빠가 나 대신 얘기 잘 해줘요!"

그렇게, 저만의 생각이든 아니면 아이의 느낌이든, 치얼은 저보다 아빠와 훨씬 더 가깝게 지내왔습니다. 그런데 개학하고 얼마 지나지 않은 어느 날, 아주 의외의 일이 벌어졌어요.

그날 아침, 저는 진쯔를 세수시키고 옷 갈아입히느라 바빴어요. 밖에서 약속이 있는데 늦을 것 같았거든요. 한 선생이 치얼에게 줄 빵과 소시지, 과일 주스를 준비하고 기쁜 마음으로 아이를 깨우러 갔어요.

"얼른 일어나면 아빠가 초콜릿 사줄게. 오늘 학교에 가져가서 먹어요!"

기뻐 날뛸 줄 알았던 아이가 어쩐지 하나도 고마워하지 않았어요. "오늘은 아빠랑 안 갈래요. 엄마가 데려다주세요." 그냥 하는 소리라고 생각하고 이렇게 대꾸했어요. "엄마 바쁜데. 아빠가 데려다주는 게 좋다 하지 않았어?" 그런데 아이가 계속 고집을 부리는 겁니다. 무슨 말을 해도 물러서질 않고, 기어코 저더러 데려다 달라는 거예요.

저와 한 선생은 어리둥절해서 물었습니다. "왜 그러는데?" 아들이 대답했습니다. "그냥요. 요즘에 아빠가 많이 데려다줬으니까 오늘은 엄마가 데려다주면 좋을 것 같아요." 저는 최후의 수단으로 아이를 협박했죠. "엄마가 데려다주면, 초콜릿은 없는 거야." 그런데 먹을 것이라면 물불 안 가리는 먹보 아들이 눈 하나 까딱하지 않고 그러라고 하는 겁니다.

결국, 그날 학교에는 제가 데려다줬어요. 한 선생도 어찌해 볼 도리가 없었죠. 더 이상한 것은 그 후 며칠 동안 치얼이 계속해서 이렇게 묻는 겁니다. "엄마, 오늘 엄마가 데리러 와요? 엄마, 내일 과외 수업은 엄마가 데려갈 거죠?"

저희 둘은 아이의 태도가 어쩌다가 이렇게 180도 바뀌게 된 건지 몰라 몇 번이나 캐물었지만, 원인을 밝혀낼 수 없었어요. 아이는 그냥 아빠, 엄마가 돌아가면서 등하교를 시켜주었으면 좋겠다고 말할 뿐이었으니까요. 하지만 그날 그렇게 당번을 엄마로 바꾼 이후, 다시 아빠로 바꾸어달란 말은 전혀 하지 않았습니다.

한 선생은 속상해했습니다. 그 마음은 저도 아주 잘 알고 있어요. 온 마음을 다해서 한 사람에게 사랑을 쏟아붓고 무엇이든 아낌없이 들어주었는데, 그 마음을 다 받아놓고는 갑자기 이렇게 냉담하게 굴다니요.

어느 날 저녁, 녹음을 마치고 집에 늦게 도착했어요. 제가 집에 들어간 순간, 막 자려던 진쯔가 잠에서 깨어 안아달라고 칭얼대는 겁니다. 한 선생은 제가 피곤할까 봐, '엄마 밥부터 먹어야 하니까 아빠가 안아줄게' 하고 진쯔를 달랬습니다. 그런데 진쯔는 끝까지 아빠를 거부하고 필사적으로 저에게 손을 뻗는 거예요. 저는 진쯔를 받아서 잠시 안고 놀아주었어요. 그리고 다시 아빠에게 보냈는데, 글쎄 애가 엉엉 울기 시작하는 거예요. 저는 하는 수 없이 진쯔를 다시 받아들고 젖을 먹이면서 한 선생에게 조심스럽게 이야기했어요.

"당신이 싫은 게 아니라, 아직 모유를 먹는 아이라서 그런 거야. 밤 되니까 잠투정하는 거지. 이럴 때는 세상 누가 와도 안 돼."

한 선생이 피식 웃었어요.

"위로 안 해도 돼. 요 며칠 생각해봤거든. 우리가 애들한테 정성을 쏟기는 하지만, 그렇다고 유리멘탈일 필요는 없잖아. 사랑하고 잘해주되, 그건 마음에서 우러나와서 조건 없이 주는 사랑이지 보답을 바라선 안 되는 거라고. 그 사랑은 아이들도 분명 느낄 거야. 만약 아이가 보답할 것을 미리 기대한다면, 물질적이든 정신적이든 그건 조건이 달린 편협한 사랑이 되는 거야. 조건이 기대에 못 미치면 심리적으로 균형을 잃고 나쁜 마음을 품게 되겠지."

일요일 저녁, 치열이 책 한 권을 끼고 앉아 정독하더니 다시 뒤에서부터 거꾸로 읽어오기 시작했습니다. 제가 10분만 더 보고 자라고 했더니 그러겠다고 하더군요. 그런데 결국 10분만 더, 10분만 더, 하면서 10시가 될 때까지 도망을 다니는 겁니다. 저는 마음이 급해졌죠.

"엄마가 몇 번이나 얘기했는데, 잠도 안 자고 말도 안 듣고, 이래서 내일 아침 일찍 일어날 수 있겠니? 잠도 제대로 안 깬 상태로 어떻게 학교에 가?"

그런데 언제나 말 잘 듣고 착하던 아들이 갑자기 이런 소리를 내뱉는 게 아닙니까.

"그렇게 몇 번씩 얘기하는데 짜증 안 나요? 좀 이따 자면 안 되냐고요!"

저로서는 너무 의외의 말을 들은지라, 뭐라고 대답해야 할지 말문이 탁 막히더라고요. 우리 가족은 말버릇이 모두 예의 바른 편이라, 이런 일이 벌어질 거라고는 상상도 한 적이 없었던 거죠. 속상한 제가 한 선생에게 이야기했습니다.

"나는 저한테 그렇게 잘하는데, 어쩜 나한테 저렇게 말할 수가 있어?"

한 선생은 치얼과 잠시 이야기를 나누었습니다. 그 녀석은 자기가 뭘 잘못했는지 아직 잘 모르는 눈치였습니다. 그냥 엄마가 기분이 언짢아 졌다는 것만 느끼고 있었죠. 한 선생은 엄마에게 그런 말을 하는 건 예의에 크게 어긋나고 교양 없는 짓이며, 그런 말을 들은 사람은 무척 속이 상한다고 설명해주었습니다. 그런데 치얼이 그러더라고요. 지난번에 친구 집에 가서 노는데, 친구 엄마가 만화 좀 그만 보라고 하는데 친구가 엄마한테 그렇게 말을 했다고요.

사실 아이들이 부모에게 불쾌한 감정을 드러내거나 대드는 말을 한다고 해서 그게 꼭 본심에서 나온 것이라고 볼 수는 없습니다. 혹시 본심이라고 하더라도 부모에 대한 사랑이 줄어들었다는 뜻은 아닐 거예요. 그런 행동을 했을 때 어떤 결과가 나타날지도 모르고 있을 테니까요.

초심을 잃지 않고 아이를 사랑하자고 나를 다잡으세요. 아이에게 도덕적인 잣대를 들이대지도, 어떤 보답을 바라지도 마세요. 언제든 잘못하기를 허락하고 솔직한 감정 표현을 허락하세요. 그것이야말로 부모 소유가 아닌 독립적인 자녀가 되게 하는 진정한 길이니까요.

당신이 전업맘이라면

최근 〈낭독자朗讀者〉라는 프로그램 때문에 제작자이자 진행자인 둥칭董卿 씨를 더 좋아하게 되었습니다. 그녀의 부드럽고 지성미 넘치는 목소리도 너무 좋고, 프로그램 전체에서 느껴지는 박학다식함과 열정적인 느낌까지 너무 멋집니다.

어제 우연히 둥칭 씨의 인터뷰를 보게 되었는데요, 좋아하는 분이라 그런지 아주 집중해서 보았지요. 영상을 보면서 역시 감탄을 금할 수 없었고요, 특히 "내 아이가 어떤 사람이 되기를 원하신다면, 방법은 아주 간단합니다. 우선 스스로가 그런 사람이 되어야지요."라는 말에 십분 공감하게 되었습니다. 저희가 생각해왔던 교육이념과 꼭 일치하는 부분이었거든요.

그런데 인터뷰에서 그녀가 언급한 것은 전업맘과 아이를 낳은 후의 생활에 관한 이야기였습니다. 그중 저에게 인상적인 부분이 있었어요.

저는 적응기를 거치면서 갑자기 모든 시간을 아이에게 할애하게 되었습니다. 저 자신은 아주 사소하고 쓸모없는 존재가 되어버렸지요. 부모는 많은 부분에서 균형을 잘 잡아야 해요. 내 세계에는 나 혼자뿐이라고 말할 수는 없지만, 그렇다고 해서 내 세계에는 아이밖에 없다고 할 수도 없어요. 그만큼 잘 생각한 후에 전업맘이 되어야 합니다. 물론 선택지가 이것 하나만은 아니겠지요. 그러니 여러분이 각자 자기의 세계 안에서 균형을 잘 잡으셔야 합니다.

그래서 저는 항상 '내가 더 나은 사람이 되도록 열심히 노력해야 한다. 언젠가 아이가 철이 들면 부모를 사랑하고 존경하고, 또 부모에게서 훌륭한 인성을 배울 수 있도록 해야 한다.'는 생각을 해요. 저는 계속해서 성장할 가능성을 놓치고 싶지는 않습니다. 아이로 인해서 제자리걸음을 하고 싶지도 않고요.

저는 둥칭 씨가 대단히 성공한 커리어우먼이라고 생각하고 있었거든요. 그런데 그녀의 말 중에서 전업맘에 대한 평가 부분은 재고의 여지가 있다고 느꼈습니다. 가사 일에는 분담이 필요하고 아이를 키우는 데는 부모 양쪽이 협조해야 한다는 점에 대해서는 누구도 부인할 수가 없을 겁니다. 여기서 말하는 협조란 단순히 먹이고 재우고 입히는 문제뿐만 아니라 아이의 심리적인 성장과 살아가는데 요구되는 기술을 가르치는 세심한 부분까지를 아우르고 있어요. 두 사람이 이렇게 효율적으로 함께 하기 위해서는 살림만 잘하는 엄마가 아니라 자기계발과 자기수양에도 능한, 의식 있고 비판적인 전업맘이 더 필요한 법입니다.

전통적인 관념의 한계 때문일까요, 아직도 사회적인 여론은 여성을 커리어우먼과 가정주부로 구분 짓고 있고, 전업맘은 기본적으로 후자의 범주에 속합니다. 동시에 가정주부는 '아줌마'라는 말 등으로 비하되기도 하지요.

사회가 발전하면서 시대도 진보하고 있습니다. 정보화 사회, 인터넷

시대에는 개인에게 주어지는 기회와 가능성이 무한합니다. 발전하고 성장하려고만 한다면 기회는 얼마든지 주어지는 법이지요.

제 개인적인 경험과 주변에서 성공적으로 전업맘 역할을 하는 분들의 경험에 비추어 보건대, 자신 있게 말씀드릴 수 있습니다. 전업맘은 평범하지만 절대 무능하지 않습니다.

우선, 저는 아들이 태어난 순간부터 저 자신을 전업맘으로 인정했고, 딸이 생긴 지금도 마찬가지입니다. 저는 의사가 이 깜찍한 생명을 제품에 안겨주었을 때부터 제가 무엇을 해야 할지 알 수 있었죠. 작디작은 손이 제 손가락을 꽉 쥐는 것을 볼 때마다, 애타는 눈짓을 볼 때마다, 이 아이를 평생토록 사랑하고 곁에 있겠다고 다짐했습니다. 다른 선택은 없었어요. 그들이 저를 원하고 있으니까요. 간단하죠.

그때부터 매일 아이를 돌보았습니다. 아이에게 물은 어떻게 먹이는지, 어떻게 해야 아이가 밥을 잘 먹을지, 유치원은 어디로 보내야 좋을지 연구하고, 혹여 어디 다치기라도 할까 봐 한 시도 눈을 떼지 못했지요. 책을 읽어주고 놀이를 하고 무언가를 가르치고 스스로 해내도록 돌봐주었습니다. 아이가 잠든 늦은 시간에는 집 안 청소로 바빴고요. 사진과 영상 정리, 블로그 작성도 잊지 않았습니다. 아이와 함께하는 깨알 같은 사소한 일상들이 며칠만 지나면 기억 속에서 잊히는 것이 너무 아쉬워서요.

시간은 정말 사소하게 흘러갑니다. 쓸데없어 보이는 것투성이죠.

중간에 위기도 조금 있었습니다. 주위 사람들 때문에요. 친척들이 그러더라고요. 너희 엄마, 아빠가 너 공부시키느라 얼마나 애를 썼는데, 학력도 그렇게 높으면서 왜 일도 안 하고 집에서 애만 보고 있냐고요!

시부모님이 그런 말을 입에 담지는 않으셨지만, 저의 자격지심 때문인지 시부모님이 저를 기생충처럼 생각하지는 않으실까 걱정이 들기도 했지요. 아들은 밖에서 힘들게 일을 하는데, 저는 집에서 애들이나 보고 있으니 얼마나 편하다고 생각할까 싶어서요.

이웃, 회사 동료, 학교 동기들은 모두 자기 일에서 자리를 잡고 잘나가는 중입니다. 누가 봐도 부러운 생활을 하는 사람들도 있고, 아이들도 전부 예쁘고 건강하게 크더라고요.

한 선생은 언제나 저의 가치를 최고로 알아주지만, 가끔은 저도 그런 생각을 해요. '남편의 그런 인정이 사회적으로 인정받지 못하는 나를 채워줄 수 있을까?' 우리는 결국 사회를 떠나서 완전히 독립적으로 존재할 수는 없습니다. 그러니 제가 사회를 일시적으로 떠난 것에 불안함을 느끼는 것이죠. 그래서 얼마 동안이라도 직장생활로 복귀해 소위 사회적 가치를 실현하고 싶었습니다. 그런데 아무것도 모르고 있는 아들 얼굴을 보니 제 마음이 이미 아이와 분리되는 걸 절대 허락하지 않는 게 느껴지더군요. 그리고 그 말이 떠올랐어요. '아이들에겐 내가 필요해.'

자기 자신에게 물었죠. '처음에 왜 전업맘을 택했나? 등 떠밀려 어쩔 수 없이 받아들인 선택이었나?' 아니, 당연히 아닙니다. 저는 엄마로서 아이와 함께하고 싶고 아이와 함께 성장하고 싶다는 마음의 소리를 따른 것입니다. 그것이야말로 전업맘의 자신감, 자존감의 원천이죠.

그렇죠. 아이가 병이 나서 기침이 나고 열이 오를 때, 밤새도록 잠도 못 자고 뒤척일 때, 무엇보다도 함께 해줄 사람이 필요할 때, 곁에서 함께 아픔을 나누었던 때.

온종일 바쁘게 일한 남편이 집으로 돌아와 저를 꼭 안아주면 깍깍거리는 소리가 멀리서부터 달려와 한 덩어리가 됩니다. 아이를 높이 들어 올리고, 온 가족이 서로를 껴안은 그 시간. 남편의 뿌듯함과 편안함이 느껴집니다. 치얼은 부모님을 향한 사랑과 부모님 서로 간의 애정을 이해하고 신뢰하지요.

한 손에 아이, 한 손에 기저귀 주머니, 등에는 배낭을 메고 작열하는 태양 아래 감행한 외출, 아이가 혹여나 쉬를 하거나 먹던 음식을 흘렸을 때, 재빨리 아이를 내려놓고 순식간에 기저귀를 갈고 옷자락을 닦아 주고는 바람처럼 자리를 떠나는 순간.

한쪽 팔에 아이를 안고 한 손으로 채소를 씻고 다져서는 졸이고 볶고 튀기고 눈 깜짝할 사이에 한 상 거나하게 차려 내는 마술 같은 순간.

너무 많은 순간에 아이가 함께합니다. 그리고 어느 한순간도 버릴 수 없지요. 이 중 반짝이지 않는 순간은 없습니다.

인터뷰에서 둥칭 씨가 이런 이야기도 했죠. 계속해서 성장할 가능성을 놓치고 싶지 않고, 아이 때문에 제자리걸음 하고 싶지도 않다고요. 그 부분에 대해서도 할 말이 있습니다.

돌아보면, 전업맘으로 지낸 최근 몇 년 동안, 저는 그 어느 때보다 빠르게 걷고 가파르게 성장했고 공부하고자 하는 의지가 강했습니다. 게다가 그 과정에서 저보다 더 근면 성실하고 훌륭한 전업맘들을 만나기도 했죠. 그들은 육아하며 얻은 지식과 최신 정보를 다양한 소모임에서 공유했습니다. 자기가 아줌마가 되었다며 원망하는 사람은 없었어요.

저희는 공통된 인식을 하고 있었습니다. 무엇이든 할 줄 알아야 하고, 전문적인 기준에 맞게 열심히 공부해야 한다는 것이었어요. 그래서 의사도 되고, 선생님도 되고, 언어전문가도 되고, 운동선수도 되고, 화가도 되고, 가수도 되고, 보디가드도 되고, 운전기사도 되고, 보모도 되고, 요리사도 되고, 영양사도 되고, 과학자도 되고, 여행가도 되고, 목수도 되고, 전기공도 되었지요.

예전에는 나와 아무런 관련이 없었던 분야의 일도 아이에게 도움이 된다면 적극적으로 배우고 시도했습니다. 어떤 분은 자동차 운전에 대한 공포감을 십수 년 만에 딛고 운전면허를 취득했죠. 수십 년 동안 자신이 없었던 그림 그리기를 공부한 엄마도 있어요. 아이에게 어떤 그림 교육이 맞을지 알기 위해서요. 그 흔한 토마토 달걀 볶음도 제대로 못 하다가, 아이 덕분에 각종 요리를 숙달한 엄마도 있어요.

또 아이와 함께 책을 보고, 혹은 아이가 잠든 시간을 활용해 매년 평균 수십 권씩 책을 보는 엄마도 있어요. 그분은 사고능력과 글쓰기 능력이 예전보다 훨씬 나아졌죠. 어떤 전업맘은 아이가 유치원에 들어가고 나서 직장으로 복귀했고, 직장 내에서 별다른 어려움 없이 안정을 되찾았습니다. 육아하기 전보다 더 자신감과 여유를 얻었고 펄펄 날아다닌다고 해요.

계속 성장하기를 포기하는 사람들에게 걸림돌이 되는 건 아마 아이가 아닐 겁니다. 자기 자신이 이미 뼛속부터 그런 사람인 거예요. 아이가 없어도 성장할 거라는 보장이 없고, 직장생활을 하든 전업맘이 되든 상관없이 언제나 제자리만 빙빙 돌고 있는 사람이요.

근면 성실하고 적극적인 사람은 아이로 인해 부정적으로 변하지 않습니다. 반대로 그 전에는 어영부영하던 사람이 전업맘이 되고 오히려 적극적으로 돌변한 사례는 자주 보았습니다. 아이는 우리 인생의 방해물이 될 수 없습니다. 오히려 더 나은 내가 되어가도록 동기를 부여하지요.

엄마가 아이에게 주는 영향은 평생 아이를 따라다니고, 아이가 이 세상을 알아가는데 아주 큰 작용을 합니다. 이런 영향은 경제적인 빈곤이나 부모의 직업과는 무관합니다. 엄마가 어떤 사람인지, 그리고 어떤 태도로 인생을 살아가는지와 아주 밀접한 관련이 있지요. 고결한 인품과 강인한 정신을 갖추고 배우기를 게을리하지 않는 엄마가 있다면, 아이는 절대 뒤처질 수가 없습니다. 마지막으로 제 친구가 저에게 한 말을 빌려 글을 마무리하고자 합니다.

"오늘 어떤 선택을 하든, 나중에 다시 되돌아오게 되어있어. 아이하고 맺는 끈끈한 유대감이나 일상생활에서 이루어지는 둘 사이의 소통, 그리고 아이가 너한테 주는 여러 가지 인생 경험들이 차차 숙성되어서 나중에 보답으로 돌아올 거야. 지금은 아니지만, 나중에는 결국 돌아오게 되어있다니까."

아이를 위해 더 나은 내가 되길 생각해본 적 있나요?

그저께, 친한 친구와 채팅을 하고 있었어요. 친구가 자기 아버지가 대학 때 했던 필기 노트의 사진을 보여주었습니다. 저는 정말 아연실색할 수밖에 없었죠.

글자 한 자 한 자가 가지런하고 정갈하게 쓰인 것은 물론, 노트면 전체도 너무나 깔끔하고 노트 배치도 짜임새 있고, 처음부터 끝까지 공을 들인 품새에 저절로 존경심이 일더라니까요. 55년 전 대학 시절에 친구 아버지가 수업시간에 배운 내용을 나중에 노트에 정리한 거라고 했어요.

친구가 그러더라고요. 아버지는 산골 농사꾼 집안 출신인데, 베이징까지 오려면 여비가 너무 많이 들어서 칭화清華대학교에 응시를 포기하고 상하이의 퉁지同濟대학교의 교량공학과에 응시, 합격해 아주 착실하게 공부했대요. 그때는 너무 궁핍한 시절이어서 종이를 최대한 효율적으로 활용하기 위해서 글자도 아주 조그맣게 써야 했대요. 매주 그린 공정도안은 전부 다른 학교와 교류하는 데 사용하느라고 교수님께 제출해서 하나도 남겨두지 못한 게 안타깝다고 했어요. 하나라도 남아있었다면, 그 역시도 분명 인쇄물처럼 깔끔하고 단정한 글씨의 제도도안이었을 거예요.

이 이야기를 하는 동안 제 친구가 얼마나 자부심을 품었는지 모니터를 통해서 느낄 수 있었어요. 그리고 제일 먼저 든 생각은, 오랫동안 지켜본 그 친구의 성실함, 진지함, 끈기가 어디서 왔는지 그 원천을 찾았다는 것이었습니다.

그 친구와 알고 지낸 지 얼마 되지 않았을 때, 저는 그 친구가 말을 아주 완벽히 논리정연하고 빈틈없이 한다는 것을 깨닫게 되었지요. 대단히 절도 있고 원칙을 고수하는 스타일이기도 했고요. 그러면서도 본인이 한 번 뱉은 말은 꼭 지켰습니다. 일의 완성도에서는 자기가 인정할 수 있는 수준에 이르지 못하면, 사람들에게 미움을 산다 할지라도 허투루 넘어가는 법이 없었죠.

친구가 그런 말을 했어요. 자기는 아버지에게서 많은 것을 보고 배웠다고요. 그리고 그중 가장 와닿은 것은, 사람은 책임질 줄 알아야 하고 몸가짐이 모든 것을 결정한다는 점이라고 했습니다.

우리는 평소에 말과 행동으로 모범을 보여야 한다는 말을 많이 합니다. 하지만 제가 친구와 친구네 가정에서 더 자주 본 것은 말로는 침묵하되 행동으로, 그것도 무의식적인 행동으로 모범을 보이는 것이었습니다. 물론 말로 할 때도 있지만 주된 방법은 아니었지요.

몇 주 전, 우연히 친구와 친구의 친구들과 함께 식사하게 되었습니다. 식사 자리에서 한 분이 지금 중국 사회는 계층화가 뚜렷해지고 있고, 그 계층을 뛰어넘는 것이 어렵다는 이야기를 꺼냈습니다. 개천에서 용 나는 상황이 지금도 아예 없지는 않지만, 거의 찾아보기 힘들다는 것입니다. 그래서 아이가 출세하는 데 필요한 물질적 조건을 모두 갖추기 위해서 일찍이 사업을 시작했고, 지금은 적지 않은 부를 축적했다고 했습니다.

가만히 듣고 있자니 거북하긴 한데, 딱히 반박할 말은 없더라고요. 그런데 그분은 아이가 책 읽기를 너무 싫어해서 골치라고 했습니다. 그리고 얼마 전에 큰 집으로 이사를 하면서 예전에 보던 낡은 책은 다 버렸다고, 지금 사용하는 교과서와 선생님이 꼽아준 필독서 외에 다른 책은 많지 않다고 했습니다. 그리고 부부가 둘 다 책을 좋아하지는 않지만, 아이에게 줄 영향을 생각해서 가끔 보는 척을 하는데, 사실 일 년에 한 권도 다 못 읽겠다고 덧붙였습니다. 그 말을 들으니 저희는 아이가 왜 책을 읽기 싫어하는지 다 알겠더라고요.

계층이 어쩌고 하면서 떠벌리는 그 사람을 보고 있으니, 제 친구와 꼼꼼하셨던 친구의 아버지, 친구를 쏙 빼닮은 딸이 얼마나 좋아 보이던지요! 무언가에 집중하고 집착하고 골몰할 수 있는 그 자체가 너무나도 부러웠습니다. 그리고 저 자신에게 물었죠.

"너는 가장 나은 자신을 위해 착실하게 노력하고 있는가? 매사에 모든 힘을 다 쏟아내 최선을 다하는가? 아이에게 모범을 보이려는 마음 때문이 아니라 내면에서 우러난 나 자신의 마음으로 최고의 내가 된 적이 있는가?"

제가 그렇게만 된다면, 마음은 더 평화롭고 행복해질 것입니다. 아이들도 그런 부모의 마음을 느낄 수 있을 것이고요. 강인한 의지와 더 나은 사람이 되기 위한 노력은 말로는 전할 수가 없는 것입니다. 그저 부모의 그런 모습이 자녀에게 그대로 스며드는 것이지요. 훌륭한 부모를 보고 자란 아이는 최고의 수혜자가 되고, 그 마음은 대를 이으며 전승될 겁니다.

지금 당장 빈곤하고 보잘것없을지라도 그런 훌륭한 부모 밑에서 자란 아이들은 전혀 평범하지 않습니다. 세속의 눈에도 얽매이지 않을 것입니다. 대쪽같이 바른 마음으로 자신이 원하고 생각하는 바를 이루기 위해 용감하게 전력 질주할 것입니다. 훌륭한 부모님과 똑같은 마음을 가졌으니까요.

결국 늙어버릴 우리, 부모가 된 우리 자신들에게

가끔 한 선생과 걷다 보면, 길가 벤치에 앉아 볕을 쬐고 있는 노인들을 발견합니다. 조각상처럼 한 방향을 향해 시선을 집중한 채, 오랫동안 움직이지 않죠. 공원에서는 노래에 맞추어 율동을 하는 할머니들, 태극권을 연마하거나 장기를 두고 있는 할아버지들을 발견하기도 하지요. 모두 저마다 자신의 시간을 즐기는 모습입니다.

그런 모습을 발견하면 저는 한 선생에게 꼭 물어봐요.

"우리가 늙은 모습을 상상해본 적 있어?"

그러면 한 선생은 생각해본 적이 없다고 해요. 지금 이렇게 젊은데 뭐하러 그렇게 나중을 생각하느냐고요. 그러면 저는 이렇게 말합니다.

"나는 생각해본 적 많아. 그런데 꼭 내가 원하는 모습만 있는 건 아니야. 그래도 나는 늙으면 돋보기를 쓰고 게임공략집을 보면서 소파에 앉아 게임을 하고 싶어. 밤낮이 바뀐 줄도 모르고 노는 젊은이처럼 말이야."

저는 늙으면 우아한 할머니가 되고 말겠다고 생각해왔습니다. 몸이

후덕해져서 헐렁하고 짙은 색깔 옷밖에 못 입는 건 싫고요, 광장 같은 곳에서 다른 노인들과 모여서 엉덩이를 흔들며 춤을 추기도 싫어요. 매일 시장에서 채솟값 깎자고 흥정하는 것도 싫고요, 이웃집 사람들하고 남의 얘기를 이러쿵저러쿵하는 것도 싫습니다.

어제는 한 선생이 영상을 보고 있다가 갑자기 소리를 질렀어요.

"와서 이것 좀 봐. 이게 바로 내가 꿈꾸는 이상적인 노년 생활이야. 당신도 이랬으면 좋겠어?"

노인이 지팡이를 짚고 천천히 피아노 앞으로 걸어가, 피아노 위의 먼지를 가볍게 손으로 쓸더니 《업》에서와 같이 '모험 책Our Adventure Book'을 올려놓았습니다. 그리고 고개를 빼꼼히 내밀어 주방에서 바쁜 아내의 뒷모습을 바라보았습니다. 이윽고 피아노 소리가 울리고, 아내는 익숙한 선율에 빠져들어 손을 닦고 주방에서 나옵니다. 벽에 풍선으로 쓴 결혼 60주년 기념일 축하 메시지를 보고 깜짝 놀라더니 행복한 모습으로 피아노 앞에 앉습니다. 한 쌍이던 손이 두 쌍이 되어 경쾌하게 건반 위를 오고 갑니다.

이제는 등이 굽은 할아버지, 후덕한 할머니가 된 그들은 사람들의 이목을 끄는 외모는 아닙니다. 그러나 두 사람이 함께여서 생기는 여유와 편안함, 만족스러움은 피아노 소리에 실려 가득 흘러넘칩니다. 처음부터 끝까지, 담담하고 행복한 분위기입니다. 아름다운 피아노 선율, 가끔 들려오는 강아지 소리, 그리고 건반을 누를 때마다 살짝살짝 서로에게 기대는 몸짓. 이 장면을 보고 있으니 노년에 대해 두려움은 사라지고, 기대감마저 살짝 듭니다.

저는 사람이라면 나이에 맞는 일을 해야 한다는 생각을 해왔습니다.

젊었을 때는 용감하게 사랑하고 부딪히고 깨지는 게 맞지요. 중년이 되면 위로는 웃어른을 모시고 아래로는 자녀가 있으니 아이 키우는 재미도 느껴보고 부모님도 열심히 보살펴드리고요. 노년도 좋은 점이 있겠지요. 몸은 예전처럼 말을 듣지 않겠지만, 마음만은 아직 청춘처럼 뛰고 있을 거예요. 그때가 되어도 우리는 여전히 낭만을 즐기고 다가오는 하루를 웃음으로 맞을 수 있을 겁니다. 아이들은요, 그때는 그들이 자기 삶을 찾아가도록 놓아주어야지요.

그런데 제 또래 사람들은 지금 안타깝게도 여유를 놓치고 인생의 급행 차선을 달리고 있는 것 같습니다. 앞만 보고 달려가는 거죠. 어른도 모시고 아이도 있으니 이렇게 바쁘게 살아야 한다면서 자신을 정당화해요.

자리에 서서 뒤를 돌아보고 앞을 내다본 것은 언제인가요?

고개 한 번 들 여유도 없이 달리다 보면, 어느 날 갑자기 자기가 외롭고 슬프게 늙었다는 것을 깨닫게 되겠지요. 너무나 두려운 일일 겁니다. 그러니 잠시 가던 걸음을 멈추고 아름다운 노년 생활을 멋지게 상상해보는 것도 좋을 거예요.

두 사람의 귀밑머리가 희끗희끗하고 아이들도 다 커서 보살핌이 필요 없게 된 어느 날을 상상해봅니다. 발코니에서 늦은 오후의 따뜻한 볕을 쬐고 있는 우리 둘이 있어요. 옆에는 순둥이 강아지가 몸을 비비고 화초 향기가 우리를 감싸고 있어요. 흔들의자에 몸을 기대고 도란도란 이야기를 나누는 것 말고 무엇이 더 필요할까요?

그런데 여유로운 일상을 가만 생각하다 보니, 나른해졌던 세포들이 갑자기 움츠러들어 긴장하기 시작했습니다. 바쁜 생활에 쫓겨 잊어버렸던 사소한 일들이 머릿속에서 한꺼번에 떠올랐거든요. 늙기 전에 꽃꽂이로 마음 수양하기, 베이킹 배워서 아이들에게 직접 간식 만들어주기, 바이올린 배워서 연주하기, 여러 나라 언어 배우기, 잔뜩 쌓아두었던 영문 소설 읽기 등이에요. 이 목표들을 하나하나 다 이루고 나면 아마 저의 노년도 다가와 있겠죠.

하루빨리 늙기를 바라는 것은 아니에요. 그래도 제가 꿈꾸었던 것들이 모두 현실이 된 후를 생각해보아요. 제 곁에는 사랑하는 사람들이 함께하고, 삶을 즐길 능력도 생긴 거예요. 그래도 저는 여전히 적극적이고 낭만적인 자세로 살아갈 거예요. 그리고 그때쯤이면 돋보기 너머 세상을 보는 지혜와 여유도 생기겠지요. 제가 그렇게 늙어간다면, 그건 정말 멋진 삶일 것 같아요!